久　遠（上）

刑事・鳴沢了

堂場瞬一

中央公論新社

目次

登場人物紹介

鳴沢了《なるさわりょう》 ………………西八王子署の刑事

藤田心《ふじたしん》……………………西八王子署刑事課

山口美鈴《やまぐちみすず》………………西八王子署生活安全課

熊谷《くまがい》……………………西八王子署刑事課長

西尾《にしお》……………………西八王子署署長

水城《みずき》……………………西新宿署署長

山口《やまぐち》……………………警視庁公安部。美鈴の父

横山浩輔《よこやまこうすけ》………………警視庁捜査一課

大西海《おおにしかい》……………………新潟県警の刑事。研修中

岩隈哲郎《いわくまてつろう》………………情報屋

宇田川《うだがわ》……………………弁護士

長瀬龍一郎《ながせりゅういちろう》 …………小説家

井村《いむら》……………………長瀬の元担当編集

マイケル・キャロス…勇樹のマネージャー

今敬一郎《こんけいいちろう》………………万年寺住職。鳴沢の元同僚

小野寺冴《おのでらさえ》………………探偵。鳴沢の元同僚

内藤優美《ないとうゆみ》………………鳴沢の恋人

内藤勇樹《ゆうき》………………優美の息子

内藤七海《ななみ》………………優美の兄。鳴沢の親友

久遠

上

刑事・鳴沢了

第一部　容疑

1

　夜明けの電話は決まって事件の始まりを告げるものだ。衝撃は一気に眠気《ねむけ》を吹き飛ばし、無意識で暖かい夢の世界から、痛みや悲しみが支配する現実へと私を引きずり出す。何時であっても、その日の眠りはそこで打ち切られるのが常だ。

　しかしその朝は、てっきりいたずら電話だと思った。

「もしもし」いつもの習慣で、呼び出し音が二回鳴った後に受話器を取る頃には、完全に目が覚《さ》めていた。私を出迎えたのは沈黙だった。ソファの横のテーブルに置いたオメガの腕時計を取り上げ、暗闇の中で目を凝らす。五時。思わず舌打ちしそうになる。あと一時間もしたら起きる時間なのだが、睡眠のフィニッシュを邪魔されると、一日の調子が狂ってしまう。事件なら気合が入るが、いたずら電話は願い下げだ。

「もしもし?」やはり反応はなかった。大袈裟《おおげさ》な溜息《ためいき》を聞かせておいてから「切りますよ」と告げ、コードレスフォンの子機をテーブルに置いた。分厚いカーテンの隙間《すきま》から、明るい空の蒼《あお》が部屋に入りこんでいる。どこか遠くで鳥が啼《な》いた。春の終わり——夏の始まりと言うにはまだ早い時期で、布団はまだ冬物だ。ただ今朝はやけに気温が高いようで、分厚い布団が鬱陶《うっとう》しく感じられる。単なるいたずら電話のはずだったのに、眠気は急速に遠ざかりつつあった。どうする……一時間後には起きて、日課の朝のジョギングに出かける予定だ。いっそこのまま布団を抜け出して、いつもより早く走り出すか。その後でたまにはゆっくり朝風呂に入って、たっぷりした朝食を取るのもいい。

寝るか起きるか、まどろみの中で愚図愚図と決めかねているうちにインタフォンが鳴った。悪戯《いたずら》だ。間違いなく、どこかのふざけた野郎が朝五時から私に対して嫌がらせをしている。無視して頭から布団を被《かぶ》ったが、インタフォンは規則的な間隔で鳴り続けた。クソ、と声に出して飛び起き、ひんやりとしたフローリングの床を裸足《はだし》で踏みしめる。

ジャージの上下姿のまま、玄関に出る。覗《のぞ》き穴から外を見ると、スーツ姿の男が二人、不機嫌そうな表情を浮かべて立っていた。瞬時に、相手が同業者だと気づく。刑事はどうしても刑事の雰囲気《ふんいき》を消せないものだ。足音を殺してリビングルームに戻り、インタフォンを手にしたが、私が言葉を発する前に相手が先手を取った。

「鳴沢了《なるさわりょう》さんですね」

「そうですが」

「青山《あおやま》署の者です」

青山署。頭の中であらゆる可能性を検討してみた。あらゆるといっても、さほど多くはない。現在の私と青山署の関係は、数年前の勤務先という以上のものではなかった。

「何ですか、こんな朝早く」

「ご同行願えますか」

「ご同行」その言葉の意味が頭に沁《し》みこむのに、少し時間がかかった。

「署に来ていただけますか」口調はまだ丁寧ながら、相手の声には明らかな苛立《いらだ》ちが混じっていた。理由は分からないが、長い夜を過ごした後なのは間違いない。

「用件は」

「それは署でお話しします」

「まず第一に」私は湧き上がる怒りを押し殺しながら指摘した。「そちらはまだ名乗ってもいない。用件をはっきり言わない。この二つだけでも、後で問題になるかもしれませんよ」

「そんなことは、あんたに教えてもらわなくても分かってる」相手の口調が急に乱暴になった。「署に来るか来ないか、どちらかだ。来ないと言うなら、こちらはそれなりの対応を取らざるを得ない」

沈黙。相手の言い分を素早く分析したが、弾き出された答えは到底承服できるものではなかった——私は容疑者なのだろう。仕事の話なら最初からそう言えばいいし、こんな時間に自宅を襲う必要もないだろう。昼間、勤務先の西八王子《にしはちおうじ》署に電話を一本入れれば済む。無視するか？　いや、それは現実的ではない。現段階ではあくまで任意だが、日本の警察が言う「任意」は「強制」とさほど違いがないのだから。断れば、すぐに正式の逮捕状を持って再訪して来るだけだ。結局は遅いか早いかの差だけである。いいだろう。心当たりは何もないのだから、きちんと話をすればすぐに解放されるはずだ。時間の無駄にはなるが、嫌疑を晴らすためには今のところそれしか方法がない。嫌疑、か。溜息が漏《も》れ、怒りが急速に萎《しぼ》んでいく。空いた空間に、代わりに疑念が入りこんできた。いったい何事なのだ？　この連中は何を疑っているのだろう。

まったく身に覚えがなかった。

青山署刑事課の二人は、三井《みつい》と阿部《あべ》と名乗った。二人とも、私が青山署に勤務していた時にはいなかった刑事だ。三井の方が年長で四十歳ぐらい。角刈りがそのまま伸びたような雑な髪型に四角い顔、がっしりとした顎《あご》が、頑固そうな印象を与えた。徹夜明けという私の予感は当たっていたようで、目は充血し、顔の下半分は髭《ひげ》で蒼くなっている。ネクタイをだらしなく緩め、ワイシャツの一番上のボタンを外していた。阿部は刑事になりたてという感じで、三十歳ぐらいだろうか。相手を威圧するには睨《にら》むのが最良のテクニックだと信じているようで、冷たい銀縁の眼鏡の奥で目をさらに細めていた。こちらは少しは睡眠を取った様子で、潑剌《はつらつ》とは言えないまでも、三井に比べればまだしも元気そうだった。軽そうなクリーム色のスポーツジャケットが、その場の重苦しい雰囲気にそぐわない。

「着替えていいですか」年長の三井を相手に決めて話しかける。三井は何も言わず、相変わらず私の顔を見詰め続けていた。下手《へた》なやり方だ。いつもこうだと、怯《おび》えるよりも反感を感じる人間も少なくないだろう。容疑者の心をひきつけるには、最初の一歩が肝心なのに——もちろん、私は容疑者ではないが。

「着替えますよ。逃げると思ってるなら、ここで俺が素っ裸になるのを監視していてもいい」

「ネクタイは必要ないよ」

三井が素っ気《そけ》なく言った言葉が、私の背筋に冷水をかけた。逮捕されるとまず、自殺を防止するためにネクタイとベルトを取り上げられる。ネクタイをしてくるなということは、逮捕するつもりだという意思表示に他《ほか》ならない。

あり得ない。

リビングルームに続く納戸——この家の家主は書斎に使っていたが、私は細々としたものを収納していた——に入り、ことさらゆっくり服を選ぶ。だが二人はじれる様子もなく、私が着替え終えるのを無言で待っていた。白いボタンダウンのワイシャツを選び、紺スーツは黒の上下。もちろんベルトもして、しばし躊躇《ためら》った後、手持ちで一番派手な紺と金《きん》のレジメンタルタイを締めた。結び目の笑窪《えくぼ》を確認しながらリビングルームに戻ると、三井が太い眉《まゆ》を持ち上げて顔をしかめる。彼が何か言う前に先制攻撃を加えた。

「そちらの用件が何だか知りませんけど、終わったら出勤しますから」

阿部が鼻で笑った。それを無視し、キッチンに入る。

「コーヒーでいいですか」

「必要ない」三井が平板な声で断った。「時間がないんだ」

「時間ね」冷蔵庫を開け、オレンジジュースのカートンを取り出す。胃が空っぽの状態で一日を始めたくはなかった。コップにたっぷりと注ぎ、一息で呑《の》み干す。わざとらしくゆっくり洗って流しに置き、「行きましょうか」と二人に声をかける。返事の代わりに、無言の冷たい表情が見返してきた。

覆面パトカーにはもう一人、運転手役の刑事が乗っていたが、こちらも私の知らない男だった。後部座席の右側に押しこまれ、横には三井が座る。車の中はかすかに煙草《たばこ》臭かった。

「覆面パトカーは禁煙のはずですよね。俺がいなくなってから、青山署ではルールが変わったのかな」

無言。車は、京王多摩《けいおうたま》センター駅に向かう緩い坂道を、ゆっくりと下り始めた。家がみるみる遠くなり、何故か突然、はるかな過去の記憶のように思えてきた。三人とも私の質問に答えるつもりはまったくないようだったので、こちらも口を閉ざしたまま、様々な可能性を頭の中でこねくり回し始める。少なくとも三井は徹夜明け……ということは、昨夜《ゆうべ》何かあったのだ。私は昨夜何をしていたか。知り合いから数年ぶりに連絡が入り、都心に出て一緒に食事をした。わずかな時間でも共有したくはない相手だったが、世の中は何がどこでつながっているか分からない。どんな人間とも関係をつないでおいて損はないと、数時間の我慢を自分に強《し》いたのだが、結局は私が食事を奢《おご》っただけで、有益な情報など何一つ得られないまま別れることになった。

あの男が何かやらかしたのか？　あり得ない話ではない。犯罪すれすれ、グレイゾーンを歩き続けて、何度も命の危険を感じるような目に遭《あ》ってきた男だから。今度こそ本当に事件を起こしたのかもしれない。私がそれに関係していると思われている——違う。それなら正式なルートで協力を依頼してくるはずだ。三人の刑事の態度は、明らかに私を容疑者扱いするものである。

「あんた、昨夜はどこにいましたか」多摩ニュータウン通りを走る覆面パトカーが、京王線の聖蹟桜《せいせきさくら》ヶ丘《おか》駅の近くを通り過ぎる辺《あた》りで、三井が突然口を開いた。

「どうしてそれを答えなくちゃいけないんですか」

「まあまあ、そう突っ張らずに。居場所を聴いてるだけじゃないか」

「言えませんね。そっちが何を欲しいのか分からない限り、喋《しゃべ》るつもりはない」

助手席に座った阿部が、体を捻《ねじ》って私を見た。相変わらず、目は糸のように細い。

「あんたさ、そういう顔を見ても何も感じない人間はたくさんいるんだよ。迫力不足だ」

阿部が鼻を鳴らして顔を背《そむ》けたが、耳の後ろが赤くなっているのを私は見逃さなかった。三井が乾いた笑い声を上げる。

「申し訳ない。阿部はまだ駆け出しでね。あんたみたいに存在感だけで相手をびびらせるようになるには修行が足りないんだ」

「別にそんなことをしてるつもりはありませんけど」

「あんたはそのつもりじゃなくても、他の人の印象は違うんじゃないか」

「そんなこと、意識したこともありませんね」肩をすくめる。

「なるほど。意識してないことは他にもあるんじゃないのか」

「何が言いたいんですか」どこかでボロを出したのだろうか、と不安になる。何もしていないのだからボロの出しようがないはずだが、再び無言の行が始まると不安が膨《ふく》らみ始めた。

車は関戸橋《せきどばし》を渡って府中《ふちゅう》市内に入り、京王中河原《なかがわら》駅前のささやかな商店街――コンビニエンスストア以外は完全に眠っていた――を通り過ぎて甲州《こうしゅう》街道に出ると、八王子方面に向かい始めた。一番近いインターチェンジから中央道《ちゅうおうどう》に乗るには、都心と逆方向に走らなければならないのだ。

「ガソリンの無駄ですね」運転手の後頭部を睨みつけながら言うと、三井がちらりと私の方を見た。「甲州街道は、この時間でも混んでますよ。多摩川を渡って、すぐに左に曲がるべきだった。川沿いに走れば車も少ないし、インターチェンジへも近い。それとも、青山署じゃなくてどこか別の場所へ連れて行くつもりですか」

返事はなかった。どうやらこのまま無言を貫いて、私を自分たちの土俵に引っ張り上げるつもりらしい。青山署の刑事課……その取調室……スチール製のデスクに刻まれた傷や染みを、一つ一つ頭の中で再現してみる。三井たちにとってはホームグラウンドかもしれないが、私にとってもかつて仕事をした場所であり、ある程度は知っているから心の準備はできる。ただし、別の場所だったらどうだろう。例えばいきなり犯行現場に連れ出されたら。

車はがらがらの中央道をひた走り、六時半には首都高に入っていた。四号線を外苑出口で降り、神宮外苑を迂回《うかい》して青山通りに出て署に到着。いつもの癖で腕時計を見ると、六時五十分だった。あまり飛ばしていなかったし、そもそもサイレンを鳴らさなかったことを考え、最悪の事態ではないのだ、と自分を慰める。仮に逮捕状が出ていなくても、私を犯人だと決めつけているなら、サイレンを鳴らして制限速度を無視し、一刻も早く署に連行しようとするはずだ。三井と阿部に挟まれて、裏口から庁舎に入る。久しぶりに訪れたが、雰囲気はまったく変わっていなかった。新潟県警を辞めて警視庁に入り直し、多摩署の次に配属されたのがここである。新潟、そして東京の大いなる田舎《いなか》と言うべき多摩地区の署とのあまりの違いに、慣れるまでしばらくかかったのを思い出す。青山署の管轄は港区の北側で、管内のほとんどはビジネス街と繁華街である。住居はほとんどがマンションで、一戸建ての家は絶滅寸前だ。生活臭はほとんどなく、ここで起きる犯罪は全て借り物、という感じがしていたことを思い出す。単に事件の発生場所であり、関係者は誰も住んでいない。

二階の刑事課に通された。廊下の向かいは生活安全課。私はしばらく刑事課ではなく生活安全課にいて、慣れぬ仕事で苛立ちを募らせていた。誰か知り合いがいるかもしれないと、常時開けっ放しのドアから中を覗きこんだが、この時間では当然空である。当直の署員は、ほとんどが一階の警務課で、泊まり勤務の最後の数時間に耐えている。

刑事課も無人だったが、忙《せわ》しなかった夜の気配が歴然と残っている。開いたままになった書類。電源を落としていないパソコン。沈黙を破るように突然鳴り出す電話。事件の発生は、おそらく刑事課に誰もいない時間帯だったのだろう。突然の事件で署に呼び出され、あるいは直接現場に出向くよう指示された仕事の流れが、断ち切られることなく残っている。三井たち以外の刑事は、おそらくまだ現場に残って鑑識活動を手伝っているか、付近の聞き込みを続けているのだろう。住宅地の事件だと、こんな時間に聞き込みをしても嫌がられるだけだが、青山署の管内には一晩中灯りの消えない場所も多い。話を聞くべき人間は幾らでもいるはずだ——内容があるかどうかはともかくとして。

刑事課の空いたデスクを使うか、取調室に入るか。それが一つの分かれ目だったが、三井は迷うことなく取調室に私を先導した。ストライクワン。当然のように、窓を背にして座る。ストライクツー。私もそうだが、取り調べの時に好んでこの位置に座る刑事は多い。窓から射しこむ日射しが逆光になり、被疑者からは取り調べを担当する人間の顔が黒く塗り潰《つぶ》されて見えるのだ。それで精神的な優位に立てる、というのは取り調べの基本中の基本である。逆の立場になってみると、それはあまり効果がないことが分かった。すりガラスから朝の光が射しこみ始めていたが、三井は匿名《とくめい》の黒い仮面を被っているようにしか見えない。阿部が壁際に置かれたデスクにつき、三井が両手を組んでデスクに載せた。私をツーストライクに追いこんだことを当然確信しているはずで、三球三振を狙《ねら》って速球を投げこんでくるだろう。打ち返す、あるいは見送って「ボール」のコールを得るために、私はしっかり球筋を見極めようと、三井の姿に注目した。

「昨夜の午後十時頃、どこにいましたか」

「それは言えません」逆光で黒くなった三井の顔の中で、太い眉がぴくりと動くのが分かった。とりあえずは動揺を誘ったことが分かったので、そのまま続けた。「まず、何の容疑で俺をここに引っ張ってきたのか、説明して下さい」

「それは必ずしも必要じゃない」

「そういうことを無視していると、手続き的に問題になる可能性もある。それに、刑事を調べるのは異常ですよ」

「最近はそうでもないようだがね。警察の中にも悪い連中はいるから」三井の唇が皮肉に引き攣《つ》った。

「少なくとも俺に関しては、その心配をしてもらう必要はない」

「何事にも例外はないんじゃないか」ぐっと身を乗り出し、顔を近づける。タマネギやニンニク、その他複数の香辛料が入り混じった複雑な口臭が鼻先に漂い出し、先ほど飲んだオレンジジュースが胃の入り口まで上がってくるのを感じた。だが何とか顔を背けず、正面から目を合わせる。何だ？　自信たっぷりというわけではない。重大な手がかりを摑《つか》んでいると思っているようだが、絶対の確証を得ているわけではないだろう。

早くも根負けしたのか、三井が軽く鼻を鳴らす。椅子《いす》に浅く腰かけて、私との間に距離を置いた。

「その時刻なら、高速を走ってました」

三井の頰《ほお》が引き攣る。予想外の答えだったようだ。

「領収書がありますよ」ズボンの尻ポケットから財布を引き抜き、二つに折った領収書を取り出した。丁寧に開き、三井の眼前に翳《かざ》してやる。覗きこんだ彼の顔に、余裕が戻ってきた。

「こいつには時間の表示がない」確かに。首都高の領収書には日付と金額、問い合わせの電話番号が書いてあるだけだ。「昨日、というだけだ。昼間かもしれない」

「昼間はずっと仕事をしていました」

「日曜なのに？」

「傷害事件で呼び出されたんです。それぐらいのことは、もう西八王子署に問い合わせてるんじゃないですか」無言。何よりもまず、私を引っ張ってくるという前提で動いているのは明らかだった。「それで足りないなら、まだあります」

もう一枚、領収書を出した。昨夜八王子に帰り着いてから入った、二十四時間営業のガソリンスタンドのもの。こちらにはきちんと時刻が入っている。しかし三井は、私のアリバイを認めようとしなかった。

「領収書なんか、何とでもなる。あんた以外の人間がガソリンを入れたかもしれないだろう。領収書からは車のナンバーまでは分からないから、あんた本人がそこにいったかどうかは証明できない」

「カードを使ってるんですよ」

「それだって偽造できる」

「カードを偽造されたら、俺は被害者ってことになるんじゃないかな」

「あるいは貸した、とかな」

「ガソリンスタンドじゃなくてもいい。高速を走っていた時刻ぐらい、いくらでも調べようがあるはずだ」

「あんたが喋ってくれた方が楽なんだが」

「何をですか？」

「あんたが殺したのか？」

今度はこちらが無言で応じた。殺しか。人が犯す最悪の犯罪。私はずっと、捜査する立場からそれに係わってきた。まさか自分がこの台詞《せりふ》を投げかけられる羽目になるとは。動揺をはっきりと意識したが、落ち着け、相手のペースに乗るな、と自分に言い聞かせる。狡猾《こうかつ》な被疑者だったら何人も見ている。そういう連中のやり方を――思い出す必要はない。私は何もやっていないのだから、無理に逃げ回ることはないのだ。必ず論理で相手を捻じ伏せる手があるはずだ。

「殺した。誰を、ですか」

「それをあんたの口から聞きたいんだが」

肩をすくめてやった。それを見て三井の頰がぴくぴくと痙攣《けいれん》する。

「答えようがない質問はやめてくれませんか。俺は誰も殺してない」

「なあ、遅かれ早かれ分かることなんだ。最初にあんたの口から言ってもらった方がこっちとしてはありがたいし、あんたのためにもなるんじゃないか」

「物証は」

「それは言えない」

「そうですか。じゃあ、失礼します」音をたてて椅子を引き、立ち上がる。阿部が一瞬遅れて立ち、ドアを塞《ふさ》いだ。それを無視して三井の顔をじっと見下ろす。「あなたのやり方は、一般的な取り調べの方法から相当外れている。被害者の名前も、いつどこでどんな風に殺されたのかも明かさない。それじゃあ、こちらとしても答えようがありませんよ。単にカマをかけてるだけじゃないんですか」

「あんたなら、そういうやり方はしないってことか」

「そもそも証拠が固まるまでは、任意で呼びもしないでしょうね。何を焦ってるんですか？　被害者がよほど大物だとでも？」

「あの男を知ってるな？　岩隈《いわくま》。岩隈哲郎《てつろう》」

知っている。知っているどころか、数時間前まで一緒にいたのだ。自分が疑われている理由がようやく分かり、この苦境からの脱出方法も見えたが、代わりに別の疑問が目の前に広がり始めた。

誰が奴を殺したのだ？

　三井は簡単には私を放してくれなかったが、その取り調べは彼のキャリアを考えると稚拙で、質問一つごとに穴が一つ見つかるほどだった。結局この男は匿名の情報提供によって私を拘束し——それだけは認めた——粘って質問をぶつけることによって、ボロを出させようとしていたに過ぎない。取り調べは一時間に及んだが、その間一本も電話がかかってこなかったし、誰も顔を見せなかったことが、私の身柄を抑える根拠の乏しさを裏づける。やったという証拠が出てくれば、当然すぐに連絡が入るはずだ。

　ちらりと腕時計を見る。八時を回っていた。空腹が集中力を削り取り、繰り返される三井の質問が苛立ちを増幅させる。私はデスクについた細い傷を見つめながら、何とか集中力を回復しようと努めた。カッターで直《じか》に切りつけたような傷だが、取調室のデスクに誰がそんなことをする？　無駄だ。こんなことを考えていても解放はされない。その気になれば、この男はいつまでも私を拘束し続けるだろう。手は幾らでもあるのだ。体力勝負をすべきだろうか、と考えた。明け方に不快な思いはしたが、私はそれなりに睡眠を取っている。このまま睨み合いが続けば、ほとんど寝ていないこの男の方が先にギブアップするはずだ。

「一つ、いいですか」

繰り返される彼の質問を断ち切って、こちらから質問をぶつけた。三井は無言で、無表情なまま私を見ていたが、しばらく間を空けた後、うなずいて許可を出した。

「岩隈はどんな風に殺されたんですか」

「どうしてそれを知りたい？」

「俺は刑事ですよ？　殺しがあったら、状況を知りたいと思うのは当然でしょう。本能みたいなものですよ」

「状況は、あんたが教えてくれるんじゃないのかね」

「いい加減にしませんか」小さく溜息をついて、デスクに指先を打ちつける。正確なリズムで集中力を取り返すことができたので、指を止めて身を乗り出す。「俺は何もやっていない。さっきも言いましたけど、高速道路を使った時間を調べれば、アリバイなんて簡単に証明できるでしょう。それをやらないのは、他に容疑者がいないからですね？」

「そう、あんた以外に容疑者はいない」

「じゃあ、そもそもあなたたちが持っている材料はゼロですね。俺は容疑者じゃないんだから」

「あんたは、岩隈って男と知り合いだそうじゃないか」

「ノーコメント」

「昨夜も会ってたんだろう」

「ノーコメント」

「あんたが殺したのか」

「いいえ」

「ノーコメントではなく？」三井の眉が吊り上がる。

「前の二つについては、重要な要素じゃありません。答える価値もない。理由は分かりますね？　そもそも俺は殺してないんだから、あなたたちがそういう情報を知る必要はないんです。殺してないということは、三つ目に関しては全面否定です」

「おい、いい加減にしろ」阿部が椅子を蹴って立ち上がった。デスクに両手をついて、私に覆い被さるように身を屈《かが》める。鼻先が右耳のすぐ側にきた。「こっちは大人しく丁寧にやってるんだよ。それを茶化すようなことばかり言いやがって」

「茶番はいい加減にしろ」正面の三井を見たまま、低い声で答える。

「何だと」阿部が私の肩を摑んだ。放っておくことにした。握力はさほどないようだし、ここで騒ぎを起こせば面倒なことになるぐらいは分かっているはずだ。

「いい警官と悪い警官の芝居をしているつもりかもしれないけど、上手《うま》くいってないな。

そういうのは素人《しろうと》を相手にする時のやり方だし、古い」

「ほざけ」

「程度の悪い口の利き方だけは覚えたようだな」右手で自分の左胸を叩《たた》いてみせる。

「でも、俺のここには通じない」

「おい、いい加減に――」

「まあまあ」三井が立ち上がり、顔面を赤く染めた阿部を押さえる。三井の顔には濃い疲労の色が浮かんでいた。長い夜を過ごしたうえ、既《すで》に始まった今日という日も、長くなるのは間違いない。かすかな同情を覚えたが、今は自分が無事にここを出て行くことが最優先事項だ。

「とにかくそっちが何も教えてくれないなら、こちらも喋れませんよ」

「何か教えたら喋ってくれるのかね」私の言葉をひっくり返す形で、三井が訊ねた。

「俺の方から言うことは何もありません。協力はできるかもしれないけど、大した材料にはならないと思う――あなたたちが欲しいような材料には」一歩だけ引き、希望の芽を与えてやることにした。三井が小さくうなずき、先を促す。「岩隈とは長いこと音信不通でした」

「ほう」三井がわずかに唇を開いた。目に輝きが見える。この取調室に入って初めて見せる、前向きの表情だった。「つまり、被害者と顔見知りだったことは認めるんだな」

「まさに顔見知り程度ですよ」腕を組み、椅子の背に体重を預ける。悪い警官役の阿部は、いつの間にか自分の席に戻っていた。「何年も前に、一回か二回、会っただけです。その後はずっと、お互いに連絡も取らなかった。どこにいるかも知らなかったし、積極的に話したい相手ではないですからね。彼が何者なのか、そっちは摑んでるんですか」

「ま、そういう詳しいことは……」口を濁す。ある程度のことは分かっているのだな、と推測する。おそらく私以上には。これまで何年も、岩隈の存在を思い出すことなどほとんどなかったし、何かのきっかけでふいにその名が浮かんだ時脳裏に去来するイメージは、あの男が雨に濡《ぬ》れたゴミ捨て場かどこかで死んでいる光景だった。そういう最後が相応《ふさわ》しい男だという印象は、私の中から決して消えることはなかったのだ。野垂れ死に。あるいは誰かを怒らせて刺される。今回は——本当の最後はどうだったのだろう。刺されて、というのが当たっているような気がした。

「で、昨夜は彼に会ったんですか」少しだけ情報を投げてやったせいか、三井の口調は緩んでいた。駄目だ。相手の出方に合わせて態度を変えているようでは、取り調べは上手くいくはずがない。何よりも大事なのは一貫性なのだから。だが私は、それ以上ノーコメントを続けるのをやめた。どうせ逮捕することなどできないのだし、そもそも岩隈がどれほど駄目な人間であっても、無惨に殺されていい理由にはならない。彼に対するわずかな同情心が、私を突き動かした。

「会いましたよ」

三井の口から短く溜息が漏れる。ここまでくるのにかかった長い時間を考え、今後の展開を憂えている。

「場所は」

「この近くです。ピザを食べました。店の名前は……」再び財布を抜いて領収書を取り出す。「そう、『ミシガン・ピザ』ですね」

「ああ、あそこね」三井がうなずいた。青山署に勤務している時に私は何度か利用したことがあり、彼も知っているようだった。シカゴ風のピザは生地が分厚く、同じ値段でイタリア風の薄いピザを食べるより腹が膨れる。

「カードで払ってますから、それを確認してもらえば、私がそこにいたことは証明されますよ」

「どうして彼と会ったんだ」

「向こうが会いたいと言ってきたからです。断る理由は特にありませんでしたからね」

実は私にも、彼が連絡してきた理由が未《いま》だに分からない。会っている最中に何度も訊ねてみたのだが、最後まで解明できなかった。帰りの車の中でも、かすかに不快な気分を抱えたままだったことを思い出す。眠りに就く前、結局あの男は私に食事をたかりたかっただけなのだろう、と結論づけることにした。あの食欲は、既に死語になっているであろう「欠食児童」という言葉を思い起こさせた。久しぶりに東京に戻って来たものの、美味《うま》いものを食べる金がなかったのだろう。昔と同じように。

「で、用件はなんだったんですか」

「旧交を温めたかっただけじゃないかな。俺は彼を友だちとは思っていないけど、向こうは違うようですね」

「時間は？」

「八時頃落ち合って、十時前には別れました。だから俺は、十時過ぎにはもう高速に乗っていた……あいつが殺されたのは何時頃なんですか」

三井が一瞬戸惑った。明かしていいものかどうか、迷っている。こちらから突っこんでやることにした。

「十時台、ですね。いや、そこまで細かくは断定できないかもしれないけど、十時から十二時の間、それぐらいじゃないんですか」

「まあ、その辺は」口を濁したが、私の指摘が的を射ていたのは明らかだった。

「アリバイは成立すると思いますよ。俺は十時過ぎに高速に乗っていた。事故があって、ひどい渋滞でね。家に戻った時には十一時半を回っていました。岩隈がどこで殺されたかは分からないけど、それから都心に引き返して殺すのは、時間的に無理じゃないですか」

「電車を使ったかもしれないじゃないか」阿部が疑り深そうに質問をぶつけてきた。私を苛つかせ、失点を狙う作戦であるのは明らかだった。そんなやり方じゃ絶対に成功しない、と怒鳴りつけてやりたかったが、ここは冷静にいくことにする。半身の姿勢で彼の方を向き、燃えるような視線と対峙《たいじ》した。

「十一時半に八王子を出て、この辺りまで来るのにどれぐらいかかるか、分かってるのか？　昼間でも中央線と地下鉄を乗り継いで一時間以上かかるし、夜だったら電車の本数も少ない」阿部が口を開きかけたが、何を言いたいのかは簡単に想像できたので、機先を制してやった。「京王線を使っても同じことだ。夜に公共交通機関を使うと、昼間よりもずっと時間がかかる」

不満そうな阿部を無視して、三井に向き直る。

「で、そちらはまだ、俺に情報を話してくれるつもりはないんですか？　容疑者扱いも結構ですけど、俺は何もやってないんだから。刑事として情報を知る権利もあると思う。

もしかしたら、少しはアドバイスできるかもしれませんよ」

「部外者のあんたにそんなことをしてもらう必要はない」三井が力なく首を振ったが、本当はアドバイスなら何でも欲しいのではないかと思った。

「そうですか」

「で？　本当はどういう用件で会ったんですか？　被害者は、そう……ろくな人間じゃないようだな。あんたを怒らせるタイプじゃないですか」

「それは間違いありません」

「今回も、あの男はあんたを怒らせた？」

「殺してやりたいと思うほどには怒らせていない」

「でも、怒らせた」

「こういうやり取りは無駄ですよ」私はデスクに両手をついて立ち上がった。重い疲れを感じており、情けないが、すっと立ち上がる自信がなかった。二人とも無言で私を見るだけで、止めようとはしない。茶番劇が終わったことを確信する。

「頑張って岩隈を殺した奴らを見つけて下さい。彼は確かに嫌な奴だったけど、殺されるようなことはしていないはずだ。このままじゃ、浮かばれませんからね」

殺されるようなことはしていない。本当に？　もう一つ、新たな疑問が襲ってきた。

匿名の情報提供者。誰が私を陥《おとしい》れようとしているのだ?

二人は特に謝罪もせず、因縁をつけるでもなく、何事もなかったかのように私を解放した。ただしこれで容疑が晴れたとは、私自身思っていない。連中が中央道の通行記録を調べ、あるいは「ミシガン・ピザ」での私のアリバイを確定するにはしばらく時間がかかるだろう。勝手《かって》にやらせておくことにした。それぐらいは連中の給料の内なのだから。

2

青山通りを歩き出す。気温が急激に上がったようで、道行く人は皆、早くも疲れた表情を浮かべている。道路は車で埋《う》まっており、それがさらに周辺一帯の気温を押し上げているようだった。人の流れに逆らうように地下鉄の青山一丁目駅に向かって歩を進めながら、携帯電話を取り出す。西八王子署の刑事課にかけたが、誰も出ない。腕時計で時間を確認すると、八時半を回ったところだった。既に遅刻である。課長に電話しなければならない、と理性が訴えたが、本能は同僚の藤田心《ふじたしん》に連絡しろと告げていた。まず携帯にかけてみる。反応はなく、呼び出し音五回で留守番電話に切り替わった。

どうせ遅刻するなら、いくら遅れても同じことだ。開き直ると、少し冷静になる必要があるという考えが頭に浮かぶ。駅のすぐ近くにあるビルの地下に入り、朝から開いているサンドウィッチショップに入った。長いパンに挟んだアボカドとレタスのサンドウィッチとコーヒーを頼み、忙しなく朝食をとる人たちに交じって、カウンター席につく。両脇を若いサラリーマン二人に固められていたが、コーヒーを一口飲むと、すぐに自分の世界に没入できた。

岩隈との因縁を改めて思い出す。あの男が私に接近してきたのは数年前、警視庁で最初に配属された多摩署にいた頃だった。三十年以上も前の事件がふとしたことで私の前に姿を現した時、あの男は「情報を提供する」と言って近づいて来たのだ。自称、フリーライター。その実態は、自分が摑んだネタを右から左へと流して金を生じさせる――要するに恐喝屋である。あの時は岩隈自身の身にも危険が降りかかり、彼は私に情報を提供することで保険にしようとしたのだ。その後で東京から脱出したはずである。

薄汚い男、というのが第一印象だったし、それは数年ぶりに会っても変わらなかった。嫌な予感はしていたのだ。あの男は私に災厄をもたらす。今考えれば、誘いの電話を絶対に叩き切っておくべきだった。

後悔してもどうにもならないが、昨夜の奇妙な一連の出来事が次々と脳裏を過《よぎ》る。

電話がかかってきたのは、帰り支度を始めた日曜日の午後六時過ぎだった。午前中に発生した傷害事件で呼び出されたが、処理が終わって一段落しており、久しぶりにジムに行くつもりだった。いつもは自宅近くのガレージでトレーニングをするのだが、たまに場所を変えると気分転換になる。自宅近くの京王多摩センター駅前にあるジムで筋トレをこなし、一汗流した後でどこかで食事——という予定を立てていたのだが、その電話が計画を狂わせた。

鳴り出した刑事課の電話を藤田が受ける。今夜は離れて暮らす娘と久しぶりに会うというので、既に背広を着て立ち上がっていたのだが、自分のすぐ後ろで電話が鳴り出したので取らざるを得なかったのだ。すぐに事件ではないと分かったようで、ほっとした表情を浮かべて私を呼ぶ。

「鳴沢、電話だ」

「回してくれ」受話器に手をかけ、転送を待つ。藤田が私のデスクの内線番号を叩きながら「岩隈って人だぜ」と言った。

岩隈？　その名前が具体的な顔に結びつくまで、わずかに間が空いた。思い出したのは受話器を耳に押し当てた直後で、私は直ちに失敗を悟った。

「鳴沢さんですか？」

「そうですが」

「岩隈です。岩隈哲郎。覚えてる？」

「ああ」

私の落胆が直ちに伝わったらしい。岩隈が漏らした苦笑が耳に入る。

「そんなにがっかりしなくてもいいじゃないか。女だとでも思った？」

「いや」

「そういえば、あんたの相棒の女刑事、どうしてる？　あれはいい女だったね」

「辞めましたよ」岩隈がかき回していた事件を私と一緒に捜査した昔の同僚、小野寺冴《おのでらさえ》のことだ。

「辞めた？　またどうして」

「個人的な問題で」私と彼女はあの事件で同じ痛みを抱えたが、選択肢はまったく別になった。私は警察に残り、彼女は辞めて私立探偵になった。

「そりゃ、どういうことですか」

「知りません」

「何だよ、相棒なら、それぐらいのことは分かるでしょうが」

「分かっていても、あなたには言えないこともある」

「なるほどね。ところで、そんな田舎で燻《くすぶ》ってないで、都心に出て来ませんか？　一緒に飯でも食いましょうよ」

「あなたと食事をする理由はないでしょう」

「まあまあ、そう堅いこと言わないで」ふやけた声で岩隈が言った。「俺とあんたの仲じゃないですか」

「どういう仲ですか、それは」

「いい話があるんですよ」

「それは当てにならないな」思わず笑いそうになる。初めて会った時、彼は多摩市の公園で暮らすホームレスたちの取材だと言って、自分もビニールシートでテントを作って暮らしていた。その公園で起きた事件で、彼は積極的に情報を提供してくれたのだが、結果として状況を複雑に引っ搔《か》き回すトリックスター以上の役割は果たし得なかった。要するにいい加減な男である。何度か会ううちにそれは確信に変わり、私の「警戒すべき人間リスト」の中で、一時期その名前は最上位にあった。

「そうは言うけど、本当にいい情報かもしれないでしょう？　刑事さんっていうのは、常にアンテナを張り巡らせておくべきじゃないのかね」

「それは確かに理屈ですけどね……」

「ね？　ぜひ話しておきたいことがあるんだ」急に背筋が伸びたように、岩隈の声が真剣になった。「会って欲しい。最高のネタを摑んでるんだ。あんたに手柄を献上しますよ」

「俺は別に、手柄が欲しくて仕事をしてるわけじゃない」

「まあまあ、そう言わずに。手柄が欲しくない人なんか、いるわけないでしょう……とにかく、昔馴染《なじ》みと飯を食っても悪いことはないんじゃないかな」

しばらく押し問答を続けた後、結局押し切られてしまった。電話を切って背広の袖《そで》に腕を通すと、藤田に声をかけられる。

「大丈夫なのか？」

「ああ。お前こそ、早く行かなくていいのかよ。娘さんを待たせちゃ悪いだろう」

「まだ大丈夫だ」腕時計に目を落とした。藤田は離婚しており、長い間、娘に会っていなかった。写真を携帯の待ち受け画面に使い、定期入れにも忍ばせているほど想っていたのに会おうとしなかったのは、別れた妻に対する意地だったのかもしれない。それがここ何か月か、急速に態度が軟化していた。心境の変化があったのは明らかだが、私は深く突っこまずにおいた。普段は、話したいことを胸にしまっておける男ではない。ということは、話したくない理由があるのだ。

「ちょっと都心に出て来る」

「珍しいな。あんたは、多摩にべったり根っこを生やしてるのかと思ってた」

「そんなこと、ない。途中まで車で送ろうか？」藤田の別れた妻と娘は、京王線の下高井戸に住んでいる。調布《ちょうふ》で落ち合うのだ、と昼間彼が言っていたことを思い出した。

「いや、いいよ」今度は壁の時計に目を向ける。「この時間じゃ、電車の方が絶対に早いからな。日曜の夕方でも、道路は混んでるだろう？」

「じゃあ、京王八王子の駅まで送る。あそこまでは結構遠いぜ」

「そうか？　悪いな」

「いいんだ」西八王子署は、ＪＲ中央線の西八王子駅と高尾《たかお》駅のほぼ中間地点にあり、京王八王子の駅まで歩いていくのはほぼ不可能だ。バスを使っても結構時間がかかる。

「じゃあ、お言葉に甘えるとするか」

「よし、行こう」

「お前の方は、時間は大丈夫なのか？」

「少しぐらい待たせてもいいんだ」

「何か訳ありみたいだな」

「車の中で話すよ」

「了解」

私のレガシィの助手席に乗ってドアを閉めると、藤田はすぐに突っこんできた。

「あんたに電話してきたの、何だか冴えないオッサンだったよな」

「それは否定しない」

「何なんだ？　友だちじゃないのか」

「この世の終わりがきても、友だちにはなりたくないタイプだな」

「そりゃまた、随分嫌われたもんだ」藤田が皮肉に唇を歪《ゆが》める。

「いい加減な男なんだよ」

「ああ」納得したように藤田がうなずいた。「あんたが一番嫌いなタイプだね」

「そういうこと」

藤田が禁煙用のパイプを銜《くわ》える。本気で煙草をやめるつもりになったようで、最近は唇の端でカラフルなパイプをぶらぶらさせている姿が目立つ。甲州街道に出て、渋滞に摑まる間を利用して岩隈との出会いを話す。話せないこともあったが、この男には、大抵の人に対してよりは多くを語れる。甲州街道から京王八王子駅に入る明神町の交差点を右折する頃、ようやく岩隈との因縁を話し終えた。

「なるほどねえ」パイプを口から引き抜き、腕組みをする。「まあ、別に害はないだろうけど、何で会う気になったんだ？　放っておけばいいじゃないか」

「ネタを持ってないわけじゃないんだ、その男は。質に関しては何とも言えないけど」

「あまりがつがつやる必要はないんじゃないか？　俺たちは基本的に一課の人間なんだから。発生した事件にきっちり対処する、それでいいんじゃないかな」

「それは分かってるけど、ネタを持ってると言われると無視できないんだ」

「刑事の悲しい性癖だな」藤田が唇の端に笑みを浮かべた。「ま、せいぜいたかられないように気をつけるんだな。案外、そんなところが狙いかもしれないぜ」

「分かってる」

　駅前のロータリーで、タクシーに割りこんで車を停めた。藤田が手を振りながら、地下の改札に向かって消えて行く。それを見送ってから、元来た道を引き返し、甲州街道から国道十六号線に入って八王子のインターチェンジを目指した。いつもながら十六号線の渋滞は最悪で、アクセルよりもブレーキに足を乗せている時間の方が長い。高速道路に乗った時には七時を回っていた。上《のぼ》り車線はがらがらで、カーナビも渋滞がないことを示している。岩隈が待ち合わせを指示した青山まで一時間弱と見積もった。

　予想通り、八時前に青山一丁目の交差点まで辿《たど》り着き、ビルの地下二階にある駐車場に車を預けた。三十分で四百円という駐車料金を見て思わず財布の中身が心配になり、さっさと切り上げようと心に決めた。

岩隈が待ち合わせに選んだのは、駐車場の一階上にある、私も使ったことのあるピザレストランだった。値段はかなり高く、ピザ一枚分で、八王子では三回ランチが食べられるはずだ。薄暗い店内に足を踏み入れ、目が慣れるのを待つ。日曜の夜とあって、客は少ない。ニンニクとトマトソースを主体に、様々な香辛料が入り混じった香りが鼻をくすぐり、胃に刺激を与える。味は確かな店だった、と思い出した。赤白のギンガムチェックの制服を着た若い男の店員が近づいて来たが、声をかけられる前に岩隈を見つけたので「待ち合わせです」と告げる。

岩隈は窓際、地下の通路に面した二人がけの席に陣取り、ちびちびとビールを呑んでいた。しばらく入り口付近に佇《たたず》んだまま、その様子を観察する。彼の体には明らかに大き過ぎるTシャツを着て、空色になるまで青が抜けたジーンズというラフな格好だった。Tシャツの胸では、帽子を被ったチェ・ゲバラが周囲を睥睨《へいげい》している。小さなガラス製の灰皿から煙が立ち上がり、彼の周囲で渦巻いて、その表情を曖昧《あいまい》に見せていた。最後に会った時に比べると、少し髪が伸び、頬がこけたようだった。元々年齢不詳なのだが、今はさらに判断する材料に乏しい。

岩隈が顔を上げた。私を認めると、満面の笑みが浮かんだ。その裏に隠れた本音《ほんね》は「金づるが来た」だろう。まあ、いい。ピザを食べ過ぎて破産した人間はいないはずだから。正面に座ると、彼は右手を差し伸べてきた。その手をじっと見下ろす。

「握手するような間柄じゃないでしょう、俺たちは」

「また、堅いこと言って」岩隈の口元がだらしなく緩む。右手は宙に浮いたままだった。無視し続けると、ようやく手をテーブルに下ろす。灰皿には既に吸殻が三本溜まっていたが、まだ火の点いている一本を揉み消すと、すかさずパッケージから新たに引き抜いた。ふいに気づいたように、私にも一本勧める。首を振って断った。

「煙草は吸わないんだっけ?」

「酒も呑みませんよ」

「お堅いことで」

「酔っ払ってちゃ仕事にならないんですよ、こっちは」メニューをざっと眺め、ウーロン茶があるのを見つけて店員を呼んだ。線が四本ついた岩隈のビールグラスを見やる。無言でうなずいたので、同じものをもう一杯、頼んでやった。

「ウーロン茶ね。ピザにウーロン茶という組み合わせは、マリアージュとしてはあり得ない」安っぽい食味評論家のようなコメントを発して岩隈が首を振る。マリアージュ?

「合わないことはないですよ。ウーロン茶は万能だ」

「ま、その辺は好き好きってことかね……さて、さっさと頼みましょうか。腹が減っちまった」

「好きなものをどうぞ」彼の前にメニューを押しやった。

「あんたも選んで下さいよ」

「何でもいい。合わせますよ」

体にいいピザなどあるのだろうか。高カロリーで低タンパク。炭水化物の塊。具の主体は肉類が多いし、特にこの店はシカゴ風のディープ・ディッシュ・ピザを謳《うた》っているので生地は分厚く、具はチーズの海の中で泳いでいるようだ。そういえば学生時代、アメリカの中西部に留学していた時はよくこういうピザを食べたものである。自分の健康状態に責任を持たずに済み、味よりも量で食べ物を選んでいた時代のことだった。

「何か？」私が過去を懐かしんでいたのに気づいたのだろうか、立てたメニューの上から目だけ覗かせて岩隈が訊ねた。

「いや、別に」

「何か、にやけてましたよ。あんたらしくないですね」

「思い出し笑いですよ」

「あんたでも笑うことがあるんだ」

「人間ですからね」

「人間である前に刑事かと思ってたけどね」

「あなたがそういう風に考えるのは自由ですよ。実際今日も、刑事としてここに来てるんだから」

「ま、こっちとしてはどうでもいい」肩をすくめてから、岩隈が店員を呼んだ。ペパロニとサラミのピザを一枚、アンチョビと卵、オリーブのピザを一枚頼んだ。少しは栄養も考えますか、とつけ加えてシーザーサラダを追加する。この店のシーザーサラダのクリーミーなドレッシングはいかにもカロリーたっぷりだし、クルトンは小さなものではなく、大振りに切って揚げたパンだ。栄養学的にはとんでもなく偏った食べ物だし、食べた分のカロリーを消費するためには、吐《は》くまでジョギングをしなければならないだろう。まあ、いい。要は手をつけなければいいのだ。サラダは岩隈に任せておいて、私はピザを一切れ、二切れつまむだけにしよう。

実際にそうなった。岩隈は何日も食べていないような様子でピザの攻略に取りかかり、あっという間に二枚を半分——三切れずつ食べてしまった。私はようやく二切れを食べ終えたところだというのに。お代わりしたビールをそこで飲み干し、さらにもう一杯頼む。最初は取り分けていたサラダのボウルに、直にフォークを突っこんで食べ終えた。新しいビールがくる間を利用して煙草に火を点け、煙の隙間から私を覗き見る。

「相変わらずご活躍のようですね」

「俺の仕事を監視でもしてるんですか」

「まさか」首を振り、灰皿の縁で煙草を叩いた。「そんなことをしてる余裕はなかった」

「東京を逃げ出してから、何をしてたんですか」

「逃げたわけじゃない」逃げたのは間違いないのだが、それ以上追及せずにおいた。

「まあ、あちこちうろうろして。何とか食いつないでたよ」

「どうして、また東京に？」

「そりゃあ、田舎で金を稼ぐには限界があるでしょう。地方は相変わらず不景気でね。金儲《かねもう》けをするには、やっぱり東京だ。久しぶりに戻って来たけど、随分変わったね。六《ろっ》本木《ぽんぎ》も東京駅の辺りも、俺がいた頃とは景色が変わってる」

「それが東京っていう街じゃないですか」

「おっしゃる通りですね」おどけた調子で言って、運ばれてきた新しいビールに手をつける。唇に泡をつけてグラスを置いた時には、水面は一センチほどしか下がっていなかった。ようやくピッチを落とす気になったようだ。

「ネタがあるって言ってましたよね」

「そうだっけ？」

小さな怒りの焔《ほのお》が灯《とも》った。私の顔を見た瞬間、岩隈の顔を覆っていたにやけ笑いが吹き飛ぶ。

「いい加減にして欲しいな。そもそも、あんたの言うことを信用した俺が馬鹿だったのかもしれないけど」

「まあまあ、そんなことはない」岩隈の口調に余裕が戻ってきた。「今度のネタは本当にでかい。これをモノにできたら、間違いなく高く売れますよ」

「原稿として？」

「当たり前でしょう。こっちは書いてナンボなんだから」憤然と言い放って岩隈が腕を組んだ。一応、怒る素振りを見せているが、それがあくまで虚飾に過ぎないことは分かっている。物を売りこむことを仕事にしている人間にとって、最も大事なのは商品の品質だが、時にはプレゼンテーション能力の方が重視されることがある。彼の場合、話の真贋《しんがん》はともかく、思わせぶりな態度で相手の気を引くやり口には長《た》けていた。引き込まれるなよ、と私は自分に忠告した。

「あなたの名前を印刷物で見た記憶はないですね」

「相変わらず疑り深い人だ」

「それが仕事ですから……というより、あなたがライターを名乗ってるなら、どこかで名前を見ていてもおかしくないはずですよね」

「なるほど。ま、そういう小さなことは置いておいて」岩隈が紙ナプキンを大量に摑み、乱暴に指を拭《ぬぐ》った。ピザの皿を脇に押しやると、新しいナプキンを空いたスペースに広げる。そこにボールペンで「B」「C」と書きつけ、それぞれを丸で囲んだうえで線で結んだ。

「これは？」

「一番簡単な模式図」

「何のですか」

「だから、今回の一件の」

「事件」と言わなかったことに私は留意した。つまり、まだ顕在化していないということではないか。もっともこの男が、日本語を正確に使おうとする意図を持っているとは思えなかったが。

「三角形っていうのは、結構バランスが難しいもんだよね」言いながら岩隈が、直線の上方に「A」と書いた。「BとC、つまり二者間の関係なら整理しやすい。安定してる。

ところがもう一つ要素が入るだけで、事態は何倍も複雑になるんだよな」

「事件なんですか、これは」

「さあねえ」

「俺をからかってるなら、これぐらいにしておいて下さいよ。これでも忙しい身なんですから」フォークをテーブルに叩きつけてやった。

「それは十分承知してますよ」軽い調子で言いながら、三角形にボールペンでさらに書き加える。「A」と「B」、「A」と「C」を結ぶ斜線をそれぞれ何度もなぞり、太くした。一方で、「B」と「C」を結ぶ底辺には一本線を加えて二重にする。

「何が言いたいんですか」

「あんた、今どんな事件をやってるんですか」

「進行中の件については何も言えません」本当のこと——何もない、とは言えなかった。暇な刑事というのは、能無しという言葉の言い換えである。いくら西八王子署の管内が平穏だとはいっても、外部の人間には、そんなことは口が裂けても言えなかった。

「いやいや、そういう意味じゃなくて、あんたの担当は何なんですか」

「一課の関係」

「ああ」岩隈の顔に失望の色が過った。話す相手を間違っていた？　そうかもしれない。

どうもこの男は、汚職か悪徳商法のネタを摑んだのではないかと思える。もちろん、事件の材料なら何でも歓迎だ。私が捜査するかどうかはともかく、担当者に回して捜査が進めばワルが減るのだから。

「情報なら何でも聞きますよ」

「今回はかなり高いけどね」

「売りつけるつもりですか」

　私の顔に浮かんだ怒気に気づいたようだ。岩隈がビールのグラスを手にし、そっと距離を置く。

「金を出しても欲しい情報ってのはあるでしょう」自信たっぷりの態度は変わらなかった。「警察には、そういうことのために組んでいる機密費もあるはずだ。いろいろ問題になってるみたいだけど、それはこっちには関係ないからね」

「そんなことは、あんたに心配してもらう必要はない」もしかしたら、警察内部の事情に関係するものなのか？　その可能性もある。つつけば幾らでも埃《ほこり》が出てくるのがこの世界なのだ。

「ま、とにかく、今はまだはっきり喋れる段階じゃないんですよ。でもいずれは教えます。それで幾ら貰《もら》うかは、その時に相談しましょう。あんただって、絶対に金を払う気になりますよ。それだけの価値がある情報なんだから」

「はったりじゃないんですか」

「まさか」岩隈の顔に本気の怒りが浮かんだ。「どうして俺がそんなことをしなくちゃいけない？」

「金のため」

「はっきり言うね」

「金で買える情報は確かにあるし、額は幾らでも吊り上げることができる。あなたはそういうことが得意でしょう」

「金が全てじゃないよ。俺はね、今回の件に賭けてるんだ」グラスをそっとテーブルに置いて、岩隈が身を乗り出した。「俺はあくまでライターなんだよ。書いてナンボなんだ。この件は絶対に金になる。書かなくちゃいけないっていう義務感もある。それは、刑事さんが犯人を捕まえようとする本能と似たようなものじゃないかな」

にわかには信じられない。この男は要するに情報ゴロなのだ。摑んだ情報を右から左に流し、関係者の耳に囁《ささや》いて金に換える。たとえその情報がどれほど正確で重みのあるものであっても、彼の手にかかればクソの塊になってしまうのだ。

「とにかくあんたには覚えておいて欲しいんだ。俺は重要な情報を持ってる。はっきりしたら、それをあんたに渡したいんだってことをね」

「そんなにもったいぶらないで、今話してくれればいいじゃないですか」

「まだ話せない」首を振り、最後に私の顔に目を留める。一瞬だが、私は彼の目に真剣な色を見た。

「どうして」

「簡単なことですよ。どうせなら完全な情報を渡したいからだ。今はまだ、話せる段階じゃない」

「中途半端なものでも構わないんですよ。重要な情報だと判断すれば、我々は動きます」

「まあまあ。俺自身、今の情報にはまだ納得してないから。どうせなら、あんたたちの手間を省いてあげたいしね」

「それはどうも、ご親切に」

むっとした表情を浮かべ、岩隈が顔を背けた。冷めてしまったピザを一つ取り、自分の皿に移して食べ始める。私は依然として、この男の真意を測りかねていた。本当に重要な情報を摑んで、私から金を引き出せるとでも思っているのだろうか。捜査費という名目で使える金があるのは事実だが、今はそれをおおっぴらに口にできない。それに金で買える情報は、その金額に値する価値しか持たないものだ。彼の口ぶりでは、大変な金額に値するもののように思えるが。

「まあまあ、これはまだ入り口ですよ」ピザを片づけて再び口を開いた時には、口調に自信が戻っていた。「何事にもきっかけが必要でしょう。あんたが俺を忘れちまったんじゃないかと思って、今夜は声をかけたんですよ。これは予告編みたいなもんです」

「実際、あなたのことは忘れてましたよ。電話がかかってくるまでは」

「おやおや、正直なことで」笑い出してむせてしまい、ビールでそれを収める。酔っている様子はなかった。「まあ、あんたも忙しいんでしょうからね。俺みたいな人間に構っている暇はないのかな」

「情報が重要なものなら、そんなことはない。でも、話してもらわないと何とも言えませんよ」

「だったらそのうち、下にもおかない扱いをしてもらうことになると思うな」

「とりあえず、今夜は奢ります。もしかしたら、これだけで解放してもらう方がいいかもしれないけど」

「そうはいかないんじゃないかな。あんたは猟犬だからね。臭いを嗅《か》ぎつけたら、食いつくまで絶対に諦めない」

それは認める。だが彼の空疎《くうそ》な言葉は、はっきりとした臭いとなって鼻先に漂ってくることはなかった。新たな悩みになったのは、今後どうやってこの男を振り払うかということだった。しかし岩隈はしつこく、しかも図々しかった。ピザとビールの代金を私に払わせただけではなく、宿まで送れ、と執拗《しつよう》に要求したのだ。

「タクシー代わりに使わないで欲しいですね」さすがにこれにはむっとしたが、彼は一向に意に介さない様子だった。

「まあまあ、ものはついでお願いしますよ。日曜の夜はタクシーを摑まえにくくてね……それに、そんなに遠くじゃないから」駐車場に降りると、さっさとレガシィのドアに手をかけた。大袈裟に溜息をついてやったが、気にする様子もない。仕方なく車を出し、彼の指示する通りに走らせた。

「こっちに家はないんですか」

「しばらく地方にいたからね。これからずっと東京にいるかどうかも分からないから、とりあえずウィークリーマンションで暮らしてますよ」

　ということは、すっからかんというわけではないようだ。それを指摘すると、岩隈が馬鹿にしたような笑い声を上げる。

「金なんかなくても、宿ぐらい何とでもなりますよ」

「何ですか、それ」

「知り合いさえいれば、世の中は渡っていけるもんでね」

「そのウィークリーマンションの関係者と知り合いとか？」

「ま、その辺はいろいろと」肩をすくめ、口をつぐんだ。どうせろくでもない知り合いなのだろう、ということは容易に想像できる。知り合いというよりも、ウィークリーマンションの経営者のスキャンダルでも摑んで、脅しをかけているのかもしれない。それは立派な恐喝になるのだが、一々突っこむのも疲れる。やはりこの男に対処する最善《さいぜん》の方法は、一切係わらないことだ。

岩隈の指示通り、青山通りを渋谷《しぶや》に向けて走った。赤坂通りとの交差点を通り越して最初の信号を左折して、骨董《こっとう》通りを三分ほど走ったところで、車を停めるよう命じられた。

「千円いただきます」

言うと、岩隈がからからと笑った。どうにも耳障りな笑い声だった。

「あんたも変わりましたね。前は冗談を言うような人じゃなかったけど」

「あなたといると、冗談でも言わないとやっていけないんですよ」

「まあまあ」行き交う車のヘッドライトに照らされ、岩隈の顔ににやついた表情が浮かぶ。そこに一瞬、真剣な色が入りこんだ。「いずれ、冗談なんか言ってる余裕はなくなりますよ。俺の話を真剣に聞かざるを得なくなるんだから」

「そうは思えないな」

「また連絡しますよ。あんたの方から連絡してもらってもいいけど、中途半端な状況ではこっちも話したくないからね。きっちり固まったら、俺の方から連絡します。今度はピザなんかじゃなくて、本格的なイタリア料理がいいな」

「今日の店を指定してきたのはあなたでしょう」

「だからピザ程度の情報だったんですよ、今の段階では。まあ、今日はほんの入り口、顔見世興行ということでね」

情報というほどの情報でもなかった。これで六千円かかったということは、彼の言うように大きな情報だったら、幾ら使うことになるのだろう。もちろん私の中では、はったりだという判断の方が強かった。

「じゃ、そういうことで」岩隈がドアに手をかけ、窓の外を指差した。「しばらくそこに泊まってますから。俺に用事があったら、ここへ来れば会えるよ」

彼の指先を延長すると、そこには夜空に向かって鉛筆のように細く立ち上がる建物があった。

「ウィークリーマンションの方が、ホテルより便利なんだよね。テレビもＤＶＤもあるし、冷蔵庫も電子レンジも使い放題だ。狭いけど、贅沢《ぜいたく》は言ってられないよね。料金もホテルに比べれば割安だし。まさか一人でラブホテルに泊まるわけにもいかないからね」

「なるほどね」

「連絡を取るにはどうすればいいんですか？　このウィークリーマンションに電話すれば、つないでもらえるんですか」

「こっちから連絡するけど……まあ、これをどうぞ。渡すのを忘れてましたよ」岩隈が財布から名刺を引き抜いた。「ライター」という肩書きと名前、携帯電話の番号しか書いていない。キンコーズへ行けば、一日で作ってもらえるはずだ。一番安い、素っ気ないものではないだろうか。

「そう、携帯へ。また俺と飯を食いたければね」

「たぶん、そういう気にはならない」

「そのうち気が変わりますよ」

「どうかな」

にやりと笑い、岩隈がドアをゆっくりと押し開けた。ガードレールを避けて、自分が通れるだけの隙間を作る。音を立ててドアを閉めると――レガシィのドアは日本車にしては重い――身を屈めて車内を覗きこみ、私に向かって手を振った。その軽い仕草は、信頼とは無縁のものだった。溜息をつき、車を出す。世の中には係わってはいけない人間がいるが、彼は間違いなくその一人だ。しかし人は、否応なしにそういう人間と係わらざるを得なくなる時がある。

岩隈は私に何を伝えたかったのだろう。何度も頭の中で様々な可能性をひっくり返したが、浮かんでくるのは彼が描いた三角形だけだった。ＡＢＣ、三つのアルファベット。それが意味するのは個人なのか、組織なのか。それとも単なる記号なのか。彼の言葉の端々からは、一課が扱う粗暴犯のようなものではない、という感じが窺《うかが》えた。今でも、インチキだったのではないか、という感は拭えない。ただ私に飯を奢らせるために、適当な嘘をついたのではないか。

その岩隈は殺された。そして私に嫌疑がかかった。

何故だ？

まったく理由が想像できない。匿名の情報提供者が私を陥れようとしたのは間違いないが、それは何のためなのか。岩隈とは知り合いなのか。様々な人間に恨みを買っている自覚はあったが、こういうやり方をする相手がいただろうか。

いつの間にか、食欲は失せていた。二口齧《かじ》っただけのサンドウィッチからはみ出しているアボカドの緑を見ているうちに、ひどく汚らしいものに思えてくる。すっかり冷めてしまったコーヒーを飲み干し、サンドウィッチを包み紙に包んでゴミ箱に叩きこんだ。食べ物に当たっても何もならないということは分かっていたが、何かせざるを得なかった。

3

西八王子署に着いた時には十時半になっていた。刑事課の部屋には人気《ひとけ》がない。隣の藤田のデスクに載っている朝刊を広げてみたが、岩隈が殺された事件の記事は見当たらなかった。いくら事件が多い時代だといっても、殺しなら大抵は社会面に載る。朝刊には間に合わなかったのだろうと思い、インターネットでニュースをチェックしようとパソコンの電源を入れた瞬間、部屋に入って来た刑事課長の熊谷《くまがい》と目が合った。私を見るのが大変な苦痛であるかのように、すっと目を逸《そ》らしてしまう。それが気になって立ち上がり、自分から彼に近づいていった。

「遅れてすいません」探りを入れるために謝罪から入る。途中、遅刻するという連絡は入れておいたのだが。

「いや、それはいい」熊谷は依然として私と目を合わせようとせず、上着を脱いで自席に座った。私との会話を避けるためなのか、周囲をきょろきょろと見渡す。未決の書類、なし。声をかけるべき刑事もいない。結局、金色のカフスボタンを弄《いじ》り始める。私は無言で言葉を待ったが、彼がいつまでもカフスボタンから手を離そうとしないので、じれて言葉を発した。

「青山署からは連絡があったんですよね」

「ああ」

「昨日の俺のアリバイを確認してきた。そういうことですね？」

「そうだ」

「この一件は単なる濡れ衣です」

「ああ」私の宣言を肯定しているわけではなく、単なる相槌《あいづち》だった。

「何かの誤解ですよ」

「それは――」ようやく顔を上げて私と目を合わせたが、その瞬間に机上の電話が鳴り出した。露骨にほっとした表情を浮かべ、素早く受話器に手を伸ばしたが、相手の声を聞いた途端、また暗い顔になる。「はい、ええ、ただいま――そうですか、ではすぐに伺《うかが》います」

熊谷が割れ物を扱うようにそっと受話器を置き、立ち上がって上着の袖に腕を通す。入り口に向けて顎をしゃくった。

「何ですか」

「署長がお呼びだ」

「今日の件で――」

「それは署長から直接聞いてくれ。俺の口からは言えない……行くぞ」私の言葉を中途で断ち切り、熊谷はさっさと刑事課を出て行った。その背中を追いかけながら、私は自分がさらに大きな渦に巻きこまれつつあることを覚悟していた。

署長の西尾《にしお》は交通畑が長かった男で、今春の異動で西八王子署に着任してきた。可もなく不可もなくというのが、現在定着しつつある評判である。もっとも西八王子署は、もともと事件が少ない警察署だから、署長の指導力が問題になることなどほとんどなく、手腕を見定めるのは難しかった。もしかしたら今回の一件が初めての試練になるかもしれない。

署長室に入ると、熊谷が出入り口から首を突き出して周囲を慎重に見渡し、音を立てないように気をつけながらドアを閉めた。署長の前に立った私の背後に回りこみ、一つ咳払《せきばら》いをする。でっぷり太った体を制服に押しこんだ西尾が、両手を組み合わせたまま自席から私を見上げた。しばらく無表情なままそうしていたが、やがて「座るか」とつぶやく。怪訝《けげん》そうな表情を浮かべてやると「お前みたいにでかい奴に見下ろされてると気分が悪い」と説明した。冗談ではなく、心底不快そうだった。

ソファに場所を移し、署長と対峙する。西尾はテーブルに載ったガラスケースから煙草を取り出し、制服の胸ポケットを探ってライターを引っ張り出した。署内は全面的に禁煙なのに署長室だけが例外というのも奇妙な話だが、要は来客用なのだろう。署長室には、頻繁に外部の人間の出入りがあるのだ。西尾は煙草に火を点けると天井を仰ぎ、溜息をつくように煙を吐き出した。しばらく言葉を探していたが、やがて意を決したように身を乗り出した。

「今朝、青山署に呼ばれたな」

「五時過ぎに叩き起こされました。あまり褒《ほ》められたやり方じゃありませんね」

「余計なことは言うな」力なく首を振り、煙草を神経質そうに灰皿に打ちつけた。「どういうことなんだ」

「それはこっちが聞きたいぐらいです」

「殺し、だそうだな」

「ええ。詳しい内容は知りませんが」当然、事件のことは今でも頭に引っかかっている。青山署のやり方にはいろいろと問題があるが、取り調べの際に容疑者に事件の詳細を告げないという方法は確かにある。相手を不安にさせ、あれこれ迷った末に自爆させるのが狙いであり、私も一瞬だがその隘路《あいろ》にはまりかけた。「青山署から正式な話はきてるんですか」

「いや」西尾が事態をコントロールできていないのは明らかだった。おそらくこの男は、三十年以上警察に身を置いているはずだが、部下が何かの事件の容疑者になるような経験はなかっただろう。

「今のところは非公式な話なんですね」

「そういうことだ」

「聴かないんですか？」

「何を」

「私が殺したかどうか」

「鳴沢」

熊谷が鋭く止めに入ったが、私は構わず続けた。

「まず、それを確認すべきじゃないんですか。もちろん私は何もやってませんけど、これからどうするにせよ、それが全ての前提になるはずです」

西尾の顔は真っ赤になっていた。頭にまで血が昇り、すっかり白くなった髪から透けて見える地肌も赤く染まっている。しかし、わたしを諫《いさ》めるための材料は持っていないようだった。

「とにかく、私は何もやっていません。殺された男と昨夜会っていたのは事実ですが、その男が殺されたのは私と別れた後です。誰かが私を嵌《は》めようとしてるんです。青山署は匿名の情報提供に基づいて私を引っ張っただけで、物的証拠は一切ありません」

「誰かっていうのは誰だ」西尾が低い声で訊ねる。

「それは分かりません」

「あくまで誰かに嵌められたと言うんだな」

「ええ」

「長いこと刑事をやっていれば、誰かに恨みを買うこともあるだろう。だけど、そんな手の混んだことを誰が考える？　復讐なら、もっと簡単で効果的な方法を考えるのが普通じゃないか」

その通りだ。闇に乗じて襲うとか。ふと、相手は私のことをよく知っている人間ではないかと訝《いぶか》った。私が一番恐れていることは何か——両手を縛られることだ。この仕事ができなくなることだ。それを考えると、殺される方がよほどましに思える。私を貶《おとし》めるために人殺しの濡れ衣を着せるのは、簡単ではないが効果的な方法なのは間違いない。

「で、青山署の方は何て言ってるんだ」

「連中の言い分は関係ありません。容疑は晴れたと思ってます」できるだけ平静を装って答える。「今ここにいるのが、何よりの証拠じゃないですか」

助けを求めるように、西尾が熊谷に目をやった。熊谷が声を絞り出すように結論を提示する。

「ちょっと探りを入れてみようと思います」

「探り？」疑念を隠そうともせずに西尾が言った。

「うちの刑事が事件を引き起こすとは考えたくありません。特に鳴沢の場合は……乱暴なことと、人を殺すことはレベルが違いますからね。とにかく少し情報収集をしてみます。何かの間違いだと思いますよ」最後は芝居がかった楽天的な口調であり、騙《だま》される人間などどこにもいないだろう。

「何かの間違いじゃなくて、明らかなミスです」

「お前は黙ってろ」私が口を差し挟むと、熊谷が思いも寄らぬ激しい口調で命じた。「疑いを持たれるだけでも大変なことなんだ。だいたい、逆の立場だったらどういうことになるか、考えてみろ。お前は容疑もない人間を引っ張るか？」

「それはそうですが……」

「昨夜、被害者と一緒にいたのは間違いないんだな」

「それは青山署でも言いました」

「有利な材料にはならないな」

「アリバイだったら分単位で詰められますよ」

「それはあくまで、お前の言い分に過ぎん。青山署が何を考えているかは、また別の問題だ」

　自分が依然として危うい立場にいることを自覚する。熊谷も西尾も、私を信用してはいないのだ。容疑が完全に晴れるまで、二人が私の肩を持つことはないだろう。「疑わしきは罰せず」はあくまで法の理念であり、疑わしい者からは距離を置くのが公務員の知恵だ。下手をすれば自分たちにも被害が及ぶ。私が「やっていない」と叫び続け、その証拠を提示するのは難しいことではないが、この二人が万が一の事態を想定していてもおかしくはない。そもそも管理職の仕事とは、そういうものなのだから。

「しばらく自宅待機だな」西尾が結論を出したが、私の目を見てはいなかった。

「ちょっと待って下さい」立ち上がりかけたところで、熊谷に腕を押さえられる。それを振り切るのは簡単だったが、彼の面子《メンツ》を慮《おもんぱか》るだけの気持ちの余裕は、まだ私に残っていた。

「正直に言う」宣言して、西尾が煙草を灰皿で押し潰した。白く濁った空気が私たちの間に漂い出す。「俺はこの件をどうしたらいいのか、今のところ判断ができん。自分のところの刑事が事件を起こしたとは信じたくないが、何もないのに捜査の対象になることはあり得ないからな。青山署も、疑うに足る材料があるから動いたんだ」

正論だった。その「何か」が匿名の情報提供だけというのが、いかにも危うげではあるが。いや、そもそもその情報の詳しい内容を私は知らない。刑事を動かすだけの説得力があるものだったのは間違いないが、それを知る術《すべ》がないのがもどかしい。

「謹慎ですね」

「待機だ」西尾が言い直す。

「同じことでしょう」

「待機だ」繰り返し言って、西尾が新しい煙草を取り出した。「書類には残さない。有給扱いにする」

微妙な対応だな、と感じた。謹慎は明確な処罰だ。記録にも残る。そこまでせずに待機ということにしたのは、西尾の心証が辛うじて、私が無実だという方向に傾いている証拠ではないだろうか。いいだろう。待機ということはすなわち、署に来なくていいということだ。勝手に動き回っても、ばれなければ文句を言われる筋合いはない。

岩隈を殺した犯人は私が見つける。そして、私を陥れようとしている人間にも泡を吹かせてやる。


私が自宅待機を受け入れたことで、西尾はとりあえず納得した様子を見せた。だが熊谷は、私の意図に鋭く感づいたようだった。刑事課に戻ると、取調室に来るよう、命じられる。一日に二度も入る場所ではない――刑事としてならともかく、調べられる側としては。熊谷が椅子を蹴るように足で動かし、腰を下ろす。私は丁寧に引いて、慎重に座った。

「いいか、大人しくしてるんだぞ」いきなり警告を発する。

「俺は何もしませんよ」

「家から一歩も出るな。余計なことをするんじゃない」

「課長は、俺を疑ってるんですか」

いきなり質問をぶつけられ、熊谷がぎくりと身を揺らす。一つ咳払いをすると態勢を立て直し、小さな笑みを浮かべた。

「青山署の連中ほどは疑ってない」

「ゼロじゃないんですね」

「不満か」

「当たり前じゃないですか。俺は何もしてないんだし、青山署の連中のやり方もおかしい……課長、この事件についてはどれぐらいご存じなんですか」

「俺もほとんど知らないんだ。後で確認してみるがな。被害者はお前の知り合いなんだって?」

「何年も前の情報提供者です」

「その後は会ってなかったのか」

「ええ。向こうが東京を離れてましたから。こっちも、積極的に会う用事はありませんでしたしね」

「なるほど」ゆるりと顎を撫《な》でる。ワイシャツの胸ポケットからボールペンを引き抜くと、リズミカルにデスクにぶつけ始めた。そのやけに速いテンポが私を苛立たせる。

「昨日会ったのは間違いないんだな」

「ええ」

「何の用事で」

「向こうが久しぶりに東京に戻って来て、会いたいと言ってきただけですよ。夕飯をたかられました」

「その時、トラブルになりそうな話は出なかったのか」

「……いや」

一瞬の躊躇が、彼の疑念を増幅させたようだった。上体を膨らませるようにして身を乗り出し、私の顔を真っ直ぐ見詰める。ボールペンのドラムソロは終わっていた。

「言い争いになったとか、そういうこともないんだろうな」

「ないです。何だったら、課長が自分で聞き込みでもしてみたらどうですか」

「冗談じゃない」

「腰が重くなったら刑事としてはおしまいですよ」

「俺は管理職だぞ……一応」憤然とした口調を作ったが、威厳はさほど感じられなかった。

「とにかく、思い当たる節は何もないんですよ」

「そうか」

「ところで今日は誰もいませんけど、どうしたんですか？　俺がいない間に何か事件でも起きたんですか」

「いろいろあるんだ。急に仕事が降ってきてな」

「仕事？　何ですか」降ってきた――本庁からの指令だ。

「例のCF事件の件だよ」

「ああ」CF――キャットフィッシュという名前が新聞や雑誌を賑《にぎ》わせるようになったのは、ここ二か月ほどのことだ。インターネットのフィッシング詐欺《さぎ》サイトを運営しているグループなのだが、正体が割れた珍しい例として注目されている。普通、インターネット上の犯罪者はヒット・エンド・ランを鉄則としており、天井までまだ余裕がある状況でも、捜査の手が伸びる前に引いてしまう。しかしこの連中はやり過ぎた。ハイテク犯罪対策総合センターと捜査二課が乗り出しており、摘発は間近らしい。なまず《キャットフィッシュ》というニックネームは、実態を表しているわけではないようだ。地震はともかく、自分たちの身に危機が迫っていることは察知できなかったのだから。不正に得た利益は、暴力団の資金源になっていると噂《うわさ》されている。

「CFの関係者がこっちにいることが分かってな。二十四時間態勢の監視が始まってる。

刑事課でもその応援を頼まれたんだよ」

「俺は聞いてませんよ」

「今朝一番で話が降りてきて、シフトを組んだんだ。お前が青山署に引っ張られてる頃だな」

「藤田もそっちですか」

「ああ。奴さんはこの件の主力になる。しばらくはかかりきりだろうな」

自分と世の中をつなぎとめる細い糸が切れてしまったように感じた。藤田は、信頼できる数少ない仲間なのに。

「そういう忙しい時に、俺が自宅待機でいいんですか」

「蒸し返すな。署長命令だぞ」

「――分かりました」

「とにかくそういうことだ」大儀そうにデスクに両手をついて、熊谷が立ち上がる。

「青山署の件、何か分かったら情報は入れてくれるんでしょうね」

「まあ、できるだけ」

「課長」呼びかけると、ドアのところから振り返った。「本当のところはどうなんですか？　俺がやったと思ってるんですか」

熊谷はしばらく私を見ていた。それがほんの少し長過ぎたように思う。管理職と言いながら、刑事の視線であったことも分かっていた。彼の胸に疑念が宿っていることを窺わせるのに十分な態度だった。

バッジを返して刑事課を出た瞬間、様々な不安がどっと押し寄せてきた。私の立場はバッジに守られている。今は、裸で街に飛び出してしまったような気分だった。

家に戻り、インターネットでニュースをチェックした。すぐに、さほど長くない記事を見つける。

「十一日午後十時ごろ、港区南青山のウィークリーマンションの一室で悲鳴が上がるのを隣室の人が聞きつけ、一一〇番通報した。警視庁青山署員が駆けつけ、施錠されたドアを開けると、室内で無職、岩隈哲郎さん（四九）が死んでいるのを発見。岩隈さんは全身に傷を負っていたが、死因は後頭部を強打されたことによる脳挫傷と見られる。凶器などは見つかっていない。岩隈さんは八日からこの部屋を借りていた」

何だ、この記事は。あまりにも情報が少ない。他のサイトを回って記事を読み比べてみたが、どれも大差なかった。一一〇番通報した隣室の人間が、すぐに様子を確認していれば、と思う。警察に連絡した後は、息を呑んで自分の部屋で身を潜めていたのだろう。もしも廊下に飛び出していれば、犯人の顔を見られたかもしれないのに。しかし、刑事でもない人間にそこまで望むのは無理というものだろう。まず、自分の身の安全を考えるのが当然だ。

確かに、事件としては一級品とは言えない。マスコミが大挙して押しかけるようなものでもないだろうが、もう少し頑張って詳しい記事にして欲しかった。これでは、事件の淡いシルエットが見えるだけではないか。一つ気になるのは、「全身の傷」という記述である。拷問を受けた後に殺されたようではないか。

パソコンの電源を落とし、意味も無くリビングルームを歩き回る。そのためのスペースだけはたっぷりあった。この家の家主は元々多摩の大地主である。ニュータウンの造成でかなりの部分を切り売りしたが、残った土地に建てたこの家は日本の標準からするとかなり大きい。半地下式のガレージには、大型のミニバンが二台楽に入る。私は愛車のレガシィとオートバイを駐車していたが、それでもまだ空いたスペースにウェイトトレーニングの用具を揃《そろ》えておくほどの余裕があった。大学教授だった家主は、数年前からアメリカの大学で教えており、日本に帰って来る気配はまったくない。私は税金対策で留守居を任された形だが、あまりにも広い家は一人では持て余してしまう。普段はこのリビングルームで生活の全てを完結させていた。

冷蔵庫を開け、緑茶のペットボトルを取り出す。一息に半分ほど呑んで、怒りと焦りを鎮めようとしたが無駄だった。情報がないことが、これほど気持ちを焦らせるとは。「調べてみる」とは言っていたが、おそらく熊谷は何もしてくれないだろう。青山署が動き出すのを息を潜めて見ているだけのはずだ。いつ爆弾が破裂するかと、息を潜めながら。やはり誰かから情報を取るしかない。となると藤田しか考えられないのだが、どうしたものか。二十四時間態勢の張り込みで、しかも本庁の人間が一緒だとしたら、私からの電話には出られない可能性が高い。私からの電話に出てべらべら話していたら、彼も評判を落とすだろう。いくら助けが欲しいといっても、彼を巻きこむわけにはいかなかった。

しかし、背に腹は替えられない。思い切って彼の携帯に電話をかけた。呼び出し音が五回鳴る。確かあいつの携帯は、七回目で留守番電話に切り替わるはずだが……と思い出していると、藤田の声が聞こえた。

「……はい」口調から、隣に誰かいるのが分かる。私からの電話だということを承知しているという前提で話した。

「俺だ」

「ああ」淡々とした喋り方は崩れない。

「今朝、青山署に呼ばれた」

「その件は知ってる」

「CFの件で動いてるんだな」

「そうだ」

「隣に誰かいる？　本庁の人間か？」

「ああ」

「だったら話せないな」

「後でかけ直す」

　電話は一方的に切られた。藤田はどこまで事情を知っているのだろう。私が青山署に連行されたのは早朝。その頃彼はまだ、夢の中だったはずだ。何も知らずに出勤して、いきなり張り込みを命じられてそのまま、というところだろう。詳しい情報を収集する余裕などなかったに違いない。「後でかけ直す」という言葉を信じるしかなかった。

　携帯電話を手の中で弄《もてあそ》びながら、リビングルームの散歩を再開する。考えをまとめようとしたが、思いは散り散りに乱れるばかりだった。一つ気になるのは、岩隈がどうして私の勤務先を知ったか、ということである。警視庁の代表番号ならすぐに調べることができるが、そこへ電話をして特定の警察官の勤務先を教えてくれと頼んでも、まず相手にされない。よしんば受付を突破して、警部補以下の人事を担当する人事第二課につないでもらったとしても、そこで聞き出せるとも考えにくかった。ということは、岩隈は警視庁内に独自のネタ元を持っているのかもしれない。そのネタ元は、私の知っている人間ではないだろう。それなら携帯電話の番号を直接教えるはずだが、岩隈は西八王子署の受付に電話をしてきたのだから。勤務先だけを何とか割り出したに違いない。

携帯電話の着信表示をスクロールし、そこに何か手がかりがないかと探す。

「しまった」思わず声に出た。二日前の「非通知設定」の着信が目に入る。勇樹《ゆうき》だった。久しぶりに日本に来た勇樹が電話をかけてきた時に、何とか会えそうだ、と話したことを思い出す。たぶん、今週末にでも。この状態で勇樹を家に迎えることができるのか――そう考えたが、逮捕でもされない限り、ちゃんと迎えてやらなくてはいけない。

内藤《ないとう》勇樹。職業、俳優。年齢十一歳。ニューヨーク在住。

勇樹は私の恋人――今もそう言っていいのかどうか自信はなかったが――優美《ゆみ》の一人息子だ。彼女の兄、七海《ななみ》は、私が学生時代留学していたアメリカ中西部の大学でのルームメイトで、今はニューヨーク市警で刑事をしている。優美との因縁ができたのは数年前、青山署に勤めていた時のことだった。それ以来紆余曲折があり、今はアメリカと日本に離れて暮らしている。一昨年から昨年にかけて私がニューヨーク市警で研修を受けていた時には濃密な時間を過ごしたが、結果的にそこで起きた事件が私たちの距離を広げる結果になった。

　勇樹は別だ。依然として私を慕ってくれている。今も週に一度はメールがくるし、時には電話もかかってくる――忙しい身なのに。ネットワーク局で製作され、アメリカでは既に「怪物番組」の評価が定着している家族向けのドラマ「ファミリー・アフェア」の主要登場人物の一人として、全米の人気者になっている。現在はシーズン4の真っ最中で、日本での放映も間もなく始まる予定だ。今回はそれに合わせ、スタッフに周囲を固められたVIP待遇でプロモーションのために来日している。私と優美が距離を置く原因になった事件は、まさに勇樹を巡ってのものであり、それ以来、周辺の警備はアメリカの大統領並みに厳しいものになってしまったのだ。大事な金づるを傷つけられるわけにはいかない、ということなのだろう。

　日本に着いた勇樹がかけてきた電話を思い出す――いきなりホテルに缶詰。麻布《あざぶ》のおばあちゃんのところへ行きたいんだけど、行けるかどうか分からない。明日から予定がびっしりで、京都とかへも行かなくちゃいけないから。別に行きたくないんだけど。でも絶対、了に会う時間は作るから。

　十一歳の子どもにしては、やけに大人びた対応だった。初めて会った頃は、ひどく照れ屋で幼く見えたのだが、テレビの世界は人を早く大人にしてしまうらしい。今のところテレビの影響力は、悪い方には向いていないようだが。結婚もしていないのに子どもに慕われるのはくすぐったくも温かい感じがしたが、それも一瞬のことだった。優美の顔を思い出すと、一気に気持ちが冷める。今回の来日に、彼女は同行していない。

思い立って部屋の掃除を始めることにした。祖母を頼って来日していた優美が再びアメリカに渡ったのはほとんど偶然のようなもので、彼女の古い知り合いが勇樹に「ファミリー・アフェア」のオーディションを受けてみないか、と勧めたのがきっかけだった。それを受けてしまったがために、私たちの間の距離は大きく開いてしまったのだが、それ以前、二人は何度もこの家に泊まりに来たことがある。勇樹は家の隅々までよく覚えているはずだ。一人でもちゃんとしていることを見せないと。

しかし、広いリビングルームに掃除機をかけただけで、馬鹿らしくなってしまった。これから先、どうなるか分からない。本当に勇樹に会えるかどうかも。クソ、せっかく日本に来ているのに、すれ違いにでもなったら目も当てられない。掃除機を放り出し、私は車のキーをポケットに入れた。こっちから会いにいってやろう。そもそも勇樹は、この家に来るべきではないかもしれない。もしも二人でいる時に、青山署の連中がやってきたら。その場で私が逮捕されでもしたら、勇樹は心に深い傷を負うだろう。それに、この家に一人で残されたらどうなることか。もう、日本での電車の乗り方も忘れてしまっているかもしれない。スイカが導入されたのは、勇樹がアメリカに行ってからである。こちらから押しかけて会う方がいいだろう。

手帳をめくり、数日前に勇樹が詳しく教えてくれたスケジュールを確認する。うまい具合に、今日は昼過ぎから都内の書店を回っているはずだ。「ファミリー・アフェア」の放送開始に向けて公式ガイドブックが完成し、その宣伝とサイン会をこなしているはずである。

それに都内に出れば、私には他にやることもある。岩隈を殺した人間を捜すのだ――しかしその動機づけは、普通の捜査とはまったく違うものになる。何よりもまず、自分にかけられた嫌疑を晴らすためなのだから。

車は諦《あきら》めた。勇樹はかなりの強行スケジュールを強いられており、今日一日で都内の五店舗を回る予定になっている。一度逃がして、後から追いかける羽目になった時に車を使うのは、都心部では非現実的だ。どうせ行き先は分かっているのだから、電車か地下鉄を使った方が失敗の恐れが少ない。

幸いなことに、御茶ノ水の大型書店でのサイン会に間に合った。始まる十分前に着いたのだが、既に長蛇の列ができている。サイン会の会場は五階のイベントスペースだが、三階の階段から人が並んでいた。何ということか……ニューヨークでは、勇樹は一人で出歩けないほど顔を知られているが、それが日本にも波及したということなのか。確かに、インターネットなどでは以前から騒がれていたし――海外ドラマのファンというのは少なくないらしい――直前に「ファミリー・アフェア」を放送する局が盛んに前宣伝を展開していたせいもある。放送が始まる前に公式ガイドブックやグッズが発売されるというのも、力の入れようの証明ではないか。

行列を追い越していくわけにはいかず、かといってこのまま待って時間を無駄にするのも馬鹿らしい。ここでの予定は一時間のはずだから、終わる頃を見計らって顔を出してみよう。そう思って一階に戻り、新刊書のコーナーで時間を潰すことにした。

「鳴沢さん？」声をかけられ、慌《あわ》てて周囲を見回す。相手を見つけた時、私は溜息をつくべきなのか、笑ってやるべきなのか、自分でも決めかねた。

「どうも。久しぶりです」私の迷いを無視して、相手が近づいてくる。長瀬《ながせ》龍一郎《りゅういちろう》。知り合いの作家だ。「たまげたな。偶然っていうのはあるんですね」

「まさか、俺の跡をつけてたんじゃないだろうな」

「冗談じゃない。偶然だって言ったでしょう」長瀬が声に出して笑った。「つけられる理由でもあるんですか？　だいたい俺は、鳴沢さんをつけまわすほど暇じゃないですよ」

「暇じゃなければ、どうしてこんなところに？」

「ここは俺にとって仕事場みたいなものだから」両手を広げ、ぐるりと周囲を見回す。「農家のオッサンが、自分の作った野菜がどんな風に売られているか確認したくてスーパーに来るのはおかしいですか？」

「喩《たと》えとしては今ひとつだな。作家らしくない」

長瀬が口元を歪めるように笑った。長身痩軀《そうく》を、柔らかそうなクリーム色のジャケットで包んでいる。下半身は、脚にぴったりと張りつく細身のジーンズ。足元は限りなく黒に近いグレイのスウェードのブーツで決めていた。彼の服装を一渡り眺めてから、感想を告げる。

「あんたがネクタイをしてないのを見るのは初めてかもしれない」

「そうですか？」

「俺の記憶に間違いがなければ」

「鳴沢さんの記憶力も当てにならないな。最低一回はあるはずですよ。去年、俺が泊まり明けの時に、会社まで訪ねて来たことがあるでしょう。あの時はネクタイはしてなかったはずだ」

「そうだったかな」

「そうですよ」通り過ぎる客に、失礼、と声をかけられ、長瀬が体を捩《よじ》った。「こんなところじゃ何ですから、お茶でも飲みませんか？　ここの二階、喫茶店になってますから」

祖父の形見のオメガを見た。時間はまだたっぷりある。いいですよ、と返事をして、彼の後に続いてエスカレーターに乗った。

文庫本のコーナーの奥にある喫茶店に腰を落ち着け、二人ともコーヒーを頼んだ。視線を動かして、窓の外のすずらん通りを眺める。道行く人は様々だ。大学の街だから学生も多いのだが、実際にはもっと雑多な人々が呑みこまれている。本を捜す人、大型のスポーツ用品店に行く人、楽器店巡りをする人。まったく毛色の違う人たちが混じり合って、街をカラフルに染め上げている。

「さて」コーヒーがくると、長瀬が嬉しそうに言った。「本当に久しぶりですね。一年ぶりぐらい？」

「人が変わったみたいですね」

「そうですか？」

「昔はこんなに愛想が良くなかったと思うけど」

「なるほどね」にやにや笑いながら、コーヒーを口元に運んだ。「やっぱり、新聞記者っていうのはいつもカリカリしてるんですよ。俺には合ってなかった」

「そうかもしれない。そうだ、『殺意』を読みましたよ」

長瀬は学生時代に作家デビューしていたが、その後専業の道には進まず、新聞社に入社していた。幾つかの事件で私の仕事と彼の仕事が交錯したことがあったが、去年、ついに会社を辞め、今は本当に筆一本で暮らしている。

「それはどうも」にやにや笑いが、どこか照れ臭そうな笑みに切り替わった。「何だか恥ずかしいですね」

「売れてるみたいじゃないですか。俺が買ったのは今年の二月だけど、年末に出たのが、その時でもう四刷になってた」

「昔の名前で出ていますってやつですよ。七年ぶりとか帯に打つと、それだけでみんな目を引かれるんでしょう。中身を見て買うわけじゃない」

「そうかな。面白かったけど」

「あれを面白かったって言うなら、鳴沢さんも相当の変わり者ですね」

「変わり者だとはよく言われる」

長瀬が低く笑った。デビュー作の『烈火』は、家族の再生と挫折《ざせつ》を描いた私小説的な色合いの濃い作品だったが、去年七年ぶりに出版された二作目の『殺意』は、一転して殺人者の内面に目を向け、黒い心に切りこんだものだった。純文学の範疇《はんちゅう》に入るのだろうが、とにかく読みにくいことこの上なかった。私は、彼はこの作品をリアルに書くために新聞記者になったのではないか、と疑っている。殺しの現場を踏むには、刑事か新聞記者になるのが一番だから。

「また書いてるんでしょう？」

「実は新刊が出たばかりですよ。それを確認しにきたんです」

「気づかなかったな。また『殺意』みたいな内容ですか」

「まあね。何というか——犯罪は奥が深いですね」

「それはあんたに教えてもらわなくてもよく分かってますよ」

「そりゃそうだ。その件で鳴沢さんと議論しても、勝てるわけがないですね」にやりと笑って長瀬がコーヒーを啜《すす》る。端整な顔にかすかな疲労が漂っているのを私は見逃さなかった。私の視線に気づいたのか、彼が言い訳のように話し始める。「疲れますね、毎日書いてばかりというのは」

「そうですか？」

「同じことの繰り返しになる。俺は、書くのは早いんですよ。一日五十枚ぐらいは平気だし。でもそれが完成品になるには、十回ぐらい推敲《すいこう》しないと駄目なんだな。そのうち、自分で掘った穴に埋まってしまうんですよ。それが嫌で、一日のかなりの時間は、外でぶらぶらするようにしてます」

「今はどこに住んでるんですか」

「この近くに狭いマンションを借りてます」

「こんな都心に？　それはまた、贅沢なことで。儲けてるんですね」

「まさか」長瀬が首を振った。「いろいろ便利だから。この辺、出版社が多いですからね。かなり無理したんですよ。定期収入がないから、いつ追い出されるか分からない」

それから私たちは、近況をあれこれ話し合った。もちろん私は、自分が容疑者と目されたことは話せず、主に聞き役に回っていたのだが。気づくと、一時間近くが経っていた。

「まずい」

「待ち合わせでもしてるんですか」

「いや、ストーカーだ」

「ストーカー？」

「上でやってるサイン会を見に行かないと」

「何ですか、それ。鳴沢さん、アイドルのサインを集める趣味でもあるんですか？」

「説明するのが面倒だな。一緒に来ませんか」

「まあ、いいですけど、俺はアイドルには興味がないですよ」長瀬が肩をすくめる。さっと伝票に手を伸ばしたが、私は一瞬早くそれを奪った。

「いいですよ、コーヒーぐらい」

「俺が金を払うべき理由はいくらでもありますよ。一つ、あんたと違って毎月給料をもらっているから、コーヒー代を払ったぐらいで銀行口座の残高を心配する必要はない。二つ、体育会系の人間として、年長者が払うのが当然だと思ってる。三つ――」

「賄賂《わいろ》は受けない」

「見返りがなくてもね」

「変わりませんね、鳴沢さんは」長瀬が穏やかな微笑を浮かべた。「それでなくちゃ困るけど」

変わらないから、私自身は困っているかもしれない。そう言いかけて言葉を呑みこんだ。彼は数少ない友だと信じている。滅多に人には話さない過去を打ち明け、本音をぶつけ合った夜もあった。しかし自分が窮地に陥っていることを打ち明けるつもりは毛頭無かった。

友に――それも警察の外にいる友に、そんな姿は見せられない。

4

「なるほど、そういうことですか」階段の壁に張られたポスターを見て、長瀬が納得したようにつぶやいた。彼は、私の私生活についてかなりの部分を知る、数少ない人間なのだ。当然、勇樹の存在も頭にインプットされているはずである。

終了十分前だというのに、まだ列は四階から五階へ続く階段を埋めている。仕方なく最後尾に並び、五分前になってようやく五階に上がることができた。途端に若い女性の嬌声が聞こえてくる。それを耳にした長瀬が苦笑いを浮かべる。

「すごい人気ですね」

「そうみたいだな」予想もしていなかったことだ。今後、勇樹はどうなるのだろう。アメリカで人気があるのは分かっているが、日本でも盛り上がってしまったら……この世界に呑みこまれ、勘違いした大人にはなって欲しくなかった。

サイン会場は、元々何もないいだだっ広いイベントスペースのようだった。「ファミリー・アフェア」のポスターを大きく引き伸ばしてパネルにし、それを背に勇樹が座っている。白い布をかけられたテーブルの上には二か所に花が置かれ、彼の前には半分空になったミネラルウォーターのペットボトルがあった。写真撮影にも応じているためにサイン会は長引いている様子で、ひっきりなしにストロボの花が開いている。

一年近く会わないうちに、勇樹はまた背が伸びていた。初めて会った時は私の腰ぐらいまでしかなかったのだが、今では胸の高さよりも上だろう。顔にも大人っぽさが少しだけ窺える。だぶだぶの白いTシャツに膝下《ひざした》でカットしたカーゴパンツというラフな格好で、少し長く伸びた髪を押さえるためか、ベースボールキャップを後ろ前に被っていた。それを見て、少し心配になった。ニューヨークで彼の父親代わりを自認している七海は、しっかり躾《しつけ》をしていないのだろうか。大学時代、大リーグのスカウトにも目をつけられるほどの選手だった七海は、アメリカで生まれ育った人間に似つかわしくなく、日本の伝統を奇妙に重視している。学生時代、キャップを後ろ前に被って練習していた後輩をぶちのめす寸前までいったのを、私も見たことがあった。相手は何が悪いのか、まったく分かっていなかっただろう。

「ミスタ・ナルサワ？」

声をかけられ、相手を探した。いた。マイケル・キャロス。勇樹の所属するプロダクションのマネージャーだ。去年の事件では危うい立場に立たされ、何らかの責任を取らされたのではないかと思っていたのだが、今も変わらず勇樹の面倒を見ているようだ。歩み寄り、握手を交わす。

「久しぶりですね」彼の黒い顔に笑みが浮かんだ。

「今でも勇樹の面倒を見てくれているんですね」

「馘《くび》にならずにすみましたよ。あなたのお蔭かな」

「そういうわけじゃないでしょう」

「わざわざ来てくれたんですか」去年の事件を避けるように、彼の方から話題を変えた。

「スケジュールが合わなくて、会えなくなるんじゃないかと思って。今日も忙しいんでしょう？」

「ええ。どうしますかね……今日はサイン会が終わったら、京都へ直行する予定になっています」

「少しでも話す時間は？」

「移動の車の中ぐらいしかありませんね。申し訳ないけど」本当に申し訳なさそうにキャロスが言った。

「それでも助かります。一緒に行ってもいいかな」

「もちろん」

「勇樹は元気にやってますか？」

「ええ。相変わらず忙しく、ね。だけど我々もちゃんと気を遣ってますから、ご心配なく。でも彼は、本当に扱いやすい……扱いやすいなんて言っちゃいけないけど。我儘《わがまま》は言わないし、素直だし。真っ直ぐですよ」

「それは良かった。でも、キャップの被り方だけは注意した方がいいですね」私は帽子を前後逆に回す真似をした。

「ああ」キャロスが声を上げて笑う。「あれは、ああいうデザインなんですよ。普通のベースボールキャップを被る時はきちんと被ります。そうしないと怒る人がいるから」

「七海？」

「そういうことです」

私たちは短い笑いを交換し合った。それが耳に届いたのだろう、サインペンを走らせていた勇樹がこちらを向く。破顔一笑して「了！」と叫び、千切れるような勢いで手を振った。その笑顔は、私の中で澱《よど》んでいた全ての嫌な気分を洗い流してくれた。

長瀬と別れ、移動用の車に同乗させてもらう。車が走り出した途端、勇樹が「びっくりしたなあ」と笑いながら言った。ペットボトルの水をこくりと飲みながら、窓の外にちらりと目をやる。薄い色がついた窓ガラスからは、街の光景が奇妙に暗く見えた。車は七人乗りのミニバンで、勇樹と私は二列目に座っている。前の席には運転手と、やはりアメリカから同行してきたテレビ局の関係者。狭い三列目では、キャロスと日本のテレビ局のスタッフが、折り曲げた脚を抱えて狭さに耐えている。

「窮屈じゃないか」顔を近づけて勇樹に訊ねる。

「大丈夫」裏の意味を察したのだろう、真顔で答える。「慣れたよ」

「さっきの本屋も凄《すご》かったな」

「うん。でも、アメリカでもいつもあんな感じだから。だけど、日本の方がまだいいな」

「そうか？」

「あんまり怖くないし」

「向こうで怖い目にでも遭ったのか？」すっと頭から血の気が引く。

「そうじゃないけど」慌てて首を振る。キャップは少し大きめなのだろう、頼りなげに揺れてずれた。それを直してやる。「触ってきたりするから。そういうの、あまり好きじゃないんだ。それより了、家に遊びに行けるよね」

「ああ……そうだな」

「仕事なの？」瞬時に事情を察したのか、勇樹の目が暗くなる。

「まあ、そういうこともある。何とかするけどね。勇樹の大事なオフだからな」日本に十日間《とおか》いて、オフは一日だけだという。その日を私のために割いてくれようとしているのだ。何としても、それまでに白黒をはっきりさせないといけない。「ちょっと厄介なことがあるけど、勇樹が泊まりに来る日までには何とか片づけておくよ」

「楽しみにしてるんだ。今回はおばあちゃんのところにも行けないしね」

キャロスを怒鳴りつけたい気分になった。せっかく母親の母国に里帰りしているのに、家族に会わせる余裕もないほどの過密スケジュールを作るとは何事だ、と。しかし私がかりかりしているほどには、勇樹は怒っていない様子だった。

「ママはどうしてる？」

「うん……それで、了に話さなくちゃいけないことがあるんだけど」慎重に前後を見回した。「ここじゃない方がいいな。家に行った時でもいい？」

「構わないよ」

勇樹はずっと、優美の話題を避けている。どうしても喋らなくてはいけない時は「元気だよ」という決まり文句で逃げてきた。時に言葉をぼかし、時に明らかな演技で、巧みに彼女の話題を避けている。理由は分からないが、子ども相手に厳しく突っこむ気にもなれなかった。

　私たちは七海のこと、撮影スタジオのゴシップ、アメリカの野球の話題などを次々と俎上《そじょう》に載せた。話は尽きる気配がなかったが——何しろ会うのは久しぶりだ——時間は限られている。次のサイン会の会場になっている新宿《しんじゅく》の本屋の前で別れざるを得なかった。

「待っててくれればいいのに」恨めしそうに勇樹が零《こぼ》す。

「そうもいかないんだ」

「仕方ないよね、仕事だから」大人びた仕草で肩をすくめる。「でも、またすぐに会えるよね」

「もちろん」それを空手形にしてはいけない、と強く思った。岩隈の事件を解明するのは、私のためだけではない。勇樹のためでもあるのだ。誰かのために動く時、人は自分の実力以上に強くなれる——そう信じたかった。

　勇樹と別れ、サイン会が行われる書店の地下にあるカレー屋に入る。朝食はほとんど食べられなかったし、昼も抜いてしまった。食欲はなかったが、動き続けるためにはエネルギーを補給しなければならない。

この店のカレーはスープのように粘度が薄く、かなり辛いのが特徴だ。つき合いは長い。高校入学で東京に出てきた私が初めて入った都心の書店がここで、参考書を買った帰りに今日と同じようにカレーを食べたのが最初だが、それは二十年も昔になる。栄養バランスのことなど一切頭に無かった頃で、しかもラグビーを始めたばかりだったから、ひたすら食べて体を大きくすることしか考えていなかった。

汗をかきながら何とかカレーを食べ終えたが、食べた気がしなかった。この店に入ったのは、食事を取るのと同時に、誰かにつけられていないかどうかを確認するためだったから。少なくとも人の気配は感じられなかった。青山署の連中がそれほど尾行のテクニックに長けているとも思えない。

地上に上がり、新宿通りを四谷方面に向かって歩き出す。途中、カメラ店とデパートに入り、人ごみを縫うようにあちこち足早に歩き回った。やはりつけられている形跡はない、と確信できたところでデパートの地下に直結した丸ノ内線の新宿三丁目駅に向かい、ホームのベンチで地下鉄を待つ。一本をやり過ごし、次の電車のドアが閉まる直前に飛びこんだ。私を追うように飛びこみ乗車をする人間は、少なくとも近くにはいなかった。神経質過ぎるかもしれないと思ったが、青山署の連中の意図が読めない以上、用心するに越したことはない。

　地下鉄の車両の中では、一番端にあるドアの脇に立ち、周囲に目を配るのを忘れなかった。午後、地下鉄は一番空いている時間だから、尾行もしにくいだろう。つけられていたとしても、先ほど飛び乗ったことでまけたはずだ、と自分を納得させた。頭上に張られた路線図を見上げ、乗り換え駅を確認する。赤坂見附と決め、地下鉄が駅のホームに滑りこむと、わざわざ腕組みをして壁に背中を預ける。降りる気が無い素振りをしておいてから、ドアが閉まる直前にホームに飛び降りた。背広の襟《えり》を撫でつけ、ネクタイを直してから足早に歩き出す。階段を二段飛ばしで一階上のホームに上がり、渋谷行きの銀座線を摑まえる。

　表参道《おもてさんどう》で降り、背中を気にしながら駅を出て、青山通りを渋谷方面へ歩き出す。マックスマーラの巨大な建物のところで左に曲がり、骨董通りに入った。競歩のようなスピードで歩きながら携帯電話を取り出し、メッセージをチェックする。誰も電話してきていなかった。藤田にかけると、七回呼び出し音が鳴ってから留守番電話に切り替わる。無視して電話を切った。まだ張り込みが続いていて、私とは話せないのだろう。それにしても彼は、いつまでこの監視業務をやらされるのか。夜になってから自由になっても、やれることは限られてしまう。

ほどなく、骨董通り沿いにあるウィークリーマンション——昨夜岩隈と別れた場所——が見えてきた。この辺りはちょうど、渋谷署と青山署の管轄の境目に当たる場所である。このウィークリーマンションが渋谷署の管内にあったら、私が疑いをかけられることはなかったのではないか、とふと思った。青山署管内で起きた事件だからではないか？　だとしたら何のために？

骨董通りから一本裏道に入る。この辺りには古いマンションや小さなレストラン、間口の狭いショップが立ち並んでおり、人の流れが絶えない。それでも車の騒音に邪魔されることはなく、電話で話をするには悪くない環境だ。再び携帯電話を取り出し、相手の電話番号を呼び出す。車に乗っていないと、裸になったような気分になる。電話で話している内容を誰かに盗み聞きされるのではないかと心配になったので、なるべく小声で話すことにした。

相手は電話に出なかった。留守番電話に切り替わったのでそのまま切ったが、気になったのでもう一度かけると、今度は呼び出し音が二回鳴ったところで出た。

「横山《よこやま》です」

「鳴沢です」

「ああ」どこか冷めた声の調子を感じ取り、私はこの電話が失敗だったことを悟った。

横山浩輔《こうすけ》。青山署にいた時、生活安全課で一緒だった先輩の刑事だ。大規模な悪徳商法事件の捜査で組んだことがある。今は本庁に上がっていた。

「今、大丈夫ですか」

「いや、あまりよくない」

「それならかけ直します。いつ頃ならいいですか」

「今日はちょっと……な。悪いけど」

「そうですか……すいません。お邪魔しました」動揺が声に出ないよう気をつけながら電話を切った。おかしい。横山は常に冷静だが、冷たい男というわけではない。こんなに話しにくかったことは、過去に一度もなかった。明らかに私を避けている様子である。私が青山署に調べられたことは、彼の耳にも入っているのだろうか。

　その疑いは次第に確信に変わった。警視庁内の知り合い――さほど数は多くないし、私に好意を持ってくれていると信じている人間はさらに少ないのだが――に次々と電話をかけたのだが、いずれもつながらないか、つながっても非常に素っ気ない態度で会話は成立しなかった。誰もはっきりしたことを言わなかったが、何か言いたそうにしていた人間もいた。その何かが「お前がやったのか」という質問であろうことは容易に想像がつく。何より、横山に他人行儀な態度を取られたのが痛かった。刑事課の仕事を外され、生活安全課で腐っていた私に大きな事件を提供してくれたのが彼である。大事な恩人であり、互いに異動になった後も連絡は取り合っていた。私がトラブルを起こす度《たび》に、説教したり慰めたりしてくれるのだが、こんな態度は初めてだった。

考えあぐねた挙句、西八王子署にいるもう一人の信頼できる人間に電話を入れた。生活安全課の山口《やまぐち》美鈴《みすず》。彼女はすぐに電話に出たが、やはり口調は素っ気なかった。ただし今まで電話した相手とは違い、「かけ直します」とだけ言って電話を切った。生活安全課の部屋を飛び出し、誰かに聞かれない場所に移動するのだろう、と推測する。あそこは刑事課の向かいにあるから、どこで話が漏れるか分からない。私としても、それぐらい用心してくれる方がありがたかった。

いつの間にか汗をかいていた。五月の空は高く、既に夏を思わせる強い日差しが頭を焼く。近くにあった自動販売機でミネラルウォーターを買い、五百ミリリットルのペットボトルを一気に半分ほど飲み干したところで電話が鳴った。キャップを締める間も惜しんですぐに電話に出ると、キャップが手から零れて道路に転がってしまう。舌打ちすると、それを美鈴に聞かれてしまった。

「何ですか?」

「いや、何でもない」

「鳴沢さん、今度は何をやらかしたんですか」怒ったような声だった。

「何もやってない。そうは思っていない人間もいるみたいだけど――君も聞いてるんだろう？」

「……ええ」心中の疑いがそのまま滲《にじ》み出したような声だった。緊張を解《ほぐ》すために「息子さんは元気か」と声をかけてみようかと思った。彼女は大学を卒業してすぐに結婚しており、一粒種の息子は先日十一歳になったばかりだ。しかし、子どもの話をしている余裕はないと判断する。

「もう一度言っておくけど、俺は何もやっていない」

「それ、信じていいんですよね」

「君が信じてくれなかったら、今現在、俺の味方はゼロになる。署内の様子はどうだ？」

「みんな声を潜めてますよ」

「俺がやったんじゃないかって？」

「そうは言いませんけどね……個人的な感想を言っていいですか？」

「どうぞ」

「鳴沢さんが人を殺すにしても、こういうやり方はしないんじゃないですか。ホテル……じゃなくてウィークリーマンションの一室で頭を一撃なんて、鳴沢さんには似合いませんよ」

「一撃じゃない。他にも傷があった」

「どういうことですか?」

「拷問を受けたんじゃないかな」

一瞬、美鈴が沈黙した。生活安全課の刑事である彼女は、あまり修羅場を経験していない。すかさず話を切り替えてきた。

「被害者とは知り合いなんですよね?」

「知り合いというほどじゃない。昔のネタ元だ」

「昨夜は何の用事で会ってたんですか」

「おいおい、君まで俺から事情聴取するつもりなのか?」

「そういうつもりじゃないですけど、気になるじゃないですか」

久しぶりに東京へ出てきたので、向こうが会いたいと言ってきた。食事を奢らされた。今日何度も繰り返した説明を再び持ち出して、彼女を納得させざるを得なかった。しかし美鈴が心の底からそれを信じた様子はない。少なくとも裏に何か事情があると思っているに違いなかった。その疑念が、さらに続く質問に滲み出る。

「友だちでもないんですよね」

「さっきも言った通り、知り合いと言えるかどうかも微妙なんだ」

「そういう人と仕事の話抜きで会うのも、鳴沢さんらしくないですよね」

「誰かが俺を嵌めようとしたんだと思う」

電話の向こうで美鈴が息を呑む気配が伝わった。

「警察の中の人間、ということですか」

「警察官は聖人君子ばかりじゃないぜ。足の引っ張り合いは日常茶飯事だ。それぐらい、君にも分かるだろう」

「それは分かりますけど、鳴沢さんの足を引っ張って誰が得をするんですか」

「確かに俺はそれほどの重要人物じゃないけど、どこかで誰かを刺激してしまったかもしれない」

それはかなり高い可能性だ。私はあちこちでぶつかりながら生きてきた。それが顔も知らない誰かを怒らせてしまった可能性は捨て切れない。しかし、人殺しの嫌疑を押しつけて貶めようとするほどの恨みを受けているとは思えなかった。自分が警視庁の中で、しっかりした人脈を築いてこなかったことを実感せざるを得ない。長い間警察にいると、自然と自分の居場所が決まってくるものだ。例えば本庁の捜査一課。係長をキャップにした捜査班の結束は固い。その後異動でばらばらになっても、いつまでも「どこの班の所属だった」という話がついて回るのだ。時期は違っても、同じ人間の下で働いたことがあれば、それだけで兄弟と認め合うことになる。それは決して悪いことではない。そういうウェットな人間関係が、仕事をスムースにすることもあるのだから。あちこちで摩擦《まさつ》を引き起こし、所轄署を転々としてきた私には、一声かければ助けてくれるような友人はほとんどいない。信じていた人たちも、今日一日で急速に離れ始めているようだった。


「鳴沢さん？」

「ああ？」

「聞いてますか」

「もちろん」

「今、何をやってるんですか」

「自宅待機中」

「何だか外にいるみたいな音がしてますよ」

「ああ、ジョギング中なんだ。最近サボってたからね」

「本当に？」

「君に嘘をついてどうする」

「そうですか」沈黙。彼女の頭の中で、私を信じたいという気持ちと、疑惑に引っ張られる気持ちが葛藤しているのが、手に取るように分かる。

「ところで、藤田がＣＦの件で使われてるらしいけど、君には声がかかってないか？」

「きてますよ。実はこれから深夜まで、私の担当なんです」

「そうか」ということは、彼女も当てにできない。誰かが意図して、私の仲間を引き離しにかかっているのではないか、と思えてきた。

「ＣＦの件、何か不自然だと思わないか？」

「そんなこと、ないでしょう。本庁が捜査に入って、所轄に応援を求めるのはよくある話ですよ」

「本当に？」

「何を疑ってるんですか？　こんなこと、珍しくもないでしょう」

「この件、それほど大変なのかな」

「本当に大変かどうかは、私には分かりませんよ。こっちはただ使われてるだけなんですから。それより、鳴沢さん？」

「何だ」

「気をつけて下さいよ。よく分からないけど、何か大きな力が動いているような気がします」

まさか、と言いかけて言葉を呑んだ。何かがあったのは間違いないのだから。彼女の忠告を馬鹿馬鹿しいと切り捨ててしまうわけにはいかない。

「分かってる。ありがとう」何か分かったら教えてくれ、とは言えなかった。しかし彼女の方で、先手を打って言ってくれた。

「藤田さんも心配してました」

「話したのか？」

「ちょっとだけ。張り込みの途中で署に戻って来たんですけど、その時です。物凄く忙しいみたいで、立ち話しかできなかったんですけど」

「俺に電話もできないほど忙しいわけだ」

「いい加減なことを話したくないのかもしれませんね。話すなら、しっかり情報を仕入れてからにしたいんじゃないですか」

「あいつのことはよく分かってるみたいじゃないか」数か月前、藤田は美鈴に一目惚れした。二人とも配偶者を失っており――藤田は離婚で、美鈴は事故で――交際するのに障害は何もないのだが、美鈴の方はまったく相手にしていなかった。この一件は、藤田の空回りで終わる可能性が高い。

「そんなことありません」素っ気ない台詞を最後に美鈴が電話を切った。

残った水をちびちびと飲みながら、周囲に目を配る。警察の気配はない。やはり容疑は弱かったのだろう、と自分に言い聞かせる。青山署の連中も、匿名の情報以上の材料を集めることができなかったに違いない。私のアリバイをすっかり調べ上げて、今頃は「容疑者が一人消えた」と苦々しく思っているだろう。電話を入れて進捗状況を確認してやろうかとも考えたが、わざわざ相手を刺激することはない、と思い直す。

ネクタイを少し緩め、ハンカチで額の汗を拭う。ペットボトルの水を頭から被りたい気分だった。五月でこの調子だと、今年の夏はどれほど暑くなるのだろう。その場に立ち尽くしたまま、次の一手を考える。周りはほとんどが小さなビルばかりで人の出入りも多いが、古いマンションも立ち並んでいて生活の匂いもある。

ここに来たのは本来、事件現場となったウィークリーマンションを調べるためだった。しかし、一人でどこまでできるものかという疑念は拭えない。事件が起きてから、まだ二十四時間も経っていないのだ。通常なら、刑事たちが周辺を嗅ぎ回っているだろう。都会の只中で聞き込みをしても協力が得られる可能性は低いし、特に事件が起きたのは夜である。この辺りにはほとんど人がいなくなるはずで、昨夜異変に気づいた人間が見つかるとは思えない。それでも歩く。ドアをノックして回る。それが刑事の基本的な仕事だが、バッジを持っていない今の私にはそれができない。この辺りで動き始めれば、青山署や捜査一課の刑事たちと出くわす可能性が高いのだ。それは、自ら蟻地獄に身を投じるようなものである。

美鈴と話したことで少しだけ気が楽になっていたが、それ以上に、彼女の名前そのものが、話を聴くべき人間につながった方が大きかった。積極的に話したい相手ではないが、この際、背に腹は替えられない。ただし、この辺りでうろうろしながら電話をするのはまずい。既に誰かに見られている可能性もある。現場のウィークリーマンションはすぐ近くだが、それに背を向け、地下鉄の表参道駅に向かって歩き出した。電話番号は……携帯の住所録に入っていた。あれほど嫌っていた相手なのに、番号を記録していたとは。矛盾した自分の行動に苦笑しながら番号を呼び出し、電話を耳に押し当てる。呼び出し音が一回鳴っただけで、相手が電話に出てきた。

「はい、山口」

「鳴沢です。ご無沙汰してます」

「おやおや」山口が笑うように言った。「これはまた珍しい。この電話番号、よく知ってたね」

「教えてくれたのはあなたじゃないですか」

「そうだったかねえ」惚《とぼ》けて言った。これが山口という男である。公安部の刑事であり、美鈴の父親。過去、公安絡みの事件で背景についてレクチャーを受けたことがあり、岩隈についても彼に教えてもらった。私にとっては「嫌な男」という印象しかなかったが、事情通であるのは間違いない。もしかしたら、最近岩隈が何をしていたのか、知っている可能性もある。

「で、何の用かな。また飯でも奢ってくれる？」

思わず顔が歪むのを意識した。この男は、私が知っている中で食べ方が一番汚い人間である。

「いいですよ。今日の夜にでも、会えませんか」

「いいね。飯を奢ってもらう話ならいつでも大歓迎だよ」

「何時にしましょうか。今、青山にいるんですけど」

「そうねえ」少し思案している様子だった。「悪いんだけど、後でまた電話してもらえないかな。夕方までちょっと用事が立てこんでてね」

「分かりました。食事は何がいいですか」

「何でもいいよ、あんたの奢りなら……ところで、元気かい」

「さあ、どうでしょう」

「へえ」

何か知っている。確信したが、電話でややこしい話を続けられる自信はなかった。

「何か言いたいことでもあるんですか」

「いや、あんたに対してそれは恐れ多い」喉《のど》の奥から搾《しぼ》り出すように笑ったが、すぐに真剣な口調になる。「だけど最近は、いろいろご活躍のようじゃないか」

「そんなことはありません。暇を持て余してますよ」

「そうかな。俺が聞いてる話とは違うけど」

「何を聞いてるんですか」

「まあ、それは会った時にでも話そうじゃないか」

「山口さんはどうなんですか？　相変わらず忙しくしてるんですか」精一杯の皮肉だった。情報源にしようとしている相手に対して皮肉など言っている場合ではないのだが、この男と話していると何故か余計な一言を言いたくなる。それに対して彼は言い返してはこない。もしかしたら度量の大きな男なのかもしれないが、私はそれを認める気にはなれなかった。

「まあまあ、定年も近くなったけど、最後に一花咲かそうと思ってるよ。それもできるだけ大きな花をね」

「山口さんがそう言うなら、相当大きな事件なんでしょうね」

「それは、そう、刑事部の皆さんとはスケールが違うだろうな」

「そうですか」さすが公安部ですね、という皮肉を呑みこんだ。警視庁に公安部が発足してどれぐらいになるだろう。その間挙げた事件がどれほどあるか。確かに歴史の教科書に残るような事件もあるが、この連中は結局、自分たちに都合のいいように、事件を掌《てのひら》の中で転がしているだけなのだ。

「まあ、その辺のことは、会った時にでも話そうか」

「俺に話しても問題ないようなことなんですか？　だったら、大した事件じゃないんですね」

「何言ってる」山口が声に出して笑った。「あんたは口が堅いから、安心して話せるんだよ。それよりあんたこそ、気をつけなさいよ。呑気《のんき》に俺と会ってて大丈夫なのかね」

さすがに噂が広まるのは早い。まったく関係ない公安部の人間である山口まで、事情を知っているとは。あるいは彼が特別に早耳なのかもしれないが。

「それを何とかするために、山口さんに会いたいんです」

「ふうん。なるほど、そういうことか」一瞬間が空いた。「いろいろ話は聞いてますよ。今は下手に動き回らない方がいいんじゃないのかね」

「動き回らないと、何も手に入らないじゃないですか」

「それはそうだが、息を潜めて隠れていなくちゃいけない時もあるよ。そういうタイミングを見誤っちゃいけない」

「ご忠告ありがとうございます。でも、そういうのは性分に合わないんで」

「あんたなら、そうだろうね。ま、何も起こらないことを祈ってるよ。ところで、うちの娘は西八王子署でちゃんとやってるかね」

「一生懸命やり過ぎて心配なほどです」

「そうか……まあ、親としては微妙なところだよな。人として、仕事を一生懸命やるのは素晴らしいことだと思う。だけど子どももいるわけだしな。難しい年頃なんだ」

「子どもには野球でもやらせておけばいいでしょう。すぐに夢中になりますよ」

「ところがこれが、運動神経ゼロでね。誰に似たんだか知らないが……ま、娘のことはこれからもよろしく頼むよ。六時ぐらいに電話してもらえるかな。その頃には俺の方もある程度は目処《めど》がついてると思う」

「山口さん、今どこにいるんですか」

また、喉の奥から搾り出す笑い声が聞こえた。どうにも耳障りで、神経を逆撫でする。

「それは秘中の秘ってやつでね」

公安部はあちこちに分室を持っている。中には警視庁内部でも電話番号が公開されていない部屋もあり、それがまた他の部の人間の、公安部に対する疑心を増幅させることになっている。何をやっているのか分からない、得体の知れない連中。データばかりを集めて、それを実際の捜査に生かせない連中。

「それは困るな。俺はどこにいればいいですかね。東京の西と東に離れてたら、会うのは面倒ですよ」

「そういうやり方で俺の居場所を探り出そうとしても無駄だよ。とにかく、六時過ぎに電話してくれ。その時に、上手く落ち合える場所を決めよう。あんた、酒は呑まないのか」

「一滴も」

「じゃあ、酒よりも飯が食えるところがいいかな。どこか美味い店を探しておくよ。銀行で金を下ろしておいた方がいいかもしれないぞ」

「いや、クレジットカードを使います。証拠が残っていれば、疑われた時のアリバイにもなりますから」

「おいおい」山口が盛大に溜息をついた。「アリバイって、そこまで大変なことになってるのか」

「どうでしょう。俺はまだ、何とかできると思ってますけどね。実際、身柄を確保されたわけじゃないし。ただし、監視されているかもしれないから、自分で自分の身は守らなくちゃいけない」

「刑事部ってのも大変なもんだな」刑事部と公安部の間には長い緊張関係があるが、相手の悪口を言いながらも、互いに対する情報収集は怠らない。刑事部内の事情を知るなら、公安部に聞いた方がいい、と言われるほどだ。もちろん私は所轄の人間であり、本庁で統轄しているのは刑事部ではなく地域部になるのだが、刑事課に属している人間は、本庁の刑事部と一緒に仕事をすることがほとんどだ。だから所轄の刑事課の人間は、本庁の刑事部と一くくりで見られることになる。

「——何かご存じなんですか」

「会った時に話すよ」

「今話してもらった方が早いんじゃないですか」

「急《せ》いてはことを仕損じるって言うぞ」

「時間がもったいない」

「おいおい、年寄りの言うことは聞くもんだ。とにかく、今夜な」

じゃあ、と短く言って山口は電話を切った。汗が移った携帯電話の画面を袖口で拭き、一つ溜息をつく。山口は何か知っている、という手ごたえが得られた。もったいぶった言い回しは以前と変わっていないが、今はそれにさえすがりたい。追いこまれていないと自分では考えていたのだが、実際はそうでもないようだ。あれだけ嫌っていた人間に頼らざるを得ないとは。

青山通りに出る手前、歩道で立ち尽くしていたことに気づき、振り返る。背の低い雑居ビルが並んでいる中で、細くそそり立つウィークリーマンションが浮き上がるように見えた。オメガの腕時計で時間を確認する。もう一度山口に電話するまで二時間。それまでの時間をただ潰しているのは馬鹿らしい。青山署の連中とぶつかってしまったら、その時はその時だ。

踵《きびす》を返してウィークリーマンションを目指す。何が待っているか分からなかったが、少なくとも日常は私の心を平穏に保ってくれるはずだ。日常、つまり聞き込みが。

5

ウォームアップはいらない。

気合の入ったピッチャーが投球練習を放棄してバッターに対峙するように、私は肩に力が入るのを意識しながらウィークリーマンションに向かった。周囲を見回し、覆面パトカーがいないことを確認してホールに続くドアを押し開ける。幸いなことに、昼間の受付業務をしているスタッフを摑まえることができた。

受付の窓の奥が管理用のオフィスになっていた。什器の類《たぐい》は、受付の窓に押しつけるように置かれたデスクとロッカーぐらいしかない。チェックイン・チェックアウトの管理はコンピュータ一台で済むだろうし、何かトラブルがあれば本社から人も飛んでくるはずだ。全体にはやはり、ホテルというよりマンションの様相である。

受付にいたのは浅尾《あさお》という六十絡みの男で、私の訪問に迷惑そうな表情を隠そうともしなかった。何度も同じことを聞かれ、うんざりしていることは簡単に想像できる。もしかしたら、昨夜寝ているところを叩き起こされてから、ずっとここにいるのかもしれない。睡眠不足は人を苛立たせる。私が名刺を差し出すと胡散《うさん》臭そうに一瞥《いちべつ》したが、すぐに黒縁の眼鏡越しに、怪訝そうな目つきを向けてきた。こういう時にバッジの威力をつくづく感じる。

「八王子……西八王子ですか?」眉が逆さの八の字になる。

「ええ」

「ここに見えたのは青山署の人たちでしたけどね」

「被害者とは個人的な知り合いなんです」

「それで？」

「いろいろ調べることもありまして」

「それはどういう……」

彼の疑問に無言で応じる。答えるべきことではないと教えるための一つの方法だ。あれこれ言い訳したり居丈高な態度に出るよりも、このようにした方が相手の頭に沁みこむ時もある。今回はそれが当たった。

「殺された岩隈さんのことでお伺いしたいんですが」

「何度も話したんですけどねえ」

「別の人間が聴けば、忘れていたことを思い出す時もあります」

「そうかもしれませんけど……」

「確認します」手帳を広げ、戦闘開始の合図を送る。「岩隈さんは今月の八日から部屋を借りていたんですよね」

「ああ、そうですね。連休の終わり頃だった」スチール製のデスクに載ったノートパソコンを動かし、見やすいように画面の角度を変えた。私のいる場所からは見えない。キーをいくつか叩いて必要な情報を引き出すと、顔を上げた。「そう、五月八日から十日間の予定でした」

「彼の連絡先や住所はどうなってますか」

「連絡先は携帯の番号ですね。住所は……静岡になってるな。静岡市です」

教えられた電話番号と住所を書き取る。電話番号は、彼が渡してくれた名刺に書いてあったのと同じものだ。住所にはまったく見覚えがなかったが、取っかかりになるかもしれない。住所を見た限り、集合住宅ではなく一戸建てのようだった。

「ここで岩隈さんを見かけたことはありますか」

「いやあ」浅尾がグレイになった髪を掻き上げた。「お分かりかと思いますけど、こういうところは人の出入りが頻繁ですからね。誰が泊まっているか、名前は分かりますけど、顔なんて見ないですよ。それに、トラブルはほとんどないですからね。普通の賃貸マンションの方が、よほど管理は面倒です」

「昨夜の状況なんですけど」手帳に目を落としながら話を進める。依然として、午前中にウェブのニュースで確認した情報しかなく、頼りないことこの上なかった。せめて後で夕刊を買おう、と決める。刑事が新聞で事件の内容を確認しなければならないのは情けないが、この状況では仕方ない。

「それを聴かれても困るんですよ」浅尾が素早く防御線を張り巡らせた。「私は日勤ですからね。夜、何が起こってるかはまったく分からない」

「管理してる立場としての責任はないんですか」

「いなかったものはどうしようもないでしょう」浅尾がわずかに声を荒らげる。「そういうことは、管理会社に聴いてもらった方がいいんじゃないですか。私はここに派遣されてきてるだけなんですから」

「会社は何か摑んでいるんですか」

浅尾が器用に肩をすくめた。帽子をかぶり直すと、受付の窓から身を乗り出す。

「少なくとも私よりは知ってるはずですよ。連絡先はここです」

体よく追い出しにかかっていることは明らかだったが、彼の指示に従わざるを得なかった。外へ出て浅尾が指差す方を見ると、受付の窓の横に小さな張り紙がある。「お問い合わせはこちらへ」。管理会社の名前と電話、ファクスの番号があった。

「昨夜、会社の担当者がここに駆けつけてるはずです。その人に聴いて下さい。もっともその人もその場にいたわけじゃないから、何が分かるかは保証できませんけどね」

「目撃者……物音を聞いた隣の部屋の人はどうしてますか？」

「どうでしょう。それは直接聴いてもらった方がいいんじゃないかな。ドアをノックしてみたらどうですか。でも、他の刑事さんたちも、今この中を回ってますよ」

「そうですか」ここで聴いた中で一番大事な情報だ。退散するに限る。どこかで刑事たちに出くわしたら面倒なことになるし、言い逃れのために時間を無駄にしたくない。辞去する段になって、自分がここに来たことを誰にも言わないよう、口止めすべきかどうか迷った。が、そのままにしておくことにする。いくら念押ししても、この男は少し圧力をかけられれば、簡単に喋ってしまいそうだから。

「あなたから会社の方につないでもらうわけにはいきませんか」

「それはちょっと……」都合が悪いのではなく、面倒臭がっているだけなのは一目瞭然だったが、これ以上突っこまないことにした。何も強引に突き進んで、事態を悪化させることはない。ここは現場なのだし、これからも何度も来ることになるだろう。せめて別れ際ぐらいはスマートにすべきだ。

だが、私が浅尾を和ませる一言を考えている間に、彼はぴしゃりと窓を閉めてしまった。薄いガラス一枚で隔てられているだけなのに、私と彼の間の距離は一気に広がった。

管理会社に電話をかけ、担当者を摑まえて納得させるまでに十分かかった。話すことがないのではなく、やはり何度も事情聴取を受けてうんざりしている様子である。考えてみれば彼らも被害者だ。手頃な料金で気軽に使えるウィークリーマンションを舞台に殺人事件が起きたとなったら、会社の評判は急落する。警察に――私に協力するよりも、今後の対策を練る方に力を注ぎたいだろう。しかし最終的に私は、自分の希望を押し通すことに成功した。

幸いなことに、管理会社はマンションからそれほど遠くない虎《と》ノ門《もん》にあった。時間を無駄にしないで済むと一安心し、大急ぎで表参道駅に引き返して、銀座線で虎ノ門に向かう。既に五時近くになっており、事情聴取が長引けば、六時に電話するという山口との約束は守れないかもしれない。しかし彼は待っているはずだ、という確信があった。食事を餌にした時、山口の口は軽くなるし、辛抱強くもなる。

外堀通りを新橋に向かって歩き、日比谷《ひびや》通りに出て右折するとすぐに、管理会社の事務所が入ったビルが見つかった。五階建ての建物の四階部分を丸々占有しており、自社ビルではないにしても商売が順調なことは窺える。実際にはそれどころではなかった。エレベーターを下りた正面に掲げられた看板には「ホームコーポレーション　東京南支部」と書かれている。この会社がいくつの物件を所有・管理しているかは分からないが、看板をそのまま信じるとすれば、都内にいくつかの支社を持つ、かなり大きな会社ということになる。

看板の下が入り口のドアだが、そこには内線電話と電話番号表が載った小さな台が置いてあるだけだった。管理課の課長席に、教えられた「森山《もりやま》」の名前があるのを見つけ出す。受話器を取り上げ、内線番号を叩くとすぐに森山本人が出て、「お入り下さい」という言葉に続いてドアが開いた。看板の下には、監視カメラが設置されていることに気づく。社員の出入りにはＩＣカードの認証が必要で、訪問客も厳重にチェックされているようだ。

だだっ広い事務室は清潔、かつ空疎な感じで、整然とデスクが並んでいるだけだった。中へ進むと、三列並んだデスクの中央の島、その一番窓に近い席に腰かけていた私と同年輩の男が立ち上がり、素早く頭を下げる。電話ではずっと事情聴取を渋っていたのだが、少なくとも今は覚悟を決めたようだ。礼儀正しさは、若いが場慣れしたビジネスマンのそれである。わざとらしくはなく、身に沁みついた頭の下げ方だった。

しかし私の希望は、すぐに打ち砕かれた。愛想はいいが中身のない人間というのはいるものだが、森山がその典型だということは、五分話しただけで分かってしまったのだ。一つの質問に対して答えに三分かけ、しかも長々と話している割に中身が何もない。会社の立場を守ることこそが自分の使命だと信じて疑っていない様子で、何も落ち度はなかった、管理体制は完璧《かんぺき》だと繰り返し強調するばかりだった。

話が一段落すると、ふいに奇妙な静けさが訪れた。私が通された応接スペースに衝立《ついたて》はなく、観葉植物を並べて他の業務スペースと区切られているだけなので、気をつけないと他の人間にも話が筒抜けになってしまう。私は反射的に声を潜めた。

「今回は、あなたたちも被害者のようなものですよね。管理責任だって、こんなことになってしまったらどうしようもない。そうですよね」

「ええ、まったくその通りなんですよ」森山が額の汗をハンカチで拭う。一日の——それも長い一日の終わりが近づき、エネルギーが切れかけているのは明らかだった。

「防犯ビデオはどうなってますか」

「玄関ホールのところに一か所、それにエレベーターの中にも設置してあります」

「データは、もう提供していただけましたよね」

「ええ、もちろんです。でも、何か役に立つものが映っているかどうか、保証はできませんけどね」

「それは当然ですよね」気楽に言って、森山を安心させてやった。わずかに表情が緩んだが、まだ完全にリラックスした雰囲気ではない。夜中からずっとこんな状態が続いているとしたら、いずれ倒れてしまうかもしれない。「ご協力いただいて、大変感謝しています。ところであのマンション、人の出入りは頻繁なんでしょうね」

「ええ。お客様が毎日のように入れ替わるだけで。ホテルにも似ています」

「どんな人が利用してるんですか」

「それは、圧倒的にビジネスマンの方ですね。一週間ぐらいの出張や研修で利用される人が特に多いんですよ。特に研修は、私たちにとっても大事なビジネスです。ある程度の期間、まとまって借りていただけるものですから」

「とすると、岩隈さんのような人は珍しいんじゃないですか。彼はビジネスマンというわけじゃない。個人で借りていたわけですからね」

「そうですね。でも、実際にどんな職業の方かまでは、なかなかチェックできないんです。実際、そういう必要もあまりありませんしね。ああいうところではしょっちゅうトラブルがあると思っておられるかもしれないけど、数えるほどしかないんです。安全な場所なんです。実際私も、こんなことは初めてですからね」森山がまた額を拭った。

「そうでしょうね」

「本当に、殺人事件なんて……」その言葉を口にすることすら忌まわしいとでもいうように、口元を歪めた。

「分かります。ちなみに岩隈さんは、あそこで過去にトラブルを起こしたことはありませんでしたか？」

「それはまったく聞いておりません。それにご利用されるお客様の行動まで、一々チェックしているわけではございませんから」

「ということは、あなたたちが知らないだけで、あそこで何かトラブルが起きていた可能性もある？」

「それはないです」急に自信を取り戻したように、声が張った。「あれば、当然私どもの方にも連絡がきているはずですから」

「そうですか」質問が切れた。トラブルが少ないという話も、嘘ではないだろう。確かにウィークリーマンションの利用者は、出張や研修中のビジネスマンが多いはずで、そういう人たちがややこしいことをするわけがない。せいぜい風俗嬢を引っ張りこむぐらいだろうが、それとてトラブルと言えるようなものではないはずだ。金を払う、払わないと揉めて刃傷沙汰にでもならない限りは。

「部屋に電話はついてないんですよね」

「ええ。今は皆さん、携帯を使われますから。一応ロビーには公衆電話がありますけど、ほとんど使われていないようです。あ、これも他の刑事さんたちにはもうお話ししましたけど」

「なるほど」クソ、こいつは本当に何も摑んでいないのか？　焦りが顔に出たのか、森山が同情するような表情を浮かべた。

「岩隈様も、何度もご利用いただいて、私どもにはいいお客様だったんですが」

「何度も？」

私が食いついて身を乗り出したので、森山の顔が引き攣った。答えが出てこないので、声を一段落としてもう一度訊ねる。

「何度も、ですか。具体的に何回なんですか？」

「いや、それはお客様の個人情報に係わることですので……」

「死者にプライバシーの権利があるかどうかは、考えるまでもないでしょう。今は彼を殺した人間を捕まえることが、一番の供養になるんですよ。そのための手がかりになるものだったら、何でもいただきたい」

「……分かりました」

わざとらしく時間をかけて立ち上がり、森山が自席に戻る。パソコンの画面と私の顔を交互に見ながら、先延ばしの工作をしているようだった。プリンターが故障した、という芝居をするのではないかと思ったが、彼はそもそもデータをプリントアウトしようともせず、卓上のメモ帳に何かを書きつけて一枚引きちぎっただけだった。再び私の前に腰を下ろすと、無言でメモを差し出す。金釘流《かなくぎりゅう》の文字で書かれた日付を、私は自分の手帳に書き写した。

三月十七日―二十二日。六日間。

四月七日―十一日。五日間。

四月十四日―十八日。五日間。

　四月二十一日―二十五日。五日間。

　そして最後が五月八日から。滞在予定は先ほど聞いた通り、十日間だ。

すぐに規則性を発見した。手帳の一年カレンダーのページを開き、日付のところにそれぞれの宿泊記録をマークしていく。最初だけが六日間。二回目以降はずっと五日間だった。つまり月曜日から金曜日まで、ウィークデーは必ず東京にいたことになる。もう一つの例外が今回で、週半《なか》ばの木曜日からの滞在で期間も長い。

「彼が借りていた部屋の料金はいくらですか」

「あのタイプですと、一日当たり六千三百円になりますね。税込みです」

「普通は一週間単位じゃないんですか」

「一日からでもお貸しししていますよ。もちろん長く借りていただいた方が、料金的にはお得になるんですが。一週間で四万二千円、一か月だと十七万円になります」

「一日単位で借りる人はあまりいないんじゃないですか？」

「きっちりご滞在の日数が決まっていらっしゃる方は、一日単位で借りられますよ。六日間借りても、一週間分より安い計算になりますから」

森山の説明は理に適ってはいる。しかし奇妙だ。岩隈は週末だけ、静岡だかどこだか、彼が本拠地にしていた街に帰っていたのかもしれない。だがこれだけ長い間東京にいたのだから、思い切って部屋を借りてしまった方が安上がりだったのではないだろうか。一月《ひとつき》十七万円——贅沢を言わなければ、その三分の一の家賃で借りられるアパートも東京にはまだあるはずだ。可能性は幾つか考えられる。最も大きい可能性は、彼が短期決戦を望んでいたということだ。五日間で済むつもりが次第に延び、その都度部屋を借りていた。もちろん、彼が何に戦いを挑んでいたのかは分からないのだが。しかし、何故こんな規則的なスケジュールになったのかが分からない。もう一つ気になるのは、最初に滞在した時と二回目の時には、間が空いていたことだ。最初の滞在は、その後の定期的なものとは無関係だったのかもしれない。

「ちなみに、ちゃんと金は払っていたんでしょうね」

「もちろんです」

なるほど。岩隈は何かコネがあって金を払っていないようなことを言っていたが、あれもはったりだったのか。いかにもあの男らしい。

「いつ予約を入れていたか、分かりますね」ゼロからの質問ではなく念押しだった。森山が思い切り息を呑みこみ、溜息を吐き出す寸前で辛うじて踏みとどまって再び自席に向かう。データの入った画面を閉じていなかったのか、今度はすぐに戻って来た。

「毎回お発ちになる時に、次の宿泊の予約をされていったようですね。たぶん、フロントで直接予約されたんじゃないでしょうか。電話でもインターネットでも何でも、受けつけているんですけどね」どこか自棄《やけ》っぱちな口調で言って、ソファの背に体重を預けた。体が沈みこみ、自分のホームグラウンドであるにも拘《かかわ》らず、ひどく居心地が悪そうに見える。私も同じ感覚を味わっていた。ソファは低い上にクッションが柔らか過ぎ、体がどこまでも沈んでいきそうな感じがする。メモを取るために踏ん張っていると、膝とふくらはぎが次第に緊張してきた。下半身のトレーニングには格好だが、そんなことをするためにここに来ているのではない。

「そういう利用の仕方をする人、多いんですか？」

「はい？」

「こんなに定期的に利用するなら、ずっと予約を入れておいてもいいような気がしますけど」

「さあ、どうでしょう。事情はお客様によって千差万別ですからね」森山が顎を撫でた。髭が顔の下半分を黒く覆い始め、目は充血している。いかにも辛《つら》そうだったが、本当に辛いのはこれからだ。警察は何度でもやってくる。その度に別の人間がきて、同じ質問を、あるいは角度を変えて別の質問をぶつけてくる。中には馬鹿な刑事もいるから、話をするだけでうんざりさせられることもあるだろう。そして証人は次第に当時のことを思い出せなくなるものだし、特に森山の場合、持っているのは人の顔が見えないデータだけだ。当然話は手詰まりになり、そういう状況が、事情聴取をする人間を苛つかせることになる。

この男は、具体的なものを何も提供できないのだ。私も、岩隈の意味不明の行動という、役に立つのか立たないのか分からないものを摑んだだけだった。

虎ノ門のビルを出た時には六時を回っていた。勤務を終えたサラリーマンが街に溢《あふ》れ出している。桜田通りに戻って皇居の方に向かえば警視庁がある。ふいに私は、ある可能性に気づいて眩暈《めまい》に似た感覚を覚えた。まさか……あり得ない。しかし単なる可能性としては、排除できるものではない。かといって、実証できるかどうかの保証もなかった。私は両手を縛られ、目隠しをされたような状態なのだ。悪いことには足枷《あしかせ》まではめられている。情報源は誰も当てにできず、下手に動けば青山署の連中に目をつけられるかもしれない。自分の背中を守りながら捜査を進めることの難しさを思い知った。

人の流れに乗って歩きながら、山口に電話をかけた。出ない。私には怒る権利もないのだが、どうにも苛々《いらいら》させられる。一度電話を切ってからリダイヤルし、やはり出ないのを確認してから留守番電話に伝言を残した。向こうからかけてくるだろう、という確信はある。何しろ夕飯がかかっているのだ。あの男がタダ飯よりも重視するものは思いつかなかった。いや、孫がいるか。美鈴によると、子どもの世話はほとんど両親に任せているという。あの下品な男が孫を可愛がる姿は、何とも想像しづらかった。

しかし、弱った。今夜は山口にじっくり話を聞いて岩隈の情報を精査し、あるいは誰が私を追いこもうとしているのか、ヒントだけでも手に入れるつもりだったのに。どこかに手がかりはないものか……それも、できれば余計な人間に情報が流れないような形で。

いた。一人だけ、警視庁とは関係なく、しかも情報に触れられるかもしれない立場の人間が。その僥倖《ぎょうこう》に感謝しながらも、向こうは必ずしも私に好意を抱いているかどうか分からない、ということに気づいた。

しかし今の私には、その男しか頼れる相手がいない。

「びっくりさせないで下さいよ、鳴沢さん」

「すまん。脅かすつもりはなかったんだが」

「鳴沢さんからいきなり電話がかかってきたら、誰だって驚くでしょう」

「それ、どういう意味だ？」

「いやいや、まあ」大西海《おおにしかい》がにやりと笑った。切羽詰まって笑って誤魔化そうというわけではなく、どこか余裕を感じさせる笑みだった。

七時半。私たちはJR三鷹《みたか》駅の南口にあるハンバーガーショップで落ち合った。そこを指定してきたのは大西である。東京へ出てきて、毎日ファストフードばかり食べているのではないかと心配になったが、ざっと見た限りでは贅肉《ぜいにく》はついていないようだった。トレーニングを続けているようで、肩と胸の辺りにみっちり筋肉がついて、シャツがきつそうだった。夏を先取りしたように早くも半袖のシャツを着ているが、ネクタイはきっちりと締めている。黒いオクスフォードシューズはソールが大分減っていたが、丁寧に磨き上げられていた。ソール交換をすれば、あと五年は楽に持ちそうだ。

大西はチーズバーガーを選び、私はチキンのハンバーガーを頼んだ。飲み物は二人ともコーヒー。

「鳴沢さんもコーヒーを飲むんですか」と大西は驚いて見せた。

「今は張り込み中じゃないからな。トイレを気にする必要はない」

「臨機応変ってことですか？」

「そんなに大袈裟なものじゃないよ、警部補殿」

「やめて下さい」大西の耳が赤くなる。照れるようなことではないのだが、確かにここでは場違いな台詞だった。

「だけど、こんな店でよかったのか？　もっとちゃんとしたところで食べてもよかったのに」

「奢ってもらうのに贅沢は言えませんよ。それに、内緒の話をするには、こういうところの方がいいんじゃないですか？　人が多い方がかえって目立たないでしょう」

「それもそうだ。さすが、管理職になるといろいろ気遣いができるようになるんだな」

「だから、よして下さいって」耳がますます赤くなる。「俺の部屋に来てもらってもよかったんですけど、汚いですから。そんなところを鳴沢さんに見られたら、何を言われるか」

「俺は別に構わないよ」

「せっかく褒めてもらってるのに、部屋が散らかってるのを見たら、全部台無しになるでしょう」

「まさか」

大西は、私にとって懐かしい男の一人である。私が新潟を離れるきっかけになった事件を一緒に捜査し、警視庁に来てからも、故郷の事件に強引に首を突っこんだ時に手助けしてもらった。貸し借りのバランスでいえば、私の方が大きなマイナスになっているはずである。初めて会った時、彼は刑事になったばかりで、服装から何からなっていなかったのだが、その後急激に成長したようだ。佐渡《さど》の漁師の息子は、知識を吸収する能力が高いらしい。しかも試験に強いようだ。いつの間にか巡査部長、さらには警部補の試験に合格し、今は警察大学校で研修を受けている。彼の年齢で警部補ということは、昇任試験をほぼストレートで駆け上がってきたことになる。極めて珍しいケースだ。

一般の警察官がここで研修を受けるのは、警部になった時に必要な「警部任用科」など管理職向けのものだが、彼が受けているのはそれとは別の「専科」である。特定の分野に関する知識や技能を短期間に叩きこもうというもので、大西が東京に来たのもこの専科で学ぶためだった。彼の場合、ハイテク犯罪に関する研修を受けている――ということを、私は二か月前に知った。東京に出てきたので会えないか、と彼の方から電話をかけてきたのだが、実際に会って話を聞いてみると、驚きの連続になった。私より若い彼が警部補の試験に合格していたこともそうだし、コンピュータ犯罪を専門に研修を受けようとしていることもそうだった。ソーセージのような太い指は、キーボードを操るのにはいかにも不向きに見えるのだが。そもそもハイテク犯罪は生活安全部の管轄であり、刑事部で殺しを追いかけることに意欲を燃やしている彼が宗旨変えしたのも妙な話だった。確かにCFの一件のような事件を刑事部の捜査二課が担当することはあるが、大西はあくまで切った張ったの世界に生きる一課の刑事だというのが私の印象だった。

「研修はどうだ？」

「難しいですね。やっぱり、警察の普通の仕事とは全然違いますよ。毎日ややこしいことばかりで、気が滅入ります。何でコンピュータなんかあるんですかね」

「だけどこういうことが、これからますます重要になるのは間違いない」

「まあ、この件は上の方から言われてやってることなんですけどね」

それで合点がいった。やはり本人の希望ではなかったのだ。大西が疲れた溜息をつく。

「大学校と家の往復ばかりで、本当に気疲れしますよ」

警察大学校は府中にある。外語大や警視庁の警察学校、味の素スタジアムなどが集まっている一角だが、府中や調布の繁華街からは遠く離れた郊外である。最寄り駅は西武多摩川線の多磨《たま》か京王線の飛田給《とびたきゅう》だが、近くに遊べる場所は何もない。往復ばかりという大西の言葉に誇張はないだろう。

「俺は、人殺しにされかかってる」声を潜めて言うと、大西がコーヒーを噴き出しそうになった。辛うじて口の中にとどめたが、むせ返って激しく咳きこんでしまった。周囲の目が鋭く集まってくる。背中を叩いてやるとようやく落ち着いたが、涙で目は赤くなっていた。

「冗談……やめて下さいよ」苦しい息の下から言った。

「こんなこと、冗談で言うと思うか」

コーヒーを一口。大きく「ああ」と嘆息をついてうなずいたが、まだ納得していない様子だった。

「確かに、鳴沢さんはこういうことで冗談は言わないでしょうね。でも、どういうことなんですか」

できる限り詳しく説明した。大西は節目節目でうなずきながら聞いていたが、私が話し終えた途端に「嵌められましたね」と断言した。

「俺もそう思う」

「誰にやられたか、心当たりは？」

「ないわけじゃないけど、現実味はない」

「話して下さい」

話した。今度は、大西はしきりに首を傾《かし》げる。納得していないのは明らかだった。

「その事件自体、現実味が薄いですけど、それがまた墓の中から蘇《よみがえ》ってくるっていうのは、ますます考えにくいですね」

「俺もそう思う。あくまで机上の空論だ。もう少し情報が手に入れば……」

「やってみます」

　無言で彼の顔を見る。しっかり、刑事の目つきになっていた。大西は小さくうなずいたが、すぐに照れたように顔をそむけてコーヒーカップを手にとった。両手で握り、それを見下ろしながら告げる。

「もちろん鳴沢さんが人を殺すわけはないんですけど、黙っていればやり過ごせるってわけでもないいんじゃないですか。陥れようとしている人がいるんだったら、それを許すわけにもいかないですよね」

「厄介なことになるかもしれないぞ」

「それを怖がってたら、警察の仕事はできません。だいたい鳴沢さんも、俺に頼みたくて連絡してきたんでしょう？　分かってますよ。遠慮しないで下さい」大西が丸い顔に笑みを浮かべた。「それに俺は、あくまで新潟県警の人間ですからね。利害関係もあまりないし。それに夜は暇で困ってたんですよ」

「助かる……でも、無茶はしないで欲しい」自分が彼に無理を強いている、ということは分かっていた。この若さで警部補の試験を突破し、警察大学校の専科で学んでいるということは、今や新潟県警にとって大西は希望の星なのだ。ヘマをしない限り、ノンキャリアの最高位である刑事部長も現実味のない話ではないだろう。彼の出世に水を差す権利は私にはない。

「水臭いこと言わないで下さいよ」

「お前は警部補なんだぞ。管理職なんだ。キャリアに泥を塗る必要はない」

「警部補は、たまたまですよ」

「たまたまじゃ試験は突破できない。そんなことを言ったら、試験に落ち続けてる人が怒るぞ」

「いや、実際暇だったもんですから……トレーニングばかりじゃもったいないから、試験勉強してただけです。一緒に受けた連中の出来が悪かっただけじゃないかな。まだ実感もないんですよ」

「綺麗ごとは言わなくていい」

「鳴沢さん、俺は刑事なんですよ」にわかに真剣な表情になり、大西が私の顔を覗きこんだ。「何を気にしてるかは、分かってるでしょう」

「殺しを許さないこと」

うなずき、単純な私の原則に自らの見解をつけ加えた。
「もう一つ。無実なのに疑いをかけられている人を助けること、です。結果的にそれが、真犯人を捜すことになりますからね」

大西の成長ぶりは私の心に明るい灯を点《とも》したが、それは帰宅するために電車に揺られている間に、早くも消え始めた。東京西部は、南北方向の公共交通機関が弱いので、移動に要する時間は必然的に長くなる。今日も中央線で立川《たちかわ》まで出て、多摩都市モノレールに乗り換えざるを得ず、その結果あれこれ余計なことを考えてしまった。

最も気になるのは、山口のことである。何度か留守番電話をチェックしてみたが、向こうからかかってきた形跡はない。何か緊急の用件ができたのだろう。大したことではないと自分に言い聞かせたが、何故か胸騒ぎが消えない。

終点の多摩センター駅ではなく、一つ手前の松が谷《まつがや》で降りる。私の家に行くにはこちらからの方が近いし、何より多摩センター駅からの長い上り坂に耐えなくてすむ。カロリーの高い夕食を食べたのに、ここに来るまでにエネルギーはすっかり切れていた。長い一日だったのだ。これが通常の捜査なら、まだまだ頑張れるところなのだが、今日は勝手が違う。重い疲労が背中に張りつき、押し潰されそうな重圧を感じていた。

団地を抜け、家への道程を急ぐ。急いでいるつもりだったが、普段よりも足取りが遅いのは明らかだった。しっかりしろ、自分を助けられるのは自分だけなんだと言い聞かせながら、足を高く上げ、手を大きく振って歩くスピードを上げる。

ふいに周囲の明るさが変わった。この辺りは団地やマンションが多く、一戸建ての家は少ない。店舗はほとんどないし、暗くなると街灯だけが頼りなのだが、一瞬前よりも暗くなったような感じがした。次の瞬間には何かが消えた。何だ？　それがヘッドライトだと気づくのに、数秒かかった。しかも理屈で分かったのではなく、タイヤがアスファルトを引っかく音で気づいたのだった。振り返ると、暗闇の中で爆発するように、車の前部が大きく迫ってくる。瞬時に体が熱くなり、私は助走なしで思い切って飛んだ。

6

衝突音が耳元で炸裂した。私はガードレールの外側の車道を歩いていて、車はそこに向かって突っこんできたのだ、と状況を把握《はあく》する。ガードレールをハードルのように飛び越し、一回転して背中から受身を取る。肩と頭をアスファルトでしたたかに打ったが、その痛みが逆に意識を尖《とが》らせた。できるだけガードレールから離れるよう、団地の植えこみに転がりこむ。若い枝が折れ、耳元で音を立てた。

車は少し先で停まっていた。街灯の頼りない灯りの下、フロントのバンパーが千切れそうになってぶら下がっているのが見える。どうする？　逃げ出すか、正面から対峙するか決めかねているうちに、ドアが開いた。運転席から一人、後部座席から一人。二人とも全身黒ずくめで、ご丁寧にサングラスをかけ、マスクまでしている。二対一。素早く体調をチェックした。体をアスファルトに打ちつけたが、頭ははっきりしている。問題は肩かもしれない。昔、アメリカで撃たれた古傷のすぐ近くに、痺《しび》れるような痛みが残っているのが不安だった。逃げる方に気持ちが傾きかけた瞬間、駅の方から走ってきた車のヘッドライトが目を焼いた。続いてクラクション。「邪魔だよ！」という苛ついた声がそれに続く。この道は一方通行で、車のすれ違いができないほど細いのだ。降り立った男たちは私を一瞥もせず、すぐに車に戻って急発進させる。垂れ下がったバンパーがアスファルトを擦り、小さな火花が散った。

大きく溜息をつきながら立ち上がる。全身をチェックしていると、背後から走って来た車が私の横で停車した。どろどろとした排気音はアメ車のV8エンジンを彷彿《ほうふつ》させたが、見ると古いトヨタ・アリストだった。マフラーをいじってあるのは間違いない。鈍いシルバーの塗装が、街灯の光を受けて光った。

「あんた、大丈夫？」窓を下ろして運転席から顔を出した男は、きつくパーマをかけた髪をリーゼントにまとめていた。虫除《よ》けにも使えそうなほど強烈なコロンの匂いが漂ってくる。リーゼント？　八十年代から彷徨《さまよ》い出してきたような感じだった。二十代前半にしか見えなかったが。

「何とか」

「何だい、今の車」男が唾《つば》を吐き捨てる。私のすぐ足元に落ちたが、今は文句を言えなかった。

「さあ、何だろう。スリップでもしたんじゃないかな」

「そんな風には見えなかったけどね。怪我《けが》は？」

「大丈夫だと思う、たぶん」埃を払う程度の軽さで、左手で右肩に触れた途端に、鈍い痛みが走った。ゆっくり肩を回すと、痛みの範囲が広がる。

「救急車を呼ぼうか？　警察はどうする？　俺、証人になってもいいぜ」

「いや、警察が係わると面倒なことになるから」

「そりゃそうだ」男がにやりと笑い、煙草を銜えた。助手席には背中の半ばまで届く長い髪を金色に染めた若い女が座っている。こちらも興味津々で、男の腿《もも》に手を置き、身を乗り出して私を見ていた。

「突っこんでくるところを見た？」

「あれはスリップじゃないよ。急ハンドルを切って、間違いなくあんたを狙ってた。殺人未遂じゃんかよ。本当にサツに言わなくていいのか？」

「大丈夫だ。警察とはあまり係わり合いになりたくないし」

「だけど変だぜ、あの車」最初はへらへらしていたのが、話しているうちに男の口調は真剣なものに変わってきた。「ナンバープレートは隠してるしさ、怪しいもんだ。何か心当たりはないの？」

　ない、と言う代わりに首を横に振った。確かに私は見えない包囲網の中に囚《とら》われつつあるが、今の一件はまったく異質の問題だ。犯人に仕立て上げようとするのと、轢《ひ》き殺そうとするのとでは悪意のレベルが違う。

「人に狙われるような覚えはないな」

「だけど、おかしいと思わない？　ナンバーを隠してたってことは、そのまま逃げるつもりだったんじゃないのかな」

「だろうな」

「盗難車、とか」

「そうかもしれない」一旦言葉を切り、車のイメージを頭の中で再現した。ごく普通のセダン。色は白だったか……あるいは薄いクリーム色とか、その辺りの白系の色。ナンバーは頭に浮かばなかった。やはり外していたか隠していたのだろう。「車種とか、分かりましたか？」

「あれ？　カムリだね」

「トヨタ・カムリ」

「そう。二代前のモデルだね。いわゆる五代目で、九四年から二〇〇一年まで発売されてたやつだけど、その最終型だと思う」すらすらと並べ立てる口調は自信に満ちていた。

「どうしてそこまで分かるんですか」

「テールランプだよ」男がこともなげに言った。「下側がナンバープレートに向かってちょっと落ちこんでるデザインでさ。垂れ目じゃなくて、目尻のところが垂れてる感じって言うか」自分の目尻に指先を当て、その形態を真似してみせる。

「随分詳しいんだ」

「ああ、俺、修理工場で働いてるから。車なら、ちょっと見ただけですぐに分かるよ。あの頃のカムリってのはひどい車だったんだよ。バブルの後遺症で、ガタイだけがでかくなってもあちこち安っぽくてさ。ああいうのが豪華だって勘違いしてた人もいるんだから、話にならないよね。大昔は、結構走り屋向きの車だったんだけど」

「なるほど」専門家か。この証言は当てにしていいだろう。同時に、盗難車ではないかという彼の推理も当たっている気がした。人殺しをしようとする人間が、自分の車を使うとは考えにくい。しかし、ナンバープレートを確認できなかった状態では、元の持ち主を割り出すこともできないし、そもそも今の私は、盗難車の情報にもアクセスできない。そのために誰かの手を煩わせるわけにもいかなかった。

「ま、警察に通報する気になったらいつでも言ってよ。協力するからさ」

「名刺か何かもらえないかな。何かあったら連絡するから」

「名刺なんか持ってないよ」男が小声で笑った。「あんた、この辺の人？」

「ああ」

「だったら、この団地の奥に『村山モータース』ってあるの、知ってる？」

「それなら知ってる」ここにニュータウンが造成される以前から存在しているような、古い自動車修理工場だ。看板は煤《すす》け、コンクリートの床にはオイルが染みこんで黒ずんでいるような工場だが、常に修理を待つ車が店先に停まっている。

「俺、そこの息子だから。村山の息子の方って言ってもらえば分かるよ。別に今回の件じゃなくて、車の修理で来てもらってもいいけど。あんた、車は何乗ってるの？」

「レガシィ」

「ああ、ありゃいい車だよね。日本車だったら、今はあれが一番かな」

「だと思う」

「じゃ、俺はこれで。何かあったら、遠慮しないでいつでも言ってよ。協力するからさ」

乱暴にタイヤを鳴らして去って行く。妙に親切な男だったが、今後彼の手を煩わせるようなことはないだろう、とぼんやりと思った。歩き出すと、歩道に飛びこんだ時に膝も打っていたことに気づいて思わず立ち止まってしまう。歩けないことはないが、ダッシュしろと言われたら頭を下げても断るしかないだろう。痛みと折り合いをつけながら再び歩き始めると、遠くでパトカーのサイレンが鳴り出した。まずい。この時間の住宅街はしんと静まりかえっており、あれだけ大きな音を立てて車がガードレールにぶつかったら、気づかれないわけがないのだ。誰かが一一〇番通報したに違いない。慌てて前屈みになってスピードを上げ、現場を立ち去る。誰にも見られていないことを願った。この辺りは八王子市境に近い多摩市の外れで、パトカーは多摩署から出動している。青山署と面倒なことになっているだけでも十分なのに、このうえ多摩署との間にややこしい問題を抱えこむつもりは毛頭なかった。

シャワーを浴び、脱衣所にある大きな鏡で全身をチェックした。肩は赤くなっており、明日の朝には蒼く腫れ上がるだろう。こちらは我慢できないほどでもなかったが、膝の痛みは少し心配になった。見た目は何ともないのだが、歩けなくなったら致命傷だ。念のため湿布《しっぷ》で冷やし、様子を見ることにする。

熱い緑茶を入れ、足を引きずりながらベランダに出た。ウッドデッキと言っていい広さのあるベランダで、多摩センター駅が眼下に見下ろせる。静かだった。しかし、視界の隅の方でパトカーの赤色灯が毒々しい光を振りまいているのに気づき、気持ちをかき乱される。誰かが先ほどの事故を——殺人未遂というべきか——通報したのだ。私の名前は割れていないはずだが、団地の上の階から状況を見ていた人は、私の人相を頭に叩きこんだかもしれない。被害者は百八十センチぐらいの大柄でがっしりした男。後から来た、車を運転していた人間と数分間話していた。内容までは分からない——それだけの手がかりで、所轄の多摩署は私に辿り着けるだろうか。確かにガードレールは破損したが、被害者も加害者もいない状況で真面目に捜査を進めるとは思えない。この件は放っておこうと考えたが、完全に頭から押し出すことは容易ではなかった。

青山署の件の連中の狙いとは違う。あいつらは、私を貶めようとしているだけだ。今回車で襲ってきた連中は、直接私の命を狙った。村山が来なければ、あそこで車を降りて私を拉致《らち》するなりその場で殺すなり、当初の目的を達していただろう。この二つのやり方の間には大きな差があり、同じ人間のやり口とは思えない。

自分が非常に危険な立場に置かれていることを改めて意識した。あそこで私を待ち伏せできたのは何故か。家の所在地を摑んでいるからだ、という結論にすぐに辿り着く。今日はずっと電車で動いていたから、車で尾行することはできなかったはずで、予《あらかじ》めあの辺りで待ち伏せしていたのは間違いない。そしておそらくは、電車の中でも尾行されていた。尾行していた連中と待ち伏せしていた連中が連絡を取り合い、ピンポイントで私を捜し出して襲った。多摩都市モノレールの様子を思い出す。かなり空いており、立っている人は誰もいなかった。一般の電車と同じで長いシートが左右に配された作りだが、怪しい人間は……私の近くにいたのは、酒臭い息を吐き散らしながら居眠りしていた中年のサラリーマンと、「眠い」と愚図る幼児にてこずっていた若い母親、それに真っ直ぐ座り続けるにも杖がいりそうな老人が一人——それぐらいだ。怪しい人間はまったく思いつかない。もちろん、同じ車両内でもずっと遠くに陣取り、私を観察していた可能性もあるが。そして松が谷駅で私が降りた段階で、車で待ち伏せしていた人間に連絡する。あそこで降りたのは、私以外に学生風の若い男が一人だけだったから、私を特定するのは難しくなかっただろう。いや、もしかしたらあの学生風の男が尾行者だった可能性もある。そう言えば、妙に目つきが鋭かったような——。

そんなはずはない。ごく普通の、気弱そうな若者だったではないか。目つきが鋭く見えたのは、たぶん目が悪いせいだ。手探りで闇の中を歩いていると、木の枝でさえ牛の角に見えてしまう。必要以上に神経を尖らせる必要はないのだと思いながら、私はその場に呆然《ぼうぜん》と立ち尽くしてた。気づくと、いつの間にか十分以上が経過している。シャワーで温まった体が冷え始めたことで、ようやく時間の経過に気づいたのだ。まずい。私の心は冒され始めている。

私を調べているということは、見えない敵は当然、周囲にも目を配っているだろう。大事な人間に手を出してくる可能性もある。アメリカ研修中の悪夢が蘇った。勇樹をさらわれ、ニューヨークからアトランタ、マイアミへと駆け回った日々。あれを繰り返すようなことになってはいけない。

慌ててリビングルームに戻り、財布を引っ掻き回して、昼間再会したマイケル・キャロスの名刺を取り出した。日本でのプロモーション用に特別に作ったもののようで、「090」から始まる日本の携帯電話の番号も記してある。今は、新幹線で移動中かもしれない。出てくれよ、と祈りながら呼び出し音を聞き、待つ間に窓辺に走り寄ってカーテンを閉めた。特別に分厚いカーテンなので、灯りを消せば家の中の様子は外からほとんど見えないはずだ。照明を落とそうとした途端、キャロスが電話に出た。思わず安《あん》堵《ど》の吐息が漏れ出る。

「ミスタ・キャロス？」

「ああ、ミスタ・ナルサワ？」彼の声からは不安が読み取れた。昼間会った時は愛想が良かったが、私からの電話など基本的にろくなものではないと分かっているのだ。

「ミスタ・キャロス、今話して大丈夫だろうか。まだ新幹線に乗っているんですか」

「もう京都ですよ。車でホテルまで移動中です」

「ユウキは……」

「私の後ろの席に座ってます。寝てますけど、代わりましょうか？」

「いや、それはいいんです。わざわざ起こす必要はない。私からだということが彼に分からないように話して欲しいんだけど……オーケイ？」

「いいですよ」キャロスの声に不安が走る。

「今日私と別れてから、何か変わったことはなかったですか？」

「いや、特にないですね。サイン会のスケジュールが少し押したけど、ぎりぎりで新幹線に間に合いました」

「サイン会に変な人間が紛れこんでませんでしたか？　時々、ストーカーみたいな人がいますよね」

「それはなかったと思います。サイン会に集まってきたのは、基本的に若い女性ばかりですからね。若いっていうか、ティーンエイジャーばかりですよ。ユウキのファンっていうのは、アメリカでも日本でも同じ層なんですね。どこでも盛り上がりましたけど、危険なことは一切ありませんでした。大人しいものでしたよ。日本人っていうのは皆そうなんですか？」

「そういう人が多いのは確かです。それより本当に何もなかったのは間違いない？」

「間違いないです」キャロスが憮然《ぶぜん》とした調子を滲ませて答える。「そこは私を信じて下さい。おかしなものがあったら見逃しませんから」

あんたは去年、勇樹を守り切れずに、とんでもない事件のきっかけを作ったじゃないか。毒を吐くつもりだったが、何とか抑えた。それを言えば、私自身の傷口にも塩を塗ることになる。

「あー、ミスタ・ナルサワ？」

「聞いてますよ」

「どうかしたんですか？　何を心配してるんですか」

「大したことじゃないんです」気づくと彼にではなく、自分に向けた台詞になっていた。

「ただ、ちょっと気になることがありましてね」

「遠回りしないではっきり言って下さい」

「そうもいかないこともある……これは、私の仕事に関することなんです」

「なるほど。ということは、あまり気持ちのいい話じゃないわけだ」キャロスが不機嫌に言い放つ。「だけどはっきり言ってもらわないことには、こちらも対処しようがないじゃないですか」

「申し訳ないけど、今は『気をつけろ』としか言えない」

キャロスが沈黙する。腹の底に何かを呑みこんだような、嫌な沈黙だった。

「ユウキには何人ついてるんですか」

「私以外に、テレビ局の関係者が二人。日本とアメリカで一人ずつです。この三人は常に一緒に動いてますよ」

「ボディガードは頼んでいない？」

「まさか。日本はそんなものが必要な国じゃないでしょう」笑い飛ばそうとしたが、何かに思い至ったようですぐに沈黙した。その何かが、去年経験した悪夢につながっていることは明らかである。

「何事にも例外はありますよ」

「つまり、こういうことですか?」キャロスは冷静さを取り戻していた。勇樹に聞こえないように気を配っているのだろう、ようやく聞き取れるほどの低い声で続ける。「理由は言えないけど、あなたはユウキの身に危険が迫っていると考えている。だから警備を厚くしろ、と」

「簡単にまとめれば。ただし、ユウキの身に直接危険が迫っているわけじゃない。あくまでそういう可能性もある、ということですから。とにかく、用心に越したことはないでしょう」

「……とりあえず、私たちで気をつけておきますよ」

「そうですか」強引に押すことはできなかった。人を頼んで護衛することはできるだろうが、その金は私の財布から出るわけではない。「お願いします。それと、何かあったらすぐに私に連絡して下さい――いや、何もなくても毎日定時に電話を入れてくれるとありがたい。私が出なかったら留守番電話にメッセージを残して下さい。必ず、ですよ」

「仕方ないですね」キャロスが溜息を漏らした。「いつか、理由を教えてもらえるんですか?」

「ユウキがアメリカに帰るまでには、何とか」

「彼には何も言わない方がいいんでしょうね」

「ええ。いたずらに不安にさせることはありません」

「では、明日の夜、電話しますよ。それでいいですね？」

「勝手ばかり言って申し訳ないけど、よろしくお願いします」

電話を切り、手帳を広げて勇樹のスケジュールを確認した。二日間で京都と大阪、それに神戸を回るスケジュールだ。その後は東京に戻り、雑誌や新聞の取材を受ける日々が待っている。東京にいないタイミングが危ないな、と思った。地方に出ると、どうしても気が緩みがちになる。しかしキャロスは私の忠告を重く受け止めただろう、と自分に言い聞かせた。勇樹が危険な目に遭い、自分のキャリアをドブに捨てかけた経験は、彼を用心深くしただろう。

一応、手は打った。後は自分の問題だ。真っ暗なリビングルームの中で、立ったまま考える。この家も危ないと考えておいた方がいいだろう。しかし、どうするべきか……安全な場所などどこにもないような気がし始めた。移動し続けるのが一番無難だろう。車であちこちを放浪することを考えるとげんなりしたが、仕方ない。今晩からそうするかどうかはともかく、荷物だけはまとめておくことにした。

納戸代わりに使っている書斎に入り、ダッフルバッグに必要なものを手当たり次第に突っこむ。白いレギュラーカラーのワイシャツ三枚。ジーンズを一本。それにワッフル地のグレイのTシャツを二枚。動きやすさを考えて、アビレックスの薄手のフライトジャケットも加える。出かける時はスーツに革靴といういつもの格好にするつもりだったが、動きやすい靴も必要だろうと、布製のシューズケースにスニーカーを入れ、ダッフルバッグの空いた空間に押しこんだ。車のシガーソケットにつないで使う携帯の充電器も忘れずに入れる。逃走にはこれだけあれば十分——いや、逃走ではない。何から逃げようというのだ。立ち向かってこの一件を解決することこそ、自分の無実を晴らす道になる。守りに入るのではなく、攻めるのだ。もっとも相手の正体が分からない現状では、攻める手は一つもないのだが。

荷造りを終えて、ソファに横になった。ひんやりとした空気が部屋を包みこんでいる。昼間は汗をかくほど暑かったのに、冬が戻ってきたような冷たさだ。両手を後頭部にあてがい、暗闇の中、天井を見上げる。この家にも随分長く暮らしているが、未だに仮宿という感じは消えない。家族もなく、ひたすら事件に追いまくられる日々。それが辛いわけではなかったが、また勇樹を危ない目に遭わせるようなことになったら、私は自分を許せないだろう。この危機が、自らの不手際が招いたものかどうかも分からないが、そうだとしたら私は自分の人生を見直さなければならない。

左腕を上げ、手首に張りつく祖父の形見のオメガをじっと見詰めた。針にはまだ蛍光塗料が残っており、この暗さでも目を凝らせば何とか時刻は読み取れる。この時計は、いったい何歳になるのだろう。ふと、祖父のことを思う。「仏の鳴沢」と呼ばれた元新潟県警捜査一課長。最後は県内の所轄の序列一位にくる中署長まで上り詰めたのに、定年で辞めた後も後輩たちから「課長」と呼ばれることを好んだ男。彼は終戦後の混乱の中、ある事件を隠蔽したことがある。それは長い警察官人生の中で、唯一の蹉跌だっただろう。父は「捜一の鬼」。冷徹で論理的、常に理詰めで犯人を追い詰めた父も、一つだけ失敗を犯した——祖父の犯罪を知りながら、その証拠を握り潰していたこと。

しかし二人は、その他には一切過ちを犯さなかった。

それに比べて私はどうだろう。あちこちでぶつかり、人を傷つけ、怒らせ、自分も歪んでしまった。そういうことを考えれば、誰から恨みを買っているか、分かったものではない。あまりにも多過ぎて候補を絞れないほどだ。しかし必然的に、可能性は一つの矢印となってある方向を向く。

問題は、それを検証できないことだ。いずれにせよ、相手は闇の中にいる。あるいは私を今包みこんでいるこの闇の中にいるのかもしれない。

二日続けて早朝の電話で起こされるのは異例だ。寝たのか寝ていないのか、記憶も定かでないまま、私は現実に引き戻された。ということは、少しは寝たのだろうか。

今朝私を眠りから引きずり出したのは藤田だった。珍しいことではない。彼が西八王子署に転勤してきてから数か月、何度か早朝の電話で叩き起こされたことがあるから。だが今朝は、いつもとまったく様子が違った。

「やばいぞ、おい」

「どうした」顔を擦りながら上体を起こし、ソファの上に座る。はめたまま寝てしまった腕時計を見ると、六時前だった。

「殺しだ」

「殺し」普段なら、その言葉を聞いた途端、私は瞬時に目覚める。しかし自宅待機を申し渡されている上に、自分の身を案じなければならない今は、単なる言葉以上のものではなかった。どうせ捜査には加われないのだから。「被害者は」

「美鈴ちゃんのオヤジさん」

「何だって？」

文字通り飛び上がった。途端に、昨日の名残の傷があちこちで激しく叫び出す。

「どうした？　大丈夫か」

「ああ」落ち着け、と自分に言い聞かせ、キッチンへ歩いて行く。ペットボトルの水を一気に半分ほど飲み、胃の底に冷たい塊が落ち着くのを待った。「現場は?」

「三鷹だ」

「三鷹?」

「おい、何なんだ」藤田の声に苛立ちが混じった。「一々でかい声を出して驚くなよ」

「すまん」昨夜三鷹にいたのだ、ということは言えなかった。偶然に過ぎないはずだが、事件に追いかけられている感じになる。

「午前三時頃、公園で倒れているのが見つかった。後頭部を鈍器で一撃、だな」

眩暈がしてきた。岩隈を殺したのと同じ手口ではないか? 密室とオープンスペースという違いこそあれ、手口が似ている。ということは、シリアルキラー(連続殺人犯)なのか? 基本的にシリアルキラーは、手順を大事にする。殺し方はその中でも最も重要なもので、何人殺しても手口は全て同じということが多い。そこから犯人像が浮かぶこともままあるのだが、後頭部を鈍器で一撃というのは、さほど独創的な手口ではない。犯行手口における決定的な〝指紋〟にはなり得ないだろう。

「発見者は?」

「夜中にぶらぶらしてた若い奴だったらしい。ほとんど頼りにならないみたいだな」

「目撃者はいないのか」

「今のところは。三鷹の住宅街にある公園だし、犯行時刻は夜遅くだろうからな。こいつは大騒ぎになるぜ。定年間際と言っても、現職の刑事が殺されたんだから」

「公安絡みの事件じゃないか？」

「まさか。それはないだろう」藤田が鼻で笑った。「死んだ人間を悪く言うつもりはないけど、公安の連中ってのは口ばかりじゃないか。危ない目に遭うことなんてほとんどないんだぜ。それに今は、極左の担当じゃなかったそうだ。連中の仕事で危ないのって、それぐらいじゃないのか」

「極左じゃなければ、どこの担当だったんだ？」

「外事二課」アジア担当だ。簡単に言えばスパイの捜査が仕事である。何かと忙しい部署だが、山口がそのセクションにいるのが私には意外だった。最初に会った時、彼は極左事件を扱う公安一課にいた。若い頃ならともかく、定年も間近になって、毛色の違う部署に異動するのは妙な話ではないだろうか。公安部の扱う事件は幅広いが、それぞれの課の専門性は高いのだ。

「何か変か？」黙りこんだ私の態度を訝ったのか、藤田の声には疑念が混じっていた。

「まさか、あんたが疑われてる件と関係あるんじゃないだろうな」

「それは分からない」

「じゃあ、何なんだ」

事情を説明する。それで藤田は初めて合点がいった様子だった。

「何だ、じゃああんたは、美鈴ちゃんと会う前から親父《おやじ》さんとは知り合いだったんだ」

「そういうこと」言葉を切り、どこまで話していいものか考える。躊躇すべきではない、と判断した。たとえ彼が今がんじがらめになって動けないとしても、相棒に変わりはないのだから。何も隠さず、全てを話しておく必要がある。

「実は昨夜、彼と会う予定だった」

「何だと」藤田が頭から抜けるような声を出した。「どういうことだ」

最初から説明した。岩隈と会ったこと。その夜に彼が殺され、青山署に引っ張られたこと。昨夜襲われたこと。そして山口が約束をすっぽかし、連絡が取れなくなったこと。

「まずいな、それは」藤田が舌打ちをした。「お前、この件でも疑われるぞ」

「それは分かってる」

「被害者の携帯電話が見つかってるかどうかは分からないけど、当然通話記録は調べるだろう。あんたから何度も電話があったことが分かれば、捜査線上に名前が出る」

「おそらく」

「どうするんだよ」

「分からない」二つの事件。それを関連づけて考えるべきかどうかは分からないが、別件と想定するのも無理がある。「とにかく岩隈の件は調べてみるつもりだけど、山口の殺しまでとなったら、無理だ」

「クソ。俺が動ければな……」

「ＣＦの件にかかりきりなんだろう？」

「そういうことだ。いっそ、すっぽかしちまうか。あんな張り込み、俺じゃなくてもやれる仕事だ」

「それはまずい」私は即座に言った。「仕事を放り出したら、お前まで白い目で見られるぞ」

「そんなことはどうでもいい――」

「駄目だ」一段強い調子で叩きつける。「自分で何とかする。お前を巻きこむわけにはいかない」

「だけどお前、昨日は俺の助けが欲しくて連絡してきたんじゃないか」

「それは、お前が動ければの話だ。何も事件がなかったら、泣きついてるさ」

二人とも言葉に詰まり、沈黙を分け合った。不快な静けさであり、これを破る方策は思い浮かばない。

「山口はどうしてる？」

「分からん。とにかく今は、刑事じゃなくて被害者の家族ってことだからな……家にいるはずだけど、どうしてるだろう。慰めてやりたいけど、困った」

「連絡は取れない？」

「今は無理だ。電話したいのは山々だけど、迂闊《うかつ》にそんなことはできないだろう」

「ああ」

「まったく苛々するな、こういうのは」

「分かるよ」

「で、あんたはどうするつもりなんだ？　当然、岩隈殺しの犯人を捜すんだよな」

「そのつもりだ」

「三鷹の一件はどうする」

「そっちは、今のところ手のつけようがない。せめて捕まらないように気をつけるよ」

「それはあまり上手い冗談じゃない……いいか、背中に気をつけろよ」

「分かってる。お前は、今日はどうするんだ？」

「朝からまたＣＦの件で張り込みだ」言って、盛大に溜息を漏らす。「やるならやるで、さっさと着手すればいいのに」

「こういう件は長引くんじゃないのか？　相手の動向を完全に把握してからじゃないと、引っ張れないだろう」

「そうだな、内偵捜査は仕方ないよな……ちょっと待て」突然藤田が上げた大声が私の耳を突き刺した。

「何だよ、いきなり」

「いや、思い出しかけてることがあるんだ……ちょっと前のことだよ。そう、日系ブラジル人の事件で群馬に行ってた時のこと。あの時あんたが言ったことが、頭に引っかかってるんだ」

「まさか、今回の事件の関係か？」

「いや、そうなのかどうかは……ああ、分かった。思い出した。『忠告というか、そういうこと』ってあんたが言ったの、覚えてないか？　向こうから帰って来る車の中で、誰かと電話した時だったと思うけど」

「あれか」私も思い出した。クソ、どうして今まで忘れていたのか。石井《いしい》敦夫《あつお》――刑事の道を踏み外し、犯罪に手を染めてしまった男。彼が弁護士を通じて私に忠告を送ってきたのは、藤田が指摘した事件の最中、今年の二月である。「お前は狙われてる。気をつけろ」というもので、その時は真面目に受け取ることもできなかったのだが、石井は今の私の状況を予見していたとでもいうのだろうか。刑務所という外部との接触を禁じられた空間に閉じこめられている彼が、どうしてそんなことを知り得たのか。確認してみる価値はある。だが、石井に直接訊ねるのは難しいだろう。今は親族以外でも受刑者に面会できるが、それほど気楽にというわけにはいかない。

「あんた、間違いなく誰かに狙われてるんだよ」藤田が私の不安に駄目押しをした。「バックアップしてやりたいのは山々だけど……クソ、やっぱりこんな張り込みなんてすっ飛ばしちまうか」

「それは駄目だ。でも、もしもできるなら情報は探ってみてくれ」

「それは保証できないな。何しろ横で、本庁の奴がべったり張りついてるんだから。電話一本できないんだぜ」

「分かった」分かってはいなかったが、そう言わざるを得なかった。

電話を切り、自分に何ができるかを考える。ほとんど何もないことに気づいて唖然《あぜん》とせざるを得なかった。その空白に、山口に対して申し訳なく思う気持ちが入りこんでくる。もしかしたらあの男は、私と係わりを持ってしまったせいで、殺されたのではないだろうか。

私は何もやっていない。だが、私の手は二人の人間の血で赤く染まっているような気がしてならなかった。

7

六時。動き出すにはまだ早い。仮に誰かを摑まえることができても、寝ぼけ声で怒鳴られるのが関の山だ。トレーニングをする気にもなれず、仕方なしに着替えてレガシィの後部座席に荷物を放り込み、走り出した。早朝の多摩は静かで、街はまだ目覚めてもいない。どこかで朝食を済ませることにして、京王線とほぼ平行して走る多摩ニュータウン通りに出た。駅前にデニーズがあるのを思い出して、一旦通り過ぎてから左折を繰り返して方向転換し、駐車場に車を預けた。

二十四時間営業のファミリーレストランの朝。爽やかな空気は、店内に入った瞬間に遮断され、淀《よど》んだ空気が私の体を包みこんだ。窓際の禁煙席を選んだが、陽光に満ちた外の光景は、絵のようにしか見えない。客は少なかった。私の目の届く範囲には四人組の若者グループが二組いるだけで、そのうち七人はソファに身を埋めて、あるいはテーブルに突っ伏してだらしなく寝ている。子猫が寄り添うように固まりながら、睡眠を貪《むさぼ》る様が頭に浮かんだ。

卵とコンビーフハッシュのセットを頼み、コーヒーで喉を湿《しめ》らせる。持ってきた朝刊を開いたが、締め切り時間の関係だろう、山口が殺された事件は載っていなかった。携帯電話でもニュースをチェックしてみたが、藤田が教えてくれた以上の情報は得られなかった。しかし、仮にも現職の刑事が殺されたのだから、扱いは大きい。トップ扱いになっていたし、夕刊でも一面にくるかもしれない。車に籠《こも》っていればよかった、と一瞬後悔する。カーナビのテレビで朝のニュースをチェックすれば、現場の様子も分かったかもしれない。

慌てないように、と自分に言い聞かせながら朝食を摂る。しかし結果的には、重機で柔らかい土をすくうような勢いで食べてしまった。コーヒーをお代わりしてから、もう一度社会面に目を通す。岩隈が殺された件は、既に紙面から消えていた。結局新聞は、昨日の夕刊で第一報を伝えたきり、この事件を放り出してしまったのだ。マスコミの連中は、どこまで摑んでいるのだろう。この二つの事件を結びつけて考えている記者がいるだろうか。もしも長瀬がまだ新聞社に勤めていたら――彼なら私という存在を軸にして、連続殺人の可能性に思い至ったかもしれない。彼が記者を続けていれば、情報源としても使えたのだ――と考えてしまい、苦笑が漏れる。刑事が新聞記者から情報を貰っているようではおしまいだ。

新聞を畳み、窓の外に目をやる。ようやく街が目を覚まして車の量が多くなり、駅前の交差点では小さな渋滞が巻き起こっていた。谷底の街。多摩ニュータウンが歴史的な失敗に終わりつつあるのは、この地形が原因だったかもしれない。多摩ニュータウン通りや二本の鉄道は深い谷底を走っており、そこを中心に広がる街は高低差が大きい。公団住宅やマンションと駅を行き来するためには、急坂を上り下りしなければならないのだ。この街を計画した人は、住む人がいずれ老いることを計算に入れていなかったのだろう。

店内に視線を戻した瞬間、山口のことが気になりだした。娘である美鈴のことも。あの二人の親子関係は、複雑なものだっただろう。美鈴は大学を卒業してすぐ結婚したが、出産直前に夫を交通事故で亡くしている。彼女は自活する道を選び、父親と同じ警察官という職業を選んだのだが、その時にはかなりの反対を受けて遣り合ったようだ。それでも美鈴は自分が選んだ職業に就いて懸命に働き続け、幼い子どもを育て上げてきた。山口も娘と孫の生活を支え続けてきたわけで、今は一時の緊張は解けているのではないかと私は想像していた。山口は確かに嫌な男——少なくとも私と気の合う男ではないが、父親として、祖父としてはまた別の顔を見せていたのだろう。もしも私と接触したことが原因で殺されたとしたら、美鈴にも、会ったことがない彼女の息子にも合わせる顔がない。

調べなければならないことはいくらでもあったが、多過ぎてどこから手をつけていいのか分からない。岩隈殺しに関しては、彼がウィークリーマンションの予約の際に残していた静岡の住所が手がかりになるかもしれない。山口の件については、まず現場を見ておきたかったが、そこに近づくことは、間抜けな蟻が自ら蟻地獄に身を投じるようなものだろう。しかし、そこに接近せずに情報を得るのは不可能だ。

もう一つ、気になり始めたのは石井の忠告だ。この件については、私に伝言を伝えてくれた弁護士の宇田川《うだがわ》に依頼する手がある。あの時彼は、私に伝えた以上の情報は知らないと明言していたが、だったらもっと突っこんで調べてもらえばいい。金さえ払えば、石井に接触して情報を探ってもらえるだろう。

そうだ、まず宇田川に会おう。彼の事務所は八王子にあるから、そこをスタート地点にして動き出せば効率もいい。手帳を取り出し、二つの電話番号を見つけ出した。宇田川の携帯と事務所。伝票を摑んで立ち上がり、会計を済ませて店を出る。車に閉じこもって、必要な連絡を済ませるつもりだった。

この時間では事務所には誰もいないだろう。そう思って携帯の方にかけてみると、予想に反して呼び出し音が二回鳴っただけで宇田川が電話に出た。寝起きを襲われて怒っている様子もなく、既に一仕事終えて、お茶でも楽しんでいるような気配が伝わってきた。朝の挨拶《あいさつ》をしてから切り出す。

「覚えておいでですか。西八王子署の鳴沢です」

彼は覚えていた。それも不思議ではないかもしれない。石井からの伝言を伝えようとした彼と私は何度も行き違いを繰り返し、電話を挟んで奇妙なダンスを踊る羽目になったのだから。

「朝早くにすいません」

「いや、もうエンジン全開ですよ」威勢のいい台詞の割に、声には疲れが感じられた。

「朝が一番効率がいいですからね。毎日五時起きで、六時に事務所に入るんです」

「それは早い」

「それで三時ぐらいにはもうエネルギーが切れるんですけどね……で、どういうご用件でしょうか」

これから会えないだろうか、と切り出した。用件は敢えて伏せておく。彼にあれこれ考えさせたくなかった。予備知識なしでいきなり切り出した方が、こちらの要求を通しやすいだろう。忙しいのを理由に断られるかと思ったが、彼は快諾してくれた。朝は余計なことに煩わされないで済む、彼だけの時間なのだろう。事務所の住所を教えてもらったので、二十分で着く、と告げる。

「二十分？　ずいぶん早いですね」

「私も八王子に住んでますから」

「なるほど。それじゃ、お待ちしてますんで」欠伸《あくび》を嚙《か》み殺しながらの返事だった。朝が一番効率がいいというのは、嘘かもしれない。もしかしたら今日も、早朝に出勤したのではなく、事務所で長い一夜を過ごした後なのではないか。

野猿《やえん》峠を越えて、八王子の市街地に入る。教えてもらった事務所の住所は、JR八王子駅の南口にあった。そちらへ向かう前に、北口にあるホテルに立ち寄り、スターバックスでラテのグランデを二つ買い求める。宇田川と私自身の眠気覚ましだ。眠気覚まし——眠いわけではなかったが、エネルギーが不足しているのははっきりと感じている。血管をコーヒーが流れるようになったらおしまいなのだが。

ＪＲ八王子駅の北口が多摩地区有数の繁華街であるのに対し、南口は歩き出した途端に静かな住宅街になる。朝のこの時間、駅へ急ぐ人たちで道はごった返していた。南口から国道十六号線に向かうこの道路を、私は個人的に「病院通り」と呼んでいる。小さな個人病院から大きな消化器系専門の病院まで、やけに病院の密度が高い地域なのだ。

医療刑務所も含めて。宇田川の事務所は、この病院通り沿いにある雑居ビルの三階部分を全て占拠していた。ドア脇にかかった黄ばんだプラスティックの看板が、事務所の歴史を物語っている。人がいそうな気配はなかったが、思い切ってノックしてからドアを開け、顔を突っこむ。小さなカウンターが受付代わりになっており、そこから身を乗り出して「すいません」と声をかけると、事務室に面したドアの一つが開いた。

宇田川は、想像していたよりも若かった。少しキンキンする子どもじみた声だから若いだろうとは思っていたが、どう見てもまだ二十代である。見た目通りの年齢だとしたら、司法試験を突破して弁護士になるまで、まったくロスせずにきたのではないだろうか。三つボタン上二つがけの背広は細身で、特にズボンはスプレーを吹いたように細く脚に張りついている。裾は少し短め。靴は本来のつま先よりも遥かに先が長い細身のもので、足が大きく見える。最近流行《はや》っているこの手の靴に、満員電車で爪先を踏まれても痛くないこと以外に何かメリットがあるとは思えなかったが。短くした髪は濡れており、一見、風に吹かれたように乱雑に見えた。実際にはイメージ通りの髪型に整えるのに、毎朝かなりの時間をかけているのだろう。削《そ》いだように細い頬も頼りない顎も、今時の若者に典型的な顔つきだった。

「鳴沢さんですか?」面会の予約をしていたというのに、きょとんとした表情を浮かべている。

「朝早くにすいませんね」

「いえいえ。どうぞ」部屋から顔を突き出したまま、事務室の中を見回す。「広いところにしましょうか。わざわざ私の狭い部屋で話をする必要はないですよね。酸欠になるかもしれないし」

「どこでもいいですよ」

「じゃ、そちらのソファへどうぞ」

言われるまま、事務室の隅にある一組のソファの方に歩いて行った。途中、宇田川が出てきた部屋をちらりと覗く。真ん中を残して簡単なパーティションで仕切り、それぞれの弁護士の部屋として使っているようだったが、宇田川の場合、部屋というよりも物置と言った方が相応しかった。本や書類はデスクの上にまで溢れており、何か書き物をしようとしたら、その都度片づけなければならないだろう。その混乱はデスクの前に置かれた二脚の椅子にまで及び、今にも雪崩《なだれ》を起こしそうなほど大量の書類が積んであるのが見えた。私が部屋を一瞥したのに気づいたのか、先を歩いていた宇田川が決まり悪そうな表情を浮かべる。

「じろじろ見ないで下さいよ」

「失礼」

「こういう仕事をしてると、どうしたってあんな風になるんですよ。書類は増える一方ですからね。片づけるより、次の書類がくる方が早いんだから」

「分かりますよ」

向かい合って座ると、私は彼の前にコーヒーの紙コップを置いた。

「眠気覚ましです」

「すいません。奢ってもらってもいいんですか」

「弁護士が警察官から賄賂をもらっても、問題にはならないでしょう」

「そういうつもりで言ったんじゃないけど」一口啜り、顔をしかめる。熱さにではなく、彼には甘みが必要なようだった。立ち上がると、どこからか砂糖を二袋、それにプラスティック製の安っぽいスプーンを二つ、持ってくる。私に向かって砂糖を掲げてみせたので、必要ないと言う代わりに首を振ってやった。宇田川はどこか嬉しそうに砂糖を二袋とも加えると、ゆっくりとかき回し始めた。

「朝飯は食べてないんでしょう」

指摘すると、驚いたように顔を上げる。

「何で分かります？」

「腹が減ってると、甘いもので誤魔化したくなりますよね」

「いつもこんな具合なんですよ。昼までが長くて参ります」

「朝飯ぐらい、きちんと食べればいいじゃないですか」

「そうしたいところなんですけど、時間がなくて。特に、朝早く事務所に入るようにしてるから、難しいんです。一人暮らしだと、朝飯を食べるのも面倒ですからね」

自分のポリシーは言わずにおいた。初めて会った人に朝食の重要性をレクチャーするのは、会話のとっかかりとして最悪である。

「で、今日は何のご用なんですか」コーヒーを一口飲み、今度は満足そうにうなずきながら宇田川が訊ねる。軽い口調だったが、私を見る目はまったく笑っていなかった。

「石井さんの件なんですが」

「はい」彼の頭の中に、石井の名前がインプットされているのは間違いない。あの事件における石井の立場は非常に微妙なものであり、それもあって裁判は注目を浴びた。宇田川の年齢では、これほど耳目を集めた被告人を弁護した経験は、あれが初めてだったかもしれない。

「あなたは、石井さんの忠告を私に伝えてくれましたよね」

「あれが忠告なのかどうかは、私には分かりません」言質《げんち》を取られまいと、宇田川が言葉を濁す。「彼が言ったことをそのまま伝えただけですから」

「彼は、他には何か言ってなかったんですか」

「ないですね」

「本当に？」

「本当に」念押ししても、嫌な顔一つ見せなかった。紙コップを両手で包みこみ、また私の目を真っ直ぐ覗きこむ。

「どういう意味だと思いますか」

「どうもこうも、伝言を解釈するのは私の仕事じゃありませんから」肩をすくめたが、その瞬間に私の鋭い視線に気づいたらしい。咳払いをすると、ゆっくりと紙コップをテーブルに置いた。「とにかく、ありのままを伝えただけです」

「その話をした時、石井さんはどんな感じでしたか？　喋り方は？　態度は普段と変わりなかったですか」

「まあ、そうですね……」言葉を切って目を瞑《つぶ》る。引き出しから記憶を引っ張りだそうとしているのは明らかだった。「淡々とした感じ、ですかね」

「焦ったり怒ったりという感じではなかったですか」

「それはないですね。元々冷静沈着な人だし、服役していても、それは変わってませんよ」

「その時は、大事な忠告だとは思わなかった？」

「私個人の感想を申し上げるのは差し控えます。何のことか分からないけど、厄介事には巻きこまれたくありませんからね。これでも十分過ぎるほど忙しいんです」

「そうですか」自分のコーヒーに手をつける。かなりぬるくなってしまっており、フォームミルクが喉にまとわりつくようだった。

「申し訳ありませんね、あまり参考になるようなことが言えなくて」さほど申し訳ないとは思っていない様子で、宇田川が素早く頭を下げた。

「それはいいんです」

「じゃあ、何がまずいんですか」

「まずいんじゃなくて、あなたに仕事を頼みたいんです」

「ええ？」宇田川が大きく目を見開いた。「刑事さんに仕事を頼まれるなんて、考えたこともなかったな」

「刑事が弁護士さんに仕事を依頼しても、おかしくはないでしょう」

「まあ、そうですけど……今の話の絡みですよね」

「そうです。石井さんに会ってもらえませんか？　私が行ってもいいけど、時間の余裕がないんです」

「何だか、弁護士には時間があるって言いたそうですね」

「ビジネスとしてお願いしてるんです」彼の泣き言が次第に鬱陶しくなり始めた。「かかった時間に見合うだけのお金は払いますよ」

「しかし――」

「何か断る理由でも？」

口を開きかけたまま、宇田川の動きが止まった。反論がないことは二人とも分かっていたが、彼は、すぐに認めては沽券《こけん》に関わるとでも考えているのだろう。

「仕方ないですね」

「よろしくお願いします」

頭を下げたが、宇田川は憮然とした表情を隠そうとはしなかった。使い走りなど、自分の仕事ではないと思っているのだろう。溜息をついてから、私が予想していた言葉を吐いた。

「もちろん、お金はいただきますよ」

「当然です。あなたの時間を使わせてもらうわけだから」

「しかし、どうしますかねえ」髭のまったくない顎を撫でる。こういう仕事を取り扱った経験がないのは明らかだった。「いくらいただくべきか、なかなか判断しにくい……十万でどうですか」

「それは高いな」露骨に顔をしかめてやると、彼の顔が赤くなった。構わずに続ける。「今、弁護士の相談料は三十分で五千円ぐらいじゃないですか？　それを基準にして考えたらどうでしょう。あなたが実際に足を使う時間は、半日ぐらいじゃないかな」

「それはそうですけど、半日で済むかどうか分かりませんよ」

「半日で大丈夫でしょう」と念押しした。石井は千葉刑務所で服役している。八王子からなら、中央線と総武本線を乗り継いで二時間ほどのはずだ。そして、面会にはさほど時間はかからないだろう。

「こうやってる時間も、五千円分になるんですよ」彼はあくまで金に執着していた。もしかしたら、給料は歩合制で出ているのかもしれない。仕事を分捕ってくれば給料は高くなるぞ、と。

「それにしても十万は高い」

「じゃあ、五万円でどうですか」

「いいでしょう」財布の中にそれだけの金額はなかった、と思い出す。「こちらの口座に振りこんでおきますよ。それでいいですね？　不足分があったら、後で請求して下さい」

「強引な人だな」

「当然です。人の命がかかってるんだから」

「誰のですか？」

「私です」

初めて宇田川の顔が蒼くなった。彼は犯罪者と密接に関係して生きている。時には感情移入し、時には怒りをたぎらせ、自分は事件の主役だという気持ちを抱くこともあるだろう。だが、法廷以外の場所で人の生き死に係わることなど、経験していないはずだ。この件がなければ、これからもそうだっただろう。曲がり具合は分からないが、私はまた人の人生を捻じ曲げてしまったことを意識した。


朝のラッシュに巻きこまれたが——よりによって今日は交通事故までおまけについてきた——九時半には調布で中央道を降りることができた。電通大の横から武蔵境《むさしさかい》通りに入り、のろのろ運転の続く道をひたすら北上する。調布から三鷹に至るこの辺りは、武蔵野の面影がまだ濃厚に残っている土地柄で、場所によっては鬱蒼《うっそう》とした緑が、人の手が入るのを拒否するように暗い影を作っている。神代《じんだい》植物公園を通り過ぎ、右折して東八《とうはち》道路へ、すぐに三鷹通りに入り、市街地に近づく。藤田に教えられた通り、三鷹市役所の交差点で右折して人見街道に入った。この辺りは郊外の古い閑静な住宅地に変わり、もうしばらく走ると吉祥寺《きちじょうじ》通りに至る。公園は小学校の近くで、まだパトカーの回転灯が赤く光っていた。その場をやり過ごし、コイン式の駐車場を見つけて車を停める。聞き込みをするわけにはいかないだろうが、何とかして現場に近づき、状況を頭に叩きこみたかった。

現場はしっかりと固められていた。規制線は公園をぐるりと囲むように張られ、四隅にパトカーが停まって制服警官が周囲を警戒していた。住宅地なので人の出入りは多く、その都度規制線を上げ下げさせられていた。小学校の校舎の二階より上からは公園が丸見えで、休み時間なのか、子どもたちの顔が窓に並んでいる。もちろん、公園の犯行現場は青いビニールシートで目隠しされているのだが、あんなところを子どもたちに見せるべきではない。何も注意しない教師たちに腹が立ってきた。

事件の発覚からは随分時間が経っているのだが、まだ野次馬がいる。規制線ぎりぎりに並び、携帯電話を翳して写真を撮っている馬鹿者が何人もいた。後ろから尻を蹴飛ばしたくなるのをこらえ、隙間から現場の様子を窺う。どうやら現場は、ブランコとトイレの中間地点辺りらしい。テントのように張られたビニールシートの隙間から、鑑識課員が忙しく動き回っているのが見えた。

「殺されたの、お巡《まわ》りだってよ」

「何で？」

「この辺も物騒になったねえ」

無責任な感想が次々と耳に入ってきたが、私の注意力は別の方向に向いていた。美鈴。彼女がビニールシートの隙間から姿を現したのだ。濃いグレイのパンツスーツ姿で、化粧っ気はまったくなく、顔は蒼白い。少し伸びた髪を後ろできつく結わえているせいか、丸い顔に浮かぶ表情が厳しく引き攣っているように見えた。現場の責任者だろうか、濃紺のスーツを着た刑事に深々と頭を下げると、女性刑事に付き添われてこちらに向かって来た。野次馬の中にざわめきが広がる。ずっとうつむいたままで、足取りはひどく頼りない。付き添った女性刑事が労《いた》わるように背中に手をやった。彼女はずっと美鈴に視線を注いでいたが、一瞬顔を上げた時に、私と目が合った。萩尾聡子《はぎおさとこ》。東多摩《ひがしたま》署にいた時、私とコンビを組んでいた刑事だ。通称、ママ――美鈴と同じように、子育てに追われながら刑事の仕事をこなしている。そういえばこちらの所轄に異動してきていたはずだ、と思い出した。チャンスだと思う一方、打ちひしがれた美鈴を見ると胸が痛み、気持ちが萎える。今までも、知り合いが被害者になった経験がないわけではないが、今回は事情が違う。知り合いが殺され、その娘は私の同僚――二重の意味で痛みは激しい。

聡子はしばらく私に視線を投げかけていた。それに気づいたのか、美鈴も顔を上げて私の姿を認めた。その目にいかなる感情も見られないのに気づき、わたしの胸の痛みはいっそう強くなった。近親者を亡くした時、人は見事に二種類に分かれる。全ての感情を解放して、ぼろぼろ泣きながら再生の道を探る者。感情を押し潰し、ひたすら耐えることで辛い時をやり過ごそうとする者。しかし美鈴は、そのどちらにも当てはまらないように見えた。ただひたすらこの事態を現実のものとして受け止め、自分がやるべきことは何か、見つけようとしている。可能ならば捜査に参加したいと願っているのではないだろうか。歩き回り、頭を使っている限りは、悲しみと全面対決をしなくて済むのだから。だがその望みが叶《かな》えられることはないだろう。ただ一つ方法があるとすれば、今の立場を捨てることだが、彼女にそれはできないだろう。

隣を通り過ぎる時、聡子が鋭い一瞥をぶつけてきた。非難するわけでも怒っているわけでもなく、疑問を胸に抱いただけなのだ、と自分に都合良く想像する。どうしてこんなところにいるのだ、という私への問いかけに過ぎないはずだ。美鈴はちらりと私を見て、軽く頭を下げただけだったが、私を認識しているかどうかは分からなかった。その目に浮かぶのは、ただ悲しみと底なしの疲労感である。

首を回し、二人を見送った。五十メートルほど離れたところに駐車してあった覆面パトカーに美鈴を押しこむと、聡子が運転席に声をかける。すぐに、タイヤを鳴らさないぎりぎりの勢いで覆面パトカーが発進した。美鈴にはこれから辛い仕事が待っている。自分の嘆きは押し潰し、夫を亡くした妻と、祖父を亡くした孫の悲しみを受け止めなければならないのだ。

聡子がゆっくりとこちらに戻って来た。ずっと悩みの種になっていた体重のコントロールはやはり上手くいっていないようで、しばらく会わない間に、体は一回り大きくなっていた。もっとも私から見て、太っているという印象はない。女性に対して貫禄という言葉を使うのが適切かどうかは分からないが、まさにそういう感じであった。明るいベージュのジャケットに濃いグレイのパンツという格好で、パンプスにはヒールがない。アクセサリーと言えるのは、左手の薬指にはめたシンプルな銀の結婚指輪だけだった。

「ここで何してるの、鳴沢」一番答えにくい質問を最初にぶつけてきた。私は覆面パトカーが去った方を指差し、野次馬から離れて歩き出した。道路の真ん中で孤立しない距離まで進む。現場から見れば、野次馬に混じって見えるような位置だ。

「答えにくい質問をしないで下さいよ」

「らしくないわね」腰に両手をあて、私を見上げる。「打てば響くような答えが返ってこないと、鳴沢じゃない」

「俺にだって言えないこともありますよ」

「やばいことになってるらしいわね」

「知ってるんですか？」

「当たり前でしょう。こんな所でうろうろしていていいの？」

「待機中ですから、どこにいようが俺の勝手です」

「待機中って、自宅待機ってことでしょう。つまり、謹慎よね」

「まあ、そこは解釈次第ということで。署に出ていないのは間違いないんですから」

聡子の顔が歪んだ。笑い出したいのを辛うじて抑えている。

「山口さんって、私たちも一度会ったことがあるわよね」

「ああ、そうでした」

聡子の言葉で、私は石井が絡んでいた事件に引き戻された。捜査の途中、確か聡子と食事をしている時に、同じ食堂にいた山口と会ったのだ。あの時は彼も、情報収集に走り回っていた。結局公安絡みの事件ではないと分かって引いていったのだが、聡子もあまり良くない印象を抱いたはずである。食事の途中で彼女が箸《はし》を置き、げんなりした表情を浮かべたのを覚えている。

「あまりいい人じゃない……こういう事件になったら、そんなことは言ってられないけどね」

「そうですね」

「あなたは以前から知り合いなのよね」

「だから、もっと印象は悪いですよ」

「また、そういうことを言って」

　表面上は軽口を叩き合いながら、私は聡子がどこまで事情を知っているのか、探ろうとした。言葉の端々に、何か情報の欠片《かけら》が零れていないか。しかし聡子は疲れた表情を滲ませるだけで、それ以上軽口を続ける元気すらないようだった。

「どうなんですか？」

「あまり芳《かんば》しくないわね。でも、一つだけ手がかりがある」

「何ですか」

「凶器」

「見つかったんですか？」

「それが、妙な凶器なのよね」

「というと？」

「鉄アレイ」

聡子が、ハンドバッグから鉄アレイの写真を取り出した。ポラロイドのぼんやりとした写真を見た瞬間、私は胃が縮み上がるのをはっきりと感じた。私の家にあるものと同じだ。もちろん、鉄アレイなどさほど珍しいものではないが、同じ製品なのは間違いない。五キロの鉄アレイを使ってできるトレーニングは限られているのだが——上腕二頭筋を鍛えるぐらいだ——凶器に使うには手頃かもしれない。これが五キロではなく十キロだったら、自在に振り回して人を襲うのは至難の業だ。

「こういうもの、わざわざ凶器に使うかしらね」

「あまり聞きませんね」声が裏返っていないか、心配になった。それを意識し過ぎたせいか、普段よりも低い声になってしまう。聡子はそれを聞き逃さなかった。

「どうかした？」

「いえ……犯人はこんなものをわざわざ持ってきたんですかね」

「そうとしか考えられないわ。公園に鉄アレイが落ちてるわけがないからね」

「五キロですか……」

「そう？　何で五キロって分かるの」聡子の疑問が鋭く突き刺さる。何かまずいことを言ってしまったのか？

「書いてあるじゃないですか」

写真を指差す。鉄球の部分に「5㎏」と刻みこんであった。聡子が眼鏡を取り出し、少し照れたような表情を浮かべて確認する。そうね、とつぶやいてすぐに眼鏡をハンドバッグにしまった。

「老眼じゃないわよ」

「分かってますよ。そんな年じゃないでしょう」

「最近近視がひどくなったの。でも、ずっと眼鏡をかけてると、どんどん視力が落ちそうだから、普段は裸眼なのよ」

「確かにそんなふうに言いますね」

首を振って、聡子が会話を元に引き戻した。

「五キロっていうと、どれぐらい？　あなたは自分でトレーニングしてるから分かるでしょう」

「ウェイトとしては軽い方です。上腕二頭筋のトレーニングぐらいにしか使えないな。でも、バッグに入れて持ち歩くと、それなりに重いでしょうね」

「そうか」写真を折り畳み、バッグにしまう。「凶器は珍しいけど、ここから犯人に辿り着くのは難しいかもしれないわね。こういう鉄アレイなんて、どれぐらい出回ってるのかしら」

「多いと思いますよ。俺が通ってるジムでも、確か同じものを使ってるはずです。トレーニング用品では結構有名なブランドですから」話し過ぎたか、と一瞬不安になったが、聡子は特に何かを摑んだ様子ではなかった。

「そうか。じゃあ、この線から犯人を捜すのは難しそうね」

「といって、追わざるを得ないのは間違いないでしょうね……目撃者はいないんですか」

「今のところは」

「夜中にこんなところで格闘でもしてたら、気づく人がいてもおかしくないけど」

「その辺は、これから聞き込みで調べることになるわ。そろそろ行かないと」

「ええ」

言葉を切り、聡子がまた私を見上げた。何も言わなくても、疑問はひしひしと伝わってくる。だが彼女は質問を口にする代わりに、私に忠告を投げかけた。

「こんなこと、私が言う必要はないかもしれないけど、あまりうろうろしてない方がいいんじゃないの？」

「萩尾さんも俺を疑ってるんですか」

「まさか」即座に否定したが、首の振り方が大袈裟過ぎるように思えた。「あなたが人を殺すわけがないでしょう」

　それは嘘だ。私は人を殺したことがある。それも、非常に親しかった人生の先輩を。撃たなければ私が撃たれていたかもしれないという状況だったが、それは言い訳に過ぎない。人を撃った、殺したという事実は、どう解釈しても変えることができないのだ。

「じゃあ、こんなところでうろうろしてないで、さっさと引き上げるのよ」

「ええ」

　踵を返した彼女が、誰かを認めて軽く会釈をした。先ほど美鈴が頭を下げていた刑事が、こちらに向かってくる。私たちが話していたのを見咎《みとが》めたのだろう。捜査の最中に、聡子が一般人と雑談をして時間を無駄にしていたと勘違いしたのかもしれない。私はどこから見ても刑事にしか見えないはずだが。

「萩尾さん、現場の方、お願いしますよ」

「すいません――何か出ましたか？」向こうを向いたまま、聡子が後ろで組んだ右手の掌をひらひらと動かした。ここで何か情報が出れば、私にも聞けと言っているのだ。だが、相手の刑事は慎重だった。

「ちょっと、ここでそういう話は」言葉を切り、私の顔に視線を据える。「あなたは？」

一瞬、答えるのが遅れた。その間に疑念が芽を吹いたのか、彼の方から答えを持ち出した。

「鳴沢さんじゃないですか？　西八王子署の」険しい顔つきだったが、「しめた」という表情が混じっているのを私は見て取った。勝手に網にかかってきたと思っているに違いない。

「そうです」この場では認めざるを得なかった。

「ちょっと話を聞きたいんだけど、時間をもらえませんかね。今すぐ」

「どういうことですか」まさか、鉄アレイが私のものだと割れたのだろうか。いや、それはあり得ない。指紋が採取できたとしても、私のものと照合するには時間がかかるはずだ——違う。私の指紋は記録に残っている。だが彼が言い出したのは、まったく別の話だった。

「あんた、昨夜山口さんに電話してるよね。それも何回も。留守番電話にメッセージも残していた。昨夜、彼と会ったのか？」

いつの間にか呼び方が「あなた」から「あんた」に変わっている。私は頭の中で素早く計算した。どうすればこの場を逃げ切れる？　身柄を抑えられるわけにはいかない。ここで自由を失うことは、永遠に不自由になることにつながりかねない。

「どうなんだ」

「しましたよ、電話」

「会ったのか」

「会ってません」

「待ち合わせの話をしてたよな？　留守番電話にそういうメッセージが残ってた。それでも会ってない？」

「会ってません。申し訳ないですけど、それ以上言えることはありません」

いきなり踵を返した。そのまま一気に走り出す。待て、という声が追いかけてきたが、この状態では強制的に私の身柄を抑えることはできないはずだ、と判断してスピードを上げる。話すべきことは話した。これ以上は言えない。

足音が聞こえたが、近づいては来ない。向こうも、私を逮捕するだけの材料がないことは分かっているのだ。だったら今は、できるだけ距離を置いておくに限る。駐車場に戻った時には、追っ手の姿は見えなくなっていた。百円玉を精算機に落としこんだが、あまりにも慌てていたので一枚を落としてしまい、レガシィの下に転がってしまった。無視して車に乗りこみ、床までアクセルを踏みこむ。

この場は何とか逃げられた——情けない方法ではあったが。しかし敵は、着々と私に対する包囲網を狭めている。その網に搦《から》め捕《と》られるのはそれほど先のことではない、と直感で分かった。

一旦自宅へ戻り、ガレージを確認した。嫌な予感は当たるもので、やはり鉄アレイが一つなくなっている。腹筋用のベンチの横に綺麗に並べた鉄アレイのセットのうち、五キロのものが一本だけ消えている。その空白が私を苛つかせた。五キロ、十キロ、二十キロ。それぞれ二本ずつのセットで一本だけが欠けている様は、欠けた歯をそのままにしているラグビー選手の間抜けな顔を彷彿させた。いつの間に盗まれたのか……家主の中途半端な防犯意識を呪う。家の玄関、それに裏口や窓には防犯システムを完備し、誰かが侵入しようとしたら警備会社に通報が行くことになっているのだが、ガレージはその対象になっていなかったのだ。

今はこの家にはいられない。それだけははっきりしていた。オイルの臭いを嗅ぎながら、私の思いは静岡に飛んでいた。岩隈が住んでいたとされる街。そこに行けば、調べることもあるだろう。警視庁と物理的な距離を置いておくことも大事だ。それに静岡には、頼りにできる人間がいる。相談してみるのもいいかもしれない。説教じみた台詞をぶつけられるのがオチかもしれないが。

ガレージをしっかりと施錠し、家の戸締りをもう一度確認する。誰かが追ってきたり、張り込んでいる気配はなかったが、誰かに見られているという感覚が消えることはない。長年暮らしたこの家にもう一度帰れるかどうか、今は自信がなかった。

第二部　加速

1

東名を西へひた走り、東京から静岡まで二時間弱。一キロ東京から離れるごとに、少しずつ気分が軽くなっていくのを意識する。引き締めていかなければならないと自分を戒めながら高速を下り、静岡駅に向かって車を走らせた。

岩隈がウィークリーマンションに残した住所は、静岡駅の北側、市街地を通り抜けた辺りだった。カーナビと道路地図を突き合わせ、当該の住所を探す。道路は曲がりくねり、しかも一方通行が多いので、なかなか目的地にたどり着けない。急に暑苦しさを覚えて窓を細く開けた。吹きこむ風は予想外に冷たく、冷水のように髪の隙間を吹き抜けていく。時折顔を強く叩かれ、目を細めると、街の光景が滲んだ。陽光は春の柔らかさから夏の険しさに変わりつつある。

ようやく駅前の乱雑な地域を抜けると、急に田舎の気配が濃くなった。建物は低くなり、道幅も狭く、歩いている人をほとんどみかけない。相変わらず道は分かりにくく、目印の県立病院の近くまで行くのに、静岡駅付近から二十分近くかかってしまった。北側をバイパスが走り、すぐ側には鬱蒼とした緑の丘がある。近くには薬局が立ち並び、ざっと見ただけでもラーメン屋が三軒あった。知り合いの医師が零していたのを思い出す——医者はラーメン屋を愛用するものだ。料理が出てくるのが早いので、緊急に呼び戻されても何とかなるし、出前にも応じてくれる。それを見越してラーメン屋も病院の近くに集まってくるのだ、と。そんな話をした時、彼の顔は夜勤明けでどす黒く疲れ切り、喋るのすら億劫そうだった。今の私も大差ない。いくら当面の危機から逃れてきたとは言っても、状況が好転しているわけではないのだから。

昼になっていた。近くのコンビニエンスストアでサンドウィッチとペットボトルの水を買い求め、駐車場に停めた車の中で昼飯にする。ひたすら空腹を満たすためだけに食べながら、NHKのラジオのニュースを確認したが、山口が殺された件は、全国ニュースの最後で短く触れられただけだった。容疑者についてはまったく言及がない。凶器に関しての情報はなかった。マスコミに対しては伏せているのだろう。いわゆる「犯人しか知りえない事実」になる可能性が高いからだ。ただし犯人の見当がつかなければ、いずれ公表されるはずだ。

犯人が私の家に侵入したのはいつだろう。このところ家を空けていることが多かったので犯行時刻は幅広く想定できるのだが、三日前の夜以前ではない、ということだけは分かっていた。その夜、私はガレージでいつものようにウェイトトレーニングをしていたのだから。鉄アレイがなくなっていれば、当然気づいたはずである。

サンドウィッチを食べ終え、ずっと電源を切っていた携帯電話をチェックした。何本も着信があったが、そのほとんどが非通知か見知らぬ電話番号だった。青山署か、山口の事件を担当している武蔵野中央署からかかってきたものだろう。それは全て無視することにしたが、気になったのは聡子からの電話だった。自分の携帯から二度、かけてきている。一度は、私が現場である三鷹の公園を去った直後。二度目は東名を走っている最中だった。留守番電話にメッセージが残っていたが、時間を聞いた限り、二度目の電話をかけた時に吹きこんだもののようだった。

「鳴沢……」メッセージは溜息から始まっていた。「電話ぐらい出なさいよ。あんた、自分で自分を追いこんでるのよ？　あれじゃ、容疑を認めて逃げ出したのと同じじゃない。早く電話しなさい。今ならまだ弁解のチャンスもあるから」

メッセージの意味を熟慮した。この電話は彼女の意思でかけられたものか、それとも上から命じられたものだったのか。話しぶりからはどちらとも判断できなかったが、かけ直さないと彼女の立場が悪くなることだけは明らかである。聡子は私と立ち話を――それもかなり長い立ち話をしているところを、別の刑事に見られている。知り合い同士のちょっとした雑談だとは思われなかっただろう。聡子が私を庇《かば》って立場を悪くしたら、激しく後悔するはめになる。それに彼女にある程度事情を話しておくのは悪くない、とも思った。自分の立場を説明し、私がやったのではないということを納得してもらう。警官殺しは警官が最も嫌う犯罪で、捜査に係わる人間は誰でも普通の捜査より体温が一度か二度は上がる。絶対に冷静ではいられないのだが、一人ぐらい、落ち着いて話を聴いてくれる人間が必要だった。それが聡子なら、こちらとしても都合がいい。

エンジンを切ると、深い沈黙が車内を満たした。この辺りは交通量も少なく、静かな場所だったのだ、と改めて気づく。巨大なケヤキの街路樹が影を落とし、強い日差しが直に車を焼かないせいか、いつの間にか車内はひんやりとしていた。それでも体の芯《しん》に熱さが居座っているようで、無意識のうちにネクタイを緩める。急に空気が大量に肺に流れこんだようで、目の前の光景が明るくなった。

待ち受けていたように、聡子は呼び出し音が一回鳴っただけで電話に出た。

「あんた、どこにいるの」いきなり噛みつく口調だった。彼女が私を完全な容疑者とみなしていない証拠である。本当に容疑者扱いしているなら、相手が電話を切ってしまうような恐れのある喋り方はしないはずだ。もっと穏やかに、諭すように話し出す。

「それはちょっと言えません」

「ふざけてる場合じゃないわよ」声に重なるように街の騒音が聞こえた。署にいるのではなく、まだ現場で粘っているのだろう。聞き込みの最中かもしれない。

「ふざけてませんよ。どうして一々居場所を報告しないといけないんですか？　俺は容疑者じゃないんでしょう」

「それはまあ、そうだけど」声のトーンが落ちた。私は容疑者だとは思っていないけど、周りは違う。無言のうちに彼女が伝えようとしているのはそういう状況ではないか、と思った。

「とにかく、話すべきことはあの場で全部話しましたから」

「それだけで済まないのは分かってるでしょう？　あんなの、事情聴取の内に入らないわよ。かえって疑わしく思われるだけだわ」

「だけど、他に何か聴くべきことがあるんですか？」

「それは話をしてみないと分からない」

「そのために時間を無駄にするわけにはいかないんです」

「こっちの時間はどうなるわけ？　あんたを捜し回ってる時間が無駄になるのよ」

「こっち、ですか」私は気持ちが深く沈みこむのを感じた。向こうとこっち。彼女は私と自分の間に高い壁を築いてしまったのかもしれない。

「あんたが何を考えてるかは分かるけど、そんなことはどうでもいいの。単なる言葉の問題。とにかくこっちに出頭しなさい。知ってることを全部話して、捜査に協力して」

「話すべきことはあの場で全部話しましたから」声を抑えて繰り返す。「さっき喋った以上のことは喋れません。それに俺には、やることがありますから」

「こそこそ逃げ回ってないで、刑事の本分に立ち返って」今度は懇願口調になった。そんな風に話しかけられても、気分が良くなるわけがない。

「何言ってるんですか。俺は今でも刑事の本分を考えて動いてるんですよ。犯人を見つけたいだけです」

「だったらこっちに協力して。一人でできることなんて、何もないでしょう」

「俺は今までも一人でやってきました。今も同じです」

「それは、あなたの一方的な思いこみよ。実際には、いろいろな人があなたに協力してきたんだから。あなたは一人じゃないのよ」あんたからあなたへ。呼び方が変わったことで、私は彼女の内心の変化を感じ取った。ここで嫌疑を晴らし、自由に動ける余地を作るためには、彼女にはある程度正直に打ち明けておいた方がいい、と判断した。

「昨夜、俺が山口さんと会おうとしたのは事実です」

「それで？」

「六時に電話で連絡して、それからどこで会うか決めることになっていました。だけど彼は、六時の段階では電話に出なかった。その後も連絡が取れませんでした。昨日は忙しそうにしていたのは事実です」

「何で彼に会おうとしたの？」

「それは……」言葉を切った。話せば全てを打ち明けなければならない。それは彼女に重荷を背負わせることになるのではないか。知ってしまえば、彼女は私の狙いを悟るだろう。それを自分の胸の内だけにしまっておくと、大変なプレッシャーになるだろうし、隠しておいたことが後で明らかになれば、立場が悪くなりかねない。しかしかつて一緒に仕事をし、信用していた相手に隠し事はしたくなかった。

「岩隈殺しの関係です」

「岩隈？　それって、青山署の事件でしょう？　話が飛んでるわよ」

「分かってます。ただ、岩隈殺しに関しては、俺は嵌められたんだと思う。警視庁の中にいる誰かにね。それを探るために、山口さんと会おうとしたんです」

「彼は何か情報を摑んでたの？」

「それは分からない。だけど俺は、知っていた可能性に賭けてました。山口さんは以前から岩隈を知っていたし。岩隈を殺したのと山口さんを殺したのは、同じ人間の可能性もあるんじゃないかな」

「論理が飛び過ぎよ」

「そうかもしれないけど、俺を軸にして二人の人間が殺された事実に変わりはないでしょう」

「軸にして」聡子が無機質な声で言った。「自分で何かを認める気？」

「認める？　二人を殺したかという意味なら、答えはノーです」

「嵌められたって言ったわね。何か心当たりはあるの？」

「はっきりとしたことは分かりません」頭の片隅に追いやっていた一つの可能性に光が当たったが、今の段階で聡子に話せるようなものではなかった。しかし、一か八かの勝負に出ることにする。「凶器の鉄アレイですけどね」

「あれが何か？」

「指紋は出たんでしょうか」

「私はまだ聞いてないけど」

「多分、俺の指紋が検出されると思います」

「ちょっと、鳴沢——」

「違いますよ、そういうことじゃない」彼女の言葉を遮《さえぎ》った。「俺の家から鉄アレイが一つ、盗まれてるんです。いつ盗まれたのかははっきりしないけど」

「それを早く説明しておくべきだったわね」盛大な溜息は、露骨に非難されるよりも大きなダメージを私にもたらした。

「そんなことを言ったら、すぐに犯人扱いでしょう。それで足止めされたんじゃ、俺は動けなくなる」

「だけどそれは、あなたが嵌められたという証拠にはならないわよ。だいたい、わざわざ他人の家に忍びこんで鉄アレイを盗んで、それで人を襲うようなことをする？　嵌めようとするなら、もう少し簡単で効率的な方法があると思うけど」

「それを言えば、鉄アレイを凶器に使うこと自体が異常ですよ。逆に言えば、犯人は俺を嵌めるために、あの鉄アレイを使わなくちゃいけなかったんだ」

「あなた、私を厄介なことに巻きこんでくれたわね」面と向かっていたら、彼女は私を焼き殺さんばかりの視線を向けていただろう。「この件どう処理しろって言うの？　私がいくらあなたを庇っても、上は信用しないわよ。自分の口からちゃんと説明しなさい」

「胸に納めたままでいてくれても構いませんよ。こっちは自分の面倒ぐらい、自分でみられますから」

「意地を張らないで」聡子が溜息をついた。「一人じゃ何もできないわよ」

「本当にそうかどうかは、これから証明します」

「ちょっと――」

電話を切った。ケヤキの葉の重なりがずれて、そこから差し込む木漏れ日が、ダッシュボードにまだら模様を作る。刻一刻と変化する複雑なパズルのような模様だったが、それも私がこれから立ち向かわなければならない謎《なぞ》以上に込み入ったものではないだろう。


岩隈がウィークリーマンションの契約用に残していた住所は、県立総合病院の北西、国道一号線のバイパスを越えてすぐのところにあった。丘を越える細い道路の入り口にあたり、周囲に民家は少ない。家の前を何度かレガシィで通り過ぎ、警察のものらしい車両や刑事らしき人間が近くにいないことを確かめた。刑事というのは独特の雰囲気を放つもので、黙っていても大抵それと分かる。

ようやく誰もいないと確信できたところで車を路肩に寄せて停め、岩隈の家に向かって歩き出す。風は冷たく心地好かったが、陽光は案外鋭く頭を差し、歩いているうちにワイシャツの背中が汗で濡れ始めるのを感じる。

字がかすれかけた木製の表札には「岩隈」の名前があった。ということは、ここはあの男の実家なのか。「東京から逃げていた」という割には、あまりにも不用心に思えた。本当に身を隠すつもりなら、普通は実家は候補にも入らないだろう。ぐるりと家の周囲を回ってみる。木造の平屋建てで、築五十年ほどが経過していそうだ。家を揺らせば瓦は全て落ちそうだし、窓ガラスには粘着テープで修復した跡がある。家の横には車を停められるだけのスペースがあったが、長い間使われていないようで、人の背丈ほどの雑草が生い茂っていた。インタフォンなどはなく、ドアを壊さないように気を使いながら拳《こぶし》で叩かなければならなかった。反応なし。ノックを繰り返そうとした瞬間、いきなり眼前で音もなく引き戸が開いた。全体が傾いているように見える家の中で、この引き戸部分だけは水平を保っているらしい。そうでなければ、開けるのに力とコツが必要なはずだ。

顔を出したのは、首の周りが伸び切ったグレイのトレーナーに、毛玉の目立つ濃紺のジャージ姿の老人だった。腰が曲がっているわけではないが、黴《かび》のように顔の下半分を薄《うっ》すら《うっす》と汚している髭は、大部分が白くなっている。すっかり薄くなった髪は、耳の上で渦を巻いていた。七十歳より八十歳に近い、と判断する。長年煙草を吸い過ぎたせいだろう、しわがれた声で「どなた」と訊ねた。

名乗る前の数秒を使って男の顔を精査する。岩隈に似ているか？　狡猾そうな印象を与える目尻の辺りは確かにそっくりだ。父親だろうと見当をつけ、「岩隈さんのお父さんですね」と質問をぶつけた。返ってきたのは「そういうあんたはどちらさん？」というぶっきらぼうな言葉だった。

「警視庁の鳴沢と申します。息子さんのことは大変残念でした。お悔やみ申し上げます」

「ああ」つまらなそうに言って、耳の穴に指を突っ込んでぐりぐりと回す。「まあ、それはご苦労さんなことで。で、何ですか、今日は。こっちも忙しいんだけどね」

「それは分かっています」

「昨日東京へ行って、遺体を確認してな。葬式の準備もしなきゃいかんのだが、いつ遺体が戻ってくるか分からんのだよ。どうなってるんだい、刑事さん」

「そうですね。事故ではなく事件ですから、いろいろと調べるのに時間がかかるかもしれません」解剖、という言葉は口にしなかった。自分の息子が切り刻まれる話を聞いて、平然としていられる人間はいない。「葬儀社とは何かお話を？」

「したよ。連中も困ってたな。この辺りじゃ、殺された人間の葬式をあげることなんか、あまりないんでね」

「それは東京でも同じですよ」

「そうかい」突然、父親がにやりと笑う。その場にそぐわない仕草だった。歯の抜けた跡が何か所かあり、赤黒い肉の塊が醜く覗く。「昨日は他の刑事さんにも散々話を聴かれたんだけど、まだ何か足りないことでもあるんかね？」

「ええ。何度もお手を煩わせて申し訳ありませんが」

「構わねえよ。上がんな」

言われるまま家に上がりこんだ。外見の凄まじさから想像されるよりは整理整頓が行き届いており、特に居間は快適と言ってもいいようだった。まだ新しい畳の香りが爽やかに鼻を刺激する。一枚の巨大な板で作り上げたテーブルを挟んで向き合う。裏庭に面した障子は開け放たれており、かすかに草の香りをはらんだ空気が遠慮なしに入りこんでいた。お茶が出てくる気配はなく、彼は黙って煙草を銜えた。

「ご近所の方はどうしてますか？」

「ああ？」何を聴くんだ、と言いたげに右の眉だけを吊り上げてみせた。

「田舎で葬式となったら、近所の人が皆かけつけてくるでしょう。私の父親の葬式の時もそうでした」数年前、優美と勇樹がアメリカに渡る前のことで、実際には「近所の人」どころの騒ぎではなかった。県警から大挙して人が押しかけ、通夜も葬儀もほとんどを仕切ってしまったのだから。

「まだ遺体が戻ってないんだから、仕方ないわな。葬式の準備は、あいつが帰ってきてからだ」

「そうですか」

「で、何が聴きたいんかね」目を私の方に向けたまま口を捻り、煙草の煙を天井に向かって吹き上げた。どこか馬鹿にしているような仕草だったが、何故か怒りは感じない。

「息子さんの、ここ二月《ふたつき》ほどの動きです」

「いいよ。何でも聴いてくれ。俺に何が言えるかは分からねえけど」まだ長い煙草をガラス製の灰皿に押しつける。直径二十センチほどもある大きなものなのに、既に煙草を消すためのスペースはほとんど残っていなかった。消え損ねた吸い殻から煙が真っ直ぐ立ち上がり、天井に近づくにつれて渦を巻く。ふいに私は、この男が負ったダメージの大きさを明確に感じ取った。家の中を綺麗に保っているのに、灰皿だけ片づけていない。

昨日受けたショックの大きさは、その一点に集中して表れていた。

「息子さんは、三月から四月にかけて、規則的に東京に出かけて、同じウィークリーマンションに泊まっています。三月十七日から二十二日までの六日間。その後少し間が空いて、平日はずっと東京に行ってますね。最後は」最後、という言葉はまずかったかもしれないと思い、一瞬間を置く。岩隈は何の反応も示さなかった。「五月八日から十日間の予定でした」

「ま、そうなのかもしれん」頼りない口調だった。目線は、灰皿から立ち上る煙をぼんやりと追っている。

「何をしに東京へ行っていたか、ご存じないですか」

「知らんよ」半分笑いながら言った。その自嘲が岩隈にではなく自らに向けられたことは明らかだった。「いい年した息子が何をやってるかなんて、一々聞かんもんでしょうが」

「そうですね」

「あいつは」吐き捨てるように言って、私の目をじっと見詰めた。「高校を出たらふいっと家を出て行きやがって、その後十年も、ほとんど連絡がなかった。電話一本も寄越さなかったぐらいだから、徹底してるわな。その間何をしていたかは、まったく分からん。こっちが知ってたのは住所だけだ。そういうのは親とか子とか関係なしに、人として間違ってるとは思わんか」

　それほど心配だったら自分から訪ねて行く手もあったのではないか、と思ったが、スムースに話を進めるためにここは同調しておくことにした。

「ええ。褒められたものではないと思います」

「だろう？」私の相槌に勢いづいたのか、テーブルに屈みこむように身を乗り出した。「母親はえらく心配して、何度も東京に会いに行った。だけどいつも素っ気なく追い返されてな。自分の母親に対してそういう態度はないだろう」

「それがいきなり戻って来たんですね」頭の中でカレンダーを巻き戻した。「四年前かと思いますが」

「知っとるのか」

「四年前には東京にいたはずです。その時、私も会っていますから」

「あいつの動きを説明しようとしたら何時間もかかるぞ。四年前の話についてはちょっと置いておいて、話を戻すから、黙って聞いてくれ。家を出てから十年経って、あいつはまた何の前触れもなしに戻って来た。もう三十近くになってたんだがな。その時はやけにぱりっとした格好をして、母親に小遣いまでやってた。小遣いって言っても五十万だぞ、五十万。信じられるかね？　それまで何をやってたのか分からんようなドラ息子が、いきなり五十万だ。どうせその金も、まともに手に入れたもんじゃなかったんだろうが」

「何をしていたか、本当にご存じない？」

「知らん」むっつりと唇を引き結び、煙草を一本引き抜いた。手に持ったまま、逆に私に訊ねる。「あんた、東京で会ったって言ってたよな。だったらあんたの方がよく知ってるんじゃないのか」

「残念ながら、息子さんとはそれほど親しくありませんでしたから」

「そうか……まあ、それからは時々ふらっと戻って来て、その度に金を置いていくようになった。だけどそれも、母親が死ぬまででな。この家に俺一人になると、また顔を見せなくなった。要するに俺が嫌いなんだろう」

「それが、四年前に戻って来たんですね」

「そういうことだ」煙草に火を点け、しばらく肺に煙を溜めていた。「何だか妙にびくびくしてな。こっちが訊いても何も答えやしない。『親父には分からない』ってそればっかりだよ。何をやってたか知らんが、親を馬鹿にしてやがるんだ」

「四年前からは、ずっとこちらに？」

「基本的には、な。それでも時々、ふらりといなくなることがあった。どこに行ってたのかは知らんがね」

「今回のように、定期的にどこかに出かけていたことはありますか？」

「それはないな。最近は、週末になると戻って来やがって……いないならいないで、もうここには寄りつかなくてもよかったんだ。こっちだって何も当てにしてなかったしな」

「金に困っていた様子はありませんか」

「困ってたのはこっちだよ」

　声を荒らげた拍子にむせ、しばらく咳きこんだ。それが収まるのを待ちながら、私は蕩児《とうじ》としての岩隈のことを考えていた。実家を出たり入ったりしながら、あちこちで小銭を稼いでいたのだろう。それが恐喝によるものであろうことは容易に想像できる。彼が商売の材料にしていたのは情報だ。そしてそういう情報は、静岡で実家に引っこんだままでは手に入らなかったに違いない。いくらインターネットが便利だといっても、本当に金になる情報は流れていない。

「……まあとにかく、あいつには手を焼いたよ。いつもへらへらしやがって、何か隠し事をして。自分が大物だとでも思ってたんじゃないか」

「今回東京へ出かけていたことに関しても、何も言ってなかったんですか」

「何一つ、な。親を馬鹿にしてるんだよ。俺には何も分からないと思ってやがる」

「話さなくても、何をやっているのか、気配で分からなかったんですか」

「あんたも俺を馬鹿にしてるのか」

彼の目に、薄い涙の膜が張っているのが見えた。怒り。情けなさ。哀しみ。そういうものが彼の内側で発酵し、爆発しようとしている。が、私にはそれを抑える術がない——とりあえず否定するぐらいだ。

「そんなことはありません」

その言葉が怒りに対する消火剤になったようだ。長く溜息を漏らすと、煙草を一服する。それで落ち着いたようで、空いた左手で、テーブルの上のライターを弾いた。

「まったく、子どもなんて持つもんじゃないよ。実は、あれの下にもう一人娘がいたんだ。その子は可愛くて優しい、いい娘でね……でも、小学校に上がってすぐ、交通事故で死んじまった。あの子が生きてたらって、つくづく思うよ。そうしたら、俺もこんな惨《みじ》めな暮らしはしてなかっただろうな。あんた、子どもは？」

「いません」短く答えた。宙ぶらりんの状態が長く続いていることを彼に説明しても仕方がない。

「だったら、そのままの方がいい。人間、係わり合いが増えると面倒になるものなんだ。すべからく単純に、それが一番いいんだよ。俺は、それが分かるのに何十年もかかっちまったけどな」

最後は愚痴《ぐち》の嵐になった。それを何とかやり過ごし、岩隈が親しくしていた人間の名前を何人か教えてもらう。いずれも高校時代までの友人。近くに住んでいる人間が何人かいたので、訪ねてみることにした。

「花田《はなだ》」という屋号の材木店は、車で五分ほど行ったところにあった。レガシィを降りた途端に、木の香りがぷんと鼻を突く。倉庫の前に背の高い木材が立てかけられているのは、昔ながらの材木屋の光景だったが、ここにはもう一つ別の顔があった。敷地に入って行くと、母屋と一緒になった材木店の事務室の他に離れがあり、「ウッドスタジオ花田」の看板がかかっている。ログハウス風の作りで、看板も曲がった木をそのまま巧みに利用したものだった。近寄って窓から中を覗く。作業場になっているようで、中には広い作業台、工作用の機械などが整然と置かれていた。旋盤の前で作業をしている男の後ろ姿が目に入る。重いドアを開け、顔を突っこんで声をかけたが、木を削る甲高《かんだか》い音に邪魔されて、相手の耳には届かないようだった。ダンガリーのシャツの背中は、汗で逆三角形に黒く染まっている。

「すいません」怒鳴り声を上げたところで、機械が止まって音が消えた。男が振り向き、愛想のいい笑みを浮かべる。四角い顔は半分が髭で覆われていた。赤いバンダナを細く捻って頭に巻きつけ、髪を押さえていたが、それも汗で色が変わっている。

「はい、何でしょう」

「花田司郎《しろう》さんですね」

「そうですが」客ではないと気づいたようで、表情が怪訝そうなものに切り替わる。

「どちらさんですか？」

「警察のものです。東京から来ました」

「警察……」首を傾げる。

「岩隈哲郎さんのことでお話を伺いたいと思いまして、お邪魔しました」

「ああ、哲のことですか」目が細くなり、顔に影が差した。バンダナを外すと額の汗を拭い、小さなスツールを私に勧めた。部屋の中央にある作業台を挟んで座ると、花田は一つ溜息を漏らした。名刺を差し出すと両手で受け取り、そこに書かれていることを全て記憶してしまおうとでもいうように、まじまじと見詰めた。顔を上げると、また溜息をつく。

「まさか、あいつが殺されちまうとはね」

「残念なことです」

「何だかふわふわした奴で……だけど、殺されることはないですよね」

「ええ」

座ったばかりなのに、花田が落ち着きなく立ち上がった。事務用のデスクの隣に置いたドア一枚の冷蔵庫を開けて、中から缶コーヒーを二本取り出す。私の前に一本を置いてくれたので頭を下げたが、内心では舌打ちした。コーヒー風味の砂糖水など、飲めたものではない。心遣いを無視することにはなるが、手をつけずにおくことにした。

「ふわふわしていたとおっしゃいましたよね」

「ええ」

「どういう意味ですか」

「そりゃあつまり、地に足が着いてないってことですよ」花田が勢いよく缶を振って、プルタブを引いた。喉を鳴らして半分ほどを飲むと、はあ、と息を吐いて作業台に置く。口元を拳で拭うと、また溜息をついた。三度目。「正直言って、あいつが本当は何を考えてるかは、昔から全然分からなかったんです。何か、法螺《ほら》ばっかり吹いててね。そのうちでかいことをやってやるとか、金儲けをしてやるとか、そんな話ばかりしてたんですよ。普通、高校生はそういうことは言わないでしょう。あ、俺は小学校から高校まで奴とはずっと一緒だったんですけどね」

「ええ」勝手に喋りだしたので、相槌を打つだけで口は挟まないことにした。話しぶりからすると、このままどんどん脱線していきそうなタイプだったが、喋っているうちは邪魔をしない方がいい。

「高校生の馬鹿話ですけどね、こっちは一応話に乗ってみるじゃないですか。でかいことって何だよ、とか。だけどあいつ、具体的なことは一言も喋らないんですよね。とにかくでかいことって、そればっかりで。その割には小心者で、高校の時は悪い先輩に目をつけられて、よく金を巻き上げられてました」

私の知っている岩隈と完全に重なり合う。自分を大物に見せようとするための謎めいた喋り方は、昔から続けていて完全に身についたものなのだろう。それでいて自分の身に危険が迫ったと感じると、脱兎のごとく逃げ出す小心者。一度身についた習性は、簡単には変わらないのだろう。

「彼は、高校を卒業してすぐに東京へ出たんですよね」

「ええ」

「進学じゃなかったんですね」

「そうです。まあ、要するにあれは、半分家出みたいなものだったんじゃないかな。進学でもなく就職でもなく、ふらっとこの街を出て行っただけだから。でも、親父さんたちからは仕送りも受けてなかったはずですよ。何か、自活する手段があったんじゃないかな。バイトで食いつないでたとか。詳しくは知らないんだけど」

「その頃の話は聞いてませんか？」私は少しだけ知っている。岩隈は大学には行かなかったが、何故か極左のメンバーだった。そのセクトは四半世紀も前に消滅していたが、当時の人間関係は、後になっても岩隈について回ることになる——そういう情報を、私は山口から手に入れていた。

「聞きましたよ。だけど、にやにやするだけでね」諦めたように首を振った。彼にとって、厄介な友人であったことは明らかだった。

「もしかしたらあなたは、彼に金をたかられたことがあるんじゃないですか」

「何で分かりました？」花田が目を見開く。

「私も彼と少しばかり係わり合いがあったんです……言ってみれば、金を介して」

「ああ」弱々しい笑みが目の端に浮かぶ。「それはご愁傷様、と言うべきかなあ。いや、死んだ人間のことを悪く言っちゃいけないか。俺は別に、あいつに迷惑をかけられたとは思ってませんよ。友だちだから、頼まれれば金ぐらい貸しますよね。大した額じゃなかったし」

「大した額じゃない……踏み倒されて困るような額ではなかったんですね」

「何で分かるんですか?」

「彼は借金を返すタイプには見えない。それで貸すということは……」

「刑事さんも口が悪いな」作業台を挟んで私たちは笑みを交換し合ったが、バツの悪さだけが残った。岩隈に罪はない——ないはずだ。少なくとも今回の件に関しては。殺しは人が犯す最大の犯罪である。どれほど被害者に責任があろうが、殺されてしまえばそれはゼロになるのだ。

「最近はずっと、こちらにいたようですね」

「そう。この三年か、四年ぐらいはね」顔の前で指を折ってみせる。「何だか、東京でヘマをやったって言ってましたよ。例によって、こっちが聞いても笑うばかりでちゃんと答えないんだけど。ああいうのが、何だか頭にくるんですよ」

「分かります。最近、金に困ってた様子はないんですか」

「それはなかったな。ここのところ、金を貸してくれとも言わなかったし。ある程度蓄えはあったんじゃないですか。実家にいたからそんなに金はかからなかっただろうし」

「家族仲はあまり良くなかったようですね」

「ええ、まあ……親父さんと上手くいってなかったのは事実です。お袋さんのことは大事にしてましたけど、もう亡くなっちゃったからね」

「ここ一月ほど、定期的に東京へ通っていたんです。それはご存じでしたか？」

「いや……そうなんですか？」

「ええ」

「それは知りませんでした。毎日会うわけじゃないしね。でも、しばらく前に、でかい話があるんだとは言ってました」

「でかい話」途端に体が熱くなった。私にも同じような話をしていたではないか。秘密めいた話し方をする割に、誰かに話したくて仕方ないタイプの人間なのだろう。そうやってどんどん相手の不信感を広げていることにはまったく気づかずに。「それを聞いたのはいつ頃ですか？」

「二か月ぐらい前かな」親指、人差し指の順で折り、首を傾げる。

「具体的にどういうことかは、聞いてませんか」

「いや、そこまでは……でも、どうなんでしょうねえ。あいつのことだから、また適当なことを言ってたんじゃないかな。あれは、狼少年ってやつですよ。正確には狼中年かな。嘘ばかり言ってるから、そのうち誰にも信用されなくなる——でも、実際にはそうでもなかったのかな。いつも金がなくて人にたかってたってわけでもないんだから。どこかで儲けてはいたんでしょう。大した額じゃないにしても。そう言えばあいつ、こんな名刺をくれましたよ」

花田が立ち上がり、事務机の引き出しを漁《あさ》って名刺を取り出した。私の前に置く。先日会った時にもらったものと同じだった。肩書きは「ライター」。

「ライターってのは何なんですかね」馬鹿にしたように鼻を鳴らす。「自分で名乗れば全部ライターになるんじゃないんですか。自称ってことですよね」

「実際に取材をしていたこともあるんですよ」

「本当に？」大きく目を見開いて、顎鬚《あごひげ》をしごいた。「じゃあ、これもあながち嘘じゃなかったわけだ」

「取材したことが記事になったかどうかは分かりませんけどね」

「それじゃ、インチキみたいなものじゃないですか。だいたい俺は、あいつの記事を読んだことなんかないんだから……でも今回は、いつもと様子が違ってたな」

「どんな風に？」

「本当にでかいネタを摑んでるみたいでしたよ」残ったコーヒーを一口で飲み干してから、指先を痙攣させるように作業台を叩いた。「こっちは何十年も前から同じような法螺話を聞かされてるから、またかよって感じだったんだけど、逆に言えばいつもと様子が違ってれば、何となく分かるでしょう」

「そうでしょうね。で、そのネタが具体的にどんな話だったかは……」

「それは例によって秘密主義で」呆《あき》れたような笑みを浮かべる。「ただ、『これは日本中が大騒ぎになる』なんて言ってましたよ。まさかねえ……あの、これって今回の事件と何か関係があるんですか？」

「どうでしょう」事情を知り過ぎたジャーナリストを抹殺する。聞いたことのない話ではないが、中南米とかロシアとか、そういう国の話だったと思う。日本では、そこまでする人間はいないはずだ。リスクが大き過ぎる。

「違うかな、やっぱり」花田がバンダナを捻り、また頭に巻きつけた。頃合だ、と思って席を立つ。

「もしも何か思い出したら、教えてもらえますか？」

「いいですよ。でも、あいつ、人に殺されるようなことをしてたのかなあ。何だか、イメージが湧かないんですよ。大法螺だけ吹いて、本当は大したことはしないような男だと思ってたのに」

2

その後も、夕方まで何人かの人間に当たってみた。濃度の差こそあれ、事情を聴いた人は誰もが、花田と同じように岩隈の法螺話につき合わされたことがあったようだ。結局、岩隈が何か情報を摑んでいたであろうことは確信できたが、その内容についてはさっぱり見当もつかなかった。ＡＢＣ。三角形。岩隈が残したキーワードは何の手がかりにもならない。

げっそりと疲れ切って、昼食を摂った病院近くのコンビニエンスストアまで戻り、駐車場に車を停めたまま、手帳に乱雑に書きつけたメモを整理する。ある程度情報は集まっていたが、矢印が一つの方向を指すことはなかった。数時間ぶりに携帯電話の電源を入れ、着信をチェックする。あちこちからかかっていたが、留守番電話は一件も残されていなかった。こちらが望んでいた宇田川からの連絡はない。かけてみようかと思ったが、肝心の金を振りこんでいなかったことに気づき、明日に回すことにした。今日頼んですぐに動いて欲しいと願うのも、虫が良過ぎる話だろう。

東京へ戻るか。しかしそれは、蛾が自ら進んで蜘蛛《くも》の巣に飛びこむようなものだ。少し時間をおきたい。少なくとも、東京へ戻るのは明日にすべきではないか。そう考えると同時に、三島《みしま》の万年寺《まんねんじ》という名前が頭に浮かんだ。東京と静岡の中間地点。そこに私のかつての相棒、今敬一郎《こんけいいちろう》が住んでいる。彼のところで一晩世話になり、話を聞いてもらうという手はある。あの男なら、複雑な今の状況を冷静に分析して、解決策を考えてくれるかもしれない。携帯電話にかけてみたがつながらなかったので、番号案内で万年寺の番号を確認して早速電話を入れてみる。今本人が出た。

「これはこれは」今にも笑い出しそうな声だった。「珍しいですね、鳴沢さんが電話してくるなんて」

「携帯がつながらなかったんだ」

「家にいる時はいつも電源を切ってるんですよ。必要ありませんからね。いいものですよ、携帯に追われない生活というのは」

「俺には想像もつかないな」

「でしょうね。でも、鳴沢さんもそろそろ仏門に入ることをお考えになってはいかがでしょうか。心の平安を追い求める旅が、人生の真実を――」

「分かった、分かった。だけど、冗談じゃないぜ。俺は寺の仕事をするつもりはない」

彼の言葉を遮る。時々――いや、かなりの頻度で警句めいた台詞を吐くのが彼の悪癖だ。

それは刑事だった頃から変わっていないが、寺へ入ってから悪化しているのも事実である。「ところで今晩、そこへ泊めてもらえないかな」

「それはもちろん歓迎しますけど、こっちへ出張ですか？」

「出張というわけじゃないけど、今、静岡にいる。東京へ帰れない事情があってね」

「なるほど。それではお待ちしてます」ろくに状況も確認せずに今が言った。

「いいのかよ、何も聞かなくて」

「もちろんです。鳴沢さんが言うからには、それなりの理由があるんでしょうから」

「君が想像もできない理由だと思う」

「おやおや」真面目に話していたのが、一転して茶化す口調になった。「随分低く見られたものですね。我々坊主というのは、想像の世界に生きてるんですよ。何しろ仏の道というのは、頭の中にある――」

「そういう話は、暇な時にゆっくり拝聴するよ」無理やり彼の話を断ち切った。「今から……そうだな、二時間後でどうだろう」

「車ですよね？　静岡からだったら、沼津のインターチェンジで下りるのが一番早いですよ。一時間もかかりませんよ」

「一件、別の用事があるんだ」手帳を広げ、自分で作ったリストを確認する。五人の名前と住所が並んでおり、そのうち四人には名前の前にバツ印がついていたが、一人だけ三角になっている。まさか、まだ会えていない人間がいるのだ。

「分かりました。まさか、夕食はまだ食べてませんよね」

「もちろん。まだ夕方じゃないか」

「結構です。用意しておきますよ」

「気を遣わないでくれ」

「何をおっしゃいますか」突然、今《こん》の口調が憤然たるものに変わった。「食事は人生の必須事項であり、楽しみでもあるんです。久々に一緒に食事するんだから、美味いものを用意しておきますよ。それにこの前、東京に行った時にご馳走《ちそう》していただいたじゃないですか。そのお返しをしないと」

「そんなこと、どうでもいいよ」

「駄目ですよ。人生は貸し借りなし、プラスマイナスゼロで終えるのが私の理想です。そのためには、受けたご恩は早目に返さなければなりません」

「そういうことばかり考えてると、疲れないか？」

「まさか。全て仏のお導きですよ。私が考えてるわけじゃありません。私はそれをきちんと守っているだけですから。楽なものです」

「ちょっと話がずれてるみたいだな」

「そうですか？　まあ、いいでしょう。お待ちしていますよ。詳しい住所をお教えしますけど、よろしいですか」

「頼む」

正確な住所、それに沼津インターチェンジからの大まかな道のりをメモして電話を切った。短い抽象的な会話の中で、彼が何かを感じ取ったであろうことは明らかだった。冷蔵庫のような体型をしている割に、神経は細やかなのだ。

リストに載った最後の一人は、静岡市役所に勤める公務員だった。定時に引き上げてくるのではないかと予想し、家の前で待つことにする。三十分時間を潰して、時計が間もなく六時を指そうとする頃、家の主が戻って来た。プラスティック製の簡素な屋根がついたガレージに車を入れ、外へ出た瞬間、レガシィを降りた私と目が合う。怪訝そうな表情を目の辺りに浮かべたが、私が近づいて行くと会釈するぐらいの礼儀は持ち合わせていた。

「浜岡《はまおか》さんですか」

「そうですが」地味な無地のグレイスーツ。銀縁の眼鏡が、細い顔の線をさらに弱々しく見せていた。「失礼ですが？」

「警視庁西八王子署の鳴沢と言います」

「警視庁？」一瞬首を捻った。「東京ですよね」

「そうです」

「東京の方が静岡で何の用ですか」

「捜査の関係です。ちょっとお時間をいただいてよろしいですか？　岩隈哲郎さんのことで話を伺いたいんです」

「岩隈」低い声で言って、浜岡がうなずいた。顔を上げると、喉仏《のどぼとけ》が上下するのが見える。「彼は死んだんですよね」

「そうです。殺されました」

「どうぞ、こちらへ」浜岡が家に向けて手を振った。「何をお話しできるか分かりませんけど、友だちのことですからね」

友だち。さほど真摯《しんし》な言葉には感じられなかった。

「女房も働いてるんです。県庁の方なんですけどね。子どもがいないんで、どうしても仕事中心の生活になりましてね。だいたい、私の方が帰るのは早いんです。女房はいつも八時ぐらいになりますからね」

頼んでもいないのに、浜岡は家庭の事情をぺらぺらと説明した。私は相槌を打ちながら聴いていたが、あまりにも長引くので、途中で口を差し挟まざるを得なくなった。

「奥さんは岩隈さんをご存じなんですか」

「いや。何度か会ったことはあるけど、顔と名前が一致するぐらいじゃないかな。それも怪しいかもしれない」

「でしたら、あなたにお話を伺うだけで十分ですよ」

「そうですか」

家に入ると、サンデッキに通された。リビングルームに三角形の出っ張りを追加するような形で設置されており、ガラス張りになっている。籐製の椅子が二脚置いてあるだけで、特に何かをするための部屋ではないようだった。何もしないためのスペース。それはひどく贅沢なものに思える。浜岡は引き戸を閉ざしてリビングルームとの仕切りにし、代わりに天井まで高さのある二面の窓の一つを細く開けた。少し冷たくなった空気が頬を撫でていく。

「岩隈さんとは幼馴染《おさななじ》みですね」

「小学校から中学校まで一緒でした。高校は別でしたけどね」

「彼は、高校を卒業してから東京に出ていますよね。それからも連絡は取り合ってましたか？」

「いや、あいつが東京にいる頃は、一度も話はしませんでしたね。だいたい、向こうの連絡先も知らなかったし。でも、こっちに帰って来てる時はよく話をしましたよ」

これは当たりかもしれない。小さな興奮を抑えて質問を連ねた。

「岩隈さんが普段どんな仕事をしてるか、ご存じでしたか」

「ルポライターとか言ってましたけど、それはふかしじゃないかな」

「ふかし？」

笑いながら、浜岡が口の前に拳を持って行った。それを二度、三度と私に向かって開いてみせる。

「死んだ人間のことを悪く言っちゃいけないけど、何でも話半分に聞いておかないといけない人間でしたよ、あいつは」

「そういう評価をする人は多いようですね」

「まあ、実際にそれで大した被害を被った人はいないはずだけど……でも、子どもの頃からずっとそんなことを続けてると、友だちも段々離れて行きますよね」

この男は金をたかられたことはなかったのだろうか、と私は訝った。

「あなたはそうじゃなかったんですね」

「腐れ縁っていうのがあるでしょう」眼鏡を人差し指で押し上げ、硬い笑みを浮かべる。そう言えば彼はまだ着替えてもおらず、スーツに赤いネクタイという格好のままである。靴下はグレイのスーツに合わない薄手の茶色だった。

「ここのところ、毎週のように東京へ行っていたと聞いてるんですが」

「そうみたいですね。平日はずっと、だったんじゃないかな。週末に時々顔を見かけたけど」やはりこの男は、岩隈の動きをかなり詳しく知っている。私が何も言わないのにぺらぺら喋っているのが何よりの証拠だ。

「実際、四月はほとんど、平日は東京に行っていたようです」浜岡の説明を補うと、彼が深くうなずいた。

「ああ、やっぱりそうですか」

「向こうで何をしていたかはご存じですか？　やはり、ルポライターとしての仕事ということだったんでしょうか」

「うーん」唸《うな》って腕組みをした。「その辺は秘密主義ってやつでしてね。昔からそうだけど、あいつはいつも思わせぶりなことばかり言ってたんですよ。それで中身が何もなかったりするんだけど、今回に限ってはそうじゃなかったかもしれない」

「と言いますと？」

「あいつ、飛行機が嫌いなんですよね」浜岡が小さな笑みを浮かべた。生真面目な顔つきに似つかわしくない、少年のような笑顔だった。「随分前……十年も前かなあ、何か仕事の関係で九州に行かなくちゃいけないことがあったんですよ。本当は新幹線を使いたかったんだろうけど、時間がなかったらしくて、本人、生まれて初めての飛行機ですよ。ところが乗った途端、飛行機が動き出してもいないのに吐いちゃってね。そのせいで、その飛行機は一時間ほど遅れたらしいですよ。結局間に合わなくて、仕事も駄目になったらしいけど」

「それも法螺話じゃなかったんですか？」

「いやいや。後で調べたら、本当に飛行機が遅れてたんですよ。新聞にも、三面記事で小さく載ってたぐらいですからね。何だかあいつらしい話だって、皆で笑ったんですけど……口ばかり達者で、何にもできないじゃないかってね」一つ咳払いをし、脚を組み替えた。「失礼、話が横道に逸れました。実はあいつ、パスポートを申請しようとしてたみたいなんです」

「飛行機が嫌いなのに？」

「ええ。あの飛行機嫌いの男、気持ち悪くなって百人以上の乗客に迷惑をかけた男が外国に行くなんて、簡単には信じられなかったけど」

「そうでしょうね」

「だけど今回は本気だったみたいですよ。パスポートを取るのにどうすればいいか、私に訊いてきましたから。ちゃんとメモまで取ってたぐらいだから、冗談じゃなかったんでしょうね」

「それはいつ頃ですか？」

「そう、あれはね……ちょっと待って下さい」天を仰いだが、当該の日付は頭に浮かばなかったようだ。失礼、と言って立ち上がり、車を降りた時に持っていた黒いブリーフケースを取って戻って来る。中からシステム手帳を取り出し、ぱらぱらとページをめくった。「そうそう、四月十二日です。土曜日ね。その日にあいつと飲んだんですけど、その時に出た話ですよ」

「間違いない？」

「間違いありません。一番最近あいつと話をしたのがその時ですから」

「海外、ですか」逃亡ではないか、と一瞬考えた。あちこちでトラブルを起こして日本にいられなくなり、ついに海外へ活路を見出そうとしたのか——その可能性はすぐに消すことができた。あの男にそれほど資金の余裕があったとは思えない。となると、本当にビジネスだったのか。「具体的にどこへ、という話は出てましたか？」

「アメリカかもしれないですね」

「はっきりそう言ったんですか」

「いやいや」首を振って手帳を閉じた。「そういうわけじゃないんですけど、しきりにアメリカの話をしましたからね。実は私、国際交流協会の仕事をお手伝いしていた時期があって、その時に何度もアメリカに行ってるんですよ。前にそのことを岩隈に話したから、私からいろいろ情報を仕入れようとしたんじゃないかな」

「アメリカのどこですか？」

「ニューヨークかなあ。その辺りの話になると、特に興味津々に聞いてましたから」

「それはやはり、仕事のためという感じでしたか？　それとも単なる遊び？」

「仕事だと思いますよ。確かに岩隈は法螺吹きだし、いい加減な奴だけど、本気で喋ってるかどうかぐらいは私にも分かりますから」そういう態度に何度も騙されてきたはずなのに、こうも自信たっぷりに言い切るということは、今回ばかりは岩隈も本気だったのかもしれない。

「あなただから分かることなんでしょうね。私は彼と話していて、一度も本音が読めなかった」

「そうですか」力なく言って、浜岡が唇に舌を這《は》わせる。乾き切っていた唇が濡れ、ぬめぬめと赤く光った。「何だか、あいつが殺されたっていうのが今でも信じられないんですよ。人生そのものが壮大な冗談みたいな奴だったから。『嘘だよ』って顔を見せるんじゃないかなって思う時があります。たぶん、これからもそうなんだろうなあ」

「辛いですよね、何十年も昔から知ってた友だちを亡くしたわけですから」

同情の言葉をかけたが、浜岡はどこか不自然に、自嘲気味に引き攣った笑顔を見せるだけだった。

「いや、私が悲しいのはね、あいつが死んでもあまり悲しくないことなんですよ。何だか、自分がとんでもない冷血人間みたいに思えてくる」

あなたの感情は不自然ではない。岩隈に対して真の同情を抱く人間など、一人もいないのかもしれないのだから。それは大部分が彼自身の責任なのだが、岩隈は今頃、自分の死に涙を流す人がいない状況を悔いているかもしれない。心配するな、と声をかけてやりたかった。私はあんたのために涙を流しはしない。しかしその死に対しては、間違いなく怒りを感じているから。

闇に沈んだ東名は、黒い一本の線になっていた。車の窓を開けっ放しで風を受け、頭の中にこびりついたもやもやを吹き飛ばそうと試みる。スピードメーターの針が百四十キロを指しても、レガシィの水平対向エンジンはまったく音を上げなかった。足回りも安定している。エンジンレイアウトは水平対向が一番合理的だ、と言っていたのは誰だっただろう。レガシィを「貧乏人のポルシェ」と揶揄《やゆ》する人がいるのは事実だが——世界でこのレイアウトのエンジンを量産車に載せているのはポルシェとスバルだけなのだ——私はポルシェを「金持ちのレガシィ」と呼ぶべきではないかと思っている。低速域での力強いビートは、スピードを上げるに連れて滑らかな塊になり、BGMが不要になる。

ふと気づくと、スピードメーターが三時の位置を指していた。強張《こわば》った脚からゆっくりと力を抜く。エンジンはまだまだ余裕を持って回っていたが、静岡県警の高速隊は一切の言い訳を許さないだろう。そういえば静岡県警では、高速用のパトカーにスカイラインGT‐Rを導入していたはずだ。だとしたら、いくらレガシィでも勝ち目はない。スピードメーターの針は見る見るうちに直立の位置まで戻った。そこでまた足をアクセルに置き、そのスピードを維持するように努める。エンジンが高回転域で発していた高周波のような音は消え、車内は静寂に包まれた。

電話が鳴り出して、鼓動が跳ね上がった。着信の番号を見ると、マイケル・キャロスである。勇樹の無事だけを確認して、運転中であることを詫《わ》びてすぐに電話を切った。せめてニュースぐらいはチェックしておこう。ラジオのスイッチに手を伸ばしたが、視線を動かした途端、バックミラーに映る影が気になり始めた。そう、それは影なのだ。他の車がもうヘッドライトをつけているのに、私のすぐ後ろについた車は、まだスモールライトのままである。ハイビームにしたいぐらいの暗さなのに、それを我慢しているのは——私をつけているつもりなのだ。

アクセルペダルから足を離し、スピードが自然に落ちるのを待つ。百キロを切り、九十キロになったが、相手は隣の車線に移って追い抜こうとする様子はない。今度は一気にスピードを上げて、左側の走行車線に移った。かなり乱暴にハンドルを切ったが、スモールライトが流れるようについてくる。

間違いない。運転テクニックは大したことはないが、相手は明確な意思を持って私を尾行している。

沼津インターチェンジはまだだいぶ先だ。その一つ手前というと——富士インターチェンジか。尾行者を今《こん》の家まで連れて行くわけにはいかないから、そこで何とかするしかない。カーナビの画面で確認すると、インターチェンジまではあと五キロほど。ウィンカーを出さず、強引に追い越し車線に飛びこんだ。そのまま百四十キロまでスピードを上げる。緊張で掌が濡れるのを感じた。右、左と順番にスーツの腿に擦りつけておいて、ハンドルをしっかりと握り直す。スモールライトは大きくも小さくもならず、きっちりと同じ距離を保ったまま ついて来る。間隔は五十メートルほどだろうか。百四十キロという速度域で、この車間距離は危険だ。富士インターチェンジまで二キロ、という看板が目に入る。闇に浮かび上がった緑色の看板は、私にとってオアシスのようなものだった。二キロ……百四十キロなら一分足らずで走り切る。もう一度ハンドルを握り直し、さらにアクセルを深く踏んだ。百五十キロまでスピードが上がっても、エンジンは喜んでいる様子だったが、私は心拍数が天井に近づくのを感じていた。五百メートル……出口は左側だ。ここから先、看板はないだろう。声を出さずにカウントし始めた。十……九……八……七……六……五が限界だった。

一気にハンドルを左に切り、走行車線を斜めに横切って、レガシィの鼻先を出口に突っこむ。走行車線を走っていた後続の車が慌ててブレーキを踏み、ヘッドライトの光ががくりと下がった。激しいクラクションが非難の声を代弁する。衝突音は——なし。とりあえず多重事故は起こさなかったようだが、私の方は事故寸前だった。コンクリート壁が目の前に迫る。右足をアクセルからブレーキに踏み替え、思い切り踏みつけると同時にハンドルを右に切る。車は姿勢を立て直したが、バンパーがコンクリート壁を削った。金属が擦れる嫌な音が耳に突き刺さる。が、そこでレガシィは壁を離れ、無事に真っ直ぐ走り出した。二度、大きく瞬きをし、止めていた呼吸を再開する。さらにブレーキを踏み続け、路肩に寄せて車を停めた。またもクラクションを鳴らされたが、それを無視してサイドミラーを注視する。追っ手はいなくなっているようだった。

ゆっくり十まで数えたが、まだ鼓動は落ち着かない。ジムで走っていて心拍数が上がる時とは違い、吐き気を催しそうになっていた。震える右足をアクセルに乗せ、四十キロの制限速度を守って料金所に向かって走り出す。手の震えが止まらず、金を払う段になって小銭を取り落としそうになった。何とかつり銭をアスファルトにまき散らさずに受け取り、慎重に車を出す。損害はどの程度だろう。NHKのラジオがまだついていたのに気づき、ボリュームを絞って、異音がないか、耳を傾けた。とりあえずタイヤやエンジンに異常はない、と判断する。

念のため、南へ向かう国道に入り、最初に目に入ったコンビニエンスストアの駐車場に車を乗り入れた。エンジンをかけたまま外に出て、左側の壊れ具合を確認する。バンパーはわずかに浮いて、タイヤハウスに激しく擦れた跡があったが、それだけだった。タイヤには影響していないから、普通に走る分には問題ないだろう。

しかし追跡者は、いつから私をつけ回していたのだろう。もしかしたら、自宅近くで襲ってきた連中かもしれない。気になり、車の下回りを調べてみた。地面に這い蹲《つくば》るようにしている姿を見て、部活帰りであろうジャージ姿の女子中学生が怪訝そうな視線を投げてきたが、無視して続ける。

あった。リアバンパーの中央付近、ボディの下側に発信機が取りつけてあった。キャラメル二つ分ぐらいの大きさの本体から、五センチほどの長さのアンテナが突き出ている。磁石で張りつくタイプだが、相手は念を入れてガムテープも使っていた。おそらく五百メートルほどの距離なら、私の居場所をかなり正確に把握できただろう。相手は私に気づかれることなく、やすやすと尾行できる。だったら高速でも、安心できる距離をとったまま尾行してくればよかったのに。何か、焦るような理由でもあったのかもしれない。黒い発信機には小さなライトがついており、充血した目のように赤く灯っている。その横についているスライド式のスイッチで電源を切った。捨ててしまおうかとも思ったが、もしかしたらここから追跡者の正体をたどることができるかもしれない。そう思って背広のポケットに落としこんだ。

もう一度、車全体をチェックする。発信機は一つだけだった。どこでつけられたのだろう、と記憶を遡《さかのぼ》ってみる。何度もチャンスはあったはずだ。三鷹の現場で聡子と話している時。静岡に入って聞き込みをしている時も、車は道端に放置しておいた。もう少し用心しておくべきだった、と痛感する。

これをやったのは、警察の人間ではないだろう。警察だったら、こんな回りくどい真似はしない。逮捕せずに動向を監視する——今の私はまさにそういう対象なのだろう——場合は、次々と尾行の車を替えるという手が一般的だ。一台振り切ったと思っても、次の車が引き継ぐ。私も何度かそういう手を使ったことがあった。ということは、襲撃者がまだ私を追いかけているということか。

だいぶ遅れてしまった。今《こん》の家に着いているべき時間を三十分ほど過ぎている。電話を入れて遅れを詫びると、彼は鷹揚《おうよう》に私を許した。

辛い時にあれこれ突っこまない友は、本当にありがたい。

万年寺は三島市役所の南、伊豆箱根鉄道三島田町《みしまたまち》駅の近くにあった。横に折り畳む方式のシャッターが半分ほど開いていたので、そこから敷地内に車を乗り入れ、エンジンを切って一息つく。ドアを開けて砂利の上に降り立つと、いつの間にか今が背後に立っていた。体が大きい割に、気配を消すのが得意な男である。

「どうも」顔には穏やかな笑みが浮かんでいる。僧職だから、というわけではない。刑事時代も怒りを露《あらわ》にすることはほとんどなかった。

「久しぶり」

「と言っても、去年会ってますけどね」

「そうだった」

あれから一年は経っていない。だが彼の体は如実な変化を遂げていた。ジャージの上下という体の線がはっきり出る服装のせいもあるだろうが、冷蔵庫のようだと思っていた体型は、風船さながらに丸くなっている。

「また太ったんじゃないか？」

「これも自然の摂理ですよ」

「太る人間は、いつでも言い訳を見つけ出すもんだな」

「まったくおっしゃる通りです。返す言葉もありません。さ、こちらへどうぞ」

「家は別なのか？」

「ええ。と言っても、隣ですけどね」

踵を返して歩き出す。追いつき「随分広い敷地だな」と感想を言った。

「田舎ですからね。広さで価値は計れませんよ」

「例の施設もここに作るのか？」

「そのつもりで計画を進めています」

「具体的には？」

「取りかかるのは二年ほど先になるでしょうね」今《こん》は、刑務所を出所した人間を引き受ける施設を作る計画を立てている。かつて警視庁で刑事をやっていたこの男は、再犯率の高さを経験的に知っているのだ。捕まえてみたらまたあいつだった、という経験も何度かしているという。それがある種のシェルターになるのか、手に仕事をつけさせるための訓練施設になるのかは分からないが、理想としては立派なものだ。しかし私は、この計画が成功するかどうかは疑問に思っている。寺は税制面では優遇されているかもしれないが、施設の立ち上げに相当金がかかるのは間違いない。単なる金食い虫に終わってしまう可能性の方が高いのではないか。

しかし、理想を一つも持たない生活はクズに等しい。

「今日は、親父さんは？」

「東京へ行ってます。例の施設の関係でね」

「お元気なのか？」

父親が年を取り、健康面に不安を持ち始めたことが、今が刑事を辞めて寺を継ぐ決心を後押しした。彼自身は刑事という仕事にさほどの執心を抱いていたわけではない。人を助けるという意味では、寺で働くのと同じレベルだと思っていたようで、辞める時はごくあっさりとしたものだった。それにしても、今が警察を辞めた途端に父親が健康を取り戻したというのは皮肉である。

「もう、うんざりするぐらいですよ。何と最近は、ジョギングを始めました」

「ジョギング？」

「ホノルルマラソンに出るなんて言い出しましてね」大きな溜息をつく。「病気の件は、私をここに引き戻すための嘘だったのかもしれません」

「坊主が嘘をついちゃいけないな」

「おっしゃる通りです」今がくすくす笑った。

　家は古く、こぢんまりとした二階建てだったが、綺麗に保たれていた。車庫はなく、寺につながる前庭に彼のパジェロが停めてある。警視庁にいた頃に乗っていたのを、まだ大事にしているようだ。四角い箱にタイヤをつけたような初代に比べれば、少しは乗用車らしくなった二代目だが、街よりも山が似合う本格的なＲＶであるのは間違いない。ある事件を追って、この車で二人で新潟まで走ったことを懐かしく思い出す。玄関に入ると、どこかから木の香りが漂い出した。背筋が伸びるような爽やかさだった。

「どうぞ、お入り下さい」

　言われるまま、家に入る。玄関から真っ直ぐ入った先にある居間に通された。和室だったが、座り心地の良さそうなソファのセットが置いてある。そこに食事の用意がしてあった。

「そちらへどうぞ。ゆっくりしてて下さい」長いソファの方を勧められた。荷物を下ろし、ゆっくりと腰を埋める。座面は硬く、座り心地は良かった。

ソファの前のテーブルは長さが二メートルもある大きなものだったが、大袈裟ではなく料理で埋め尽くされていた。地物であろう、刺身が大皿を飾り、野菜の煮物の大鉢がその横に鎮座――鎮座という言葉が似合うサイズだった――している。タチウオの塩焼き、二日分ぐらいのビタミンを摂取できそうな野菜サラダに加え、鶏の唐揚も山盛りになっていた。それだけでは終わらず、台所に立った今《こん》は、ざるに盛り上げたうどんの山を持ってきた。

「高校生が合宿でもしてるのか？」

今が声を上げて笑い、うどんのざるを取り落としそうになった。

「ジョークの腕を上げましたか？」

「まさか」

「まあまあ、箸をつけて下さい。こんなものしか用意できなくて申し訳ないですけど」

「自分で作った？」

「そりゃそうですよ。警官時代とは違いますからね。本当はあの頃も、飯ぐらいは自分で作りたかったんですけど、何しろ時間がなかった……でも鳴沢さんは、きちんと体調管理してるみたいですね」

「それは趣味みたいなものだから」

　真顔でうなずく。

「趣味と実益が一致しているのは素晴らしいことです」

「どうでもいいけど、そういう馬鹿丁寧な話し方、そろそろ何とかしてくれないかな。くすぐったいよ」彼は私と同い年なのだが、初めて会った時から、この慇懃《いんぎん》無礼《ぶれい》な態度は変わらない。

「申し訳ない。性分なもので。それにこの仕事をしていると、どうしても丁寧になるんですよ」

「刑事の頃からそうだったじゃないか」

「より丁寧に、ということです……さあ、冷めないうちに食べて下さい。お口に合うかどうか、分かりませんけど」

　刺身から手をつけた。新鮮なイカは角の部分が口中に心地好い刺激を与え、マグロの瑞々しさが口中に潤いをもたらしてくれた。煮物は素材別に下ごしらえをしたようで、大根は大根の、人参は人参の味がはっきりと舌を喜ばせる。そういうおかずでうどんを啜りこむのは、いかにも田舎のもてなし料理という感じで好感が持てた。

「申し訳ないな、夕食が遅くなって」

「いえいえ。鳴沢さんこそ大変でしたね。普段は、こんな遅くに食事しないんでしょう？　九時以降に食べるのはクズだ、とか言ってませんでしたっけ」

「その原則はなかなか守れないんだけどね」

「でも、そういう気持ちを持つことは大事じゃないでしょうか。軸のない生活は無意味ですよ」

「今まで待ってくれたなら、腹も減ってるだろう」大量の料理の三分の二は彼の胃袋に収まりつつあった。

「いや、そうでもないですよ。六時ぐらいにカレーを食べましたから」

三時間前。今《こん》は常にレストランのガイドブックを持ち歩いて、どこで仕事をしてもその近くで美味い店を探すのを楽しみにしていたのだが、本当は味など分かっていなかったのではないか、と私は疑念を抱いた。要は、量さえあれば満足。これで太らない方がおかしい。

久しぶりに食事に三十分をかけた。私たちは共通の知り合い――それほど多くはない

——の噂話をし、それが尽きると、今が計画中の施設について説明してくれた。私の方で話すことがあるのを彼は分かっているはずだったが、食事が終わるまではややこしい話はしないことに決めているようだった。

ようやくテーブルの上が空になった時には、私は身じろぎするのも億劫なほど腹が膨れていた。今は苦しそうな様子を一切見せず、満足そうに目を細めてうなずくだけだった。

「今日は上出来だったと思いますけど、どうですか」

「寺で駄目でも食堂を出せばいい」

「私が全部食べてしまって、客に出す分がなくなりますよ」声を上げて笑い、大きな手をぱん、と打ち合わせる。「さて、食後にコーヒーでもいかがですか」

「やめておく。徹夜でもするんじゃない限り、夜は飲まないようにしてるんだ」

「お茶は?」

「できれば水を」

「了解しました」すっと立ち上がり、台所に向かう。冷蔵庫のドアが開き、彼が何か探している様子が窺えた。ほどなく、ペットボトルの水と二リットル入りのお茶のボトルを抱えて戻ってくる。私の前に水を置くと、自分はお茶のボトルに直に口をつけた。

長々と喉を鳴らしながら飲むうちに、中身は半分に減っていた。

「君の胃袋はどうなってるんだ」彼の食べっぷりには慣れているはずなのに、私はつい呆れて訊ねてしまった。

「お茶はダイエットにいいそうですよ。カテキンが効くんです」

「今これだけ食べて、どこにそれだけ大量のお茶が入るスペースがあるのかね」

「それは私にも謎なんですが」唇の端を持ち上げてにやりと笑う。「幽門に何か問題があるのかもしれません。開きっ放しになっていて、胃ではほとんど消化されないでそのまま腸に流れてしまうとか」

「医者に相談した方がいいんじゃないか」

「そう言われましても、特に困っていませんから。体調は万全です」

彼の中で、肥満というのはさほど大きな問題になっていないようだった。

それからどちらが食器を片づけるかということで一悶着《ひともんちゃく》あり――彼は、人の家の台所には入らないものだと言い張り、私は食器を洗うぐらいは客の礼儀だと主張した――結局二人並んで流しに向かい、食器を片づけた。全て終わると、またソファで向かい合い、ちびちびと水を飲む。静けさが体に染み入るようで、言葉がそれを邪魔すべきではない、と思った。しかし話さなければならない。私はそのためにここに来たのだから。

最初から話した。長い話になった。今《こん》の細い目は時に見開かれ、時に瞬きで衝撃を表現した。ようやく話し終えると、深々と溜息をつき、残ったお茶を一気に流しこむ。

「たまげましたね」

「分からないことが多過ぎる」

「確かにそうですけど……私には、可能性は一つしかないような気がしますね」

「そう思うか？」彼が何を言いたいのかは分かった。二人で揃って巻きこまれた事件――彼はそれを念頭に置いている。

「おそらく。でもそれは、あくまで推理です。私はもう、警視庁とは完全に縁が切れてますからね。あそこでどんな動きがあるのか、今は全然分からない」

「そうか」

しかし彼の推理は外れていないだろう、と思った。私も同じことを考えていたから。一人で考える分には妄想で終わることもあるが、二人の考えが一致したらそれは立派な推理になる。

今が、狭いソファの上でもぞもぞと体を動かした。過去の記憶に突き動かされている。悟り切れていないようだ、と気づいた。そんなことは、どんな人間にとっても不可能かもしれないが。それに、本人が悟り切った、俗世とは関係ないと言っていても、周囲がそれを認めるとは限らない。刺客は常に過去から現れ、暗闇の中で刃を振るうのだ。

「君の方は、何かおかしなことはない？」

「日々、修行の毎日ですよ」

「いや、そういうことじゃなくて――」

「分かってます」今《こん》がグラブのように大きな手を上げて、私の言葉を制した。「何もないですよ、少なくとも、身の危険を感じるようなことは。坊主になったからといって、そういうことを察知する能力が衰《おとろ》えたとは思いません」

「どうして俺だけが狙われる？」

「鳴沢さんが刑事だからでしょう。私はもう刑事じゃない」

「辞めた人間までは追いかけない……そういうことか」

「そうとしか思えませんね」自分を納得させるように今がうなずく。「あるいは、これから何かしようとしてるのかもしれませんが」

「よせよ」

「あらゆる可能性を排除すべきじゃないと思いますよ」

「それはそうだけど」

私も水を飲み終えた。体のあちこちに痛みが巣食っており、それがともすれば意気を挫《くじ》きそうになる。ペットボトルの蓋《ふた》をきっちり閉め、テーブルに置いた。幾重にも重なった丸い水の跡に、新たな輪が加わる。それを指先でなぞり、輪に破れ目を作った。分かった。今が言う通り可能性は一つしかない。しかしこの水の輪のように、その可能性には破れ目がある。

「論理が破綻《はたん》してる」

「ええ」今は相槌を打つだけで、私に先を促した。ソーセージのように太い指を組み合わせて拳を作り、そこに顎を載せている。

「もしも俺を破滅させようとしたら、殺してしまえばいい。ところが実際には、罠を張って俺を陥れようとしているだけだ。その罠もどこか中途半端だし」

「中途半端なことには、説明がつけられるかもしれません」

「例えば」

組んでいた手を解き、今が人差し指をピンと立てて見せた。

「連中は——十日会《とおかかい》は壊滅したはずです。壊滅という言葉は変かもしれませんけど……少なくとも我々は、頭は潰しましたよね」十日会は、組織を裏切った人間を死に追い込み、その隠蔽工作のために私と今を利用しようとしていた。指揮していた捜査一課の理事官を始め、トップにいた人間は逮捕され、それで私たちは事件に決着をつけたつもりだった。しかし、いいように動かされた怒りが蘇ったのか、今の拳《こん》が震え出す。「罪に問われなかった連中は、それからひたすら大人しくしていたはずです。でも、そろそろ動き出す時期だと思ったのかもしれない。ただし頭はいないわけだから、劣化コピーみたいなものになるんじゃないですか」

「意思だけを継いで、ノウハウがない」

「そういうことです。もう一つ」中指も立て、Vサインを作った。「殺すよりもひどい報復もあります」

「刑事としてのプライドを奪うこと」

「その通りですね」二本の指を引っこめてうなずいた。「特に鳴沢さんの場合はそうでしょう。連中が私を狙わない理由はそれかもしれない。もう刑事じゃないんですから。無実の罪だろうが何だろうが、逮捕されて刑事を辞めさせられるようなことになったら、鳴沢さんに対しては最大の報復になるんじゃないですか。プライドを奪うだけじゃない。その後の仕事も人生も、多くの可能性を潰すことになります。考えてみたら、殺すよりも残酷かもしれない」

「俺たちは、あの連中に同じことをやったわけだぜ」

「然《しか》り、です。だけど、一つ大きな違いがありますよ」

「俺たちは正義だ。連中は別の価値観に沿って動いていた」

「まさにその通りですね」今がにやりと笑う。愛嬌があるとは言えなかった。地肌が見えるほど短く刈り上げた髪のせいで、ごつい顔の迫力が強調されている。派手なダブルの背広でも着せて大阪辺りを歩かせれば、その筋の人間に間違われるかもしれない。今が笑みを引っこめ、真剣な表情になった。「問題は、その敵が見えないことですね」

「ああ」

「一つだけ、対抗する方法がありますよ」

「何だ？」

「敵の敵を使うことです」顔の前に水平に上げた掌をひっくり返してみせた。「今は向こうの天下なんじゃないですか？　私たちはあの連中とは直接関係しなかったし、胸クソの悪い――言葉が悪くてすみませんね――話ですけど、沈黙を守っていた十日会の連中が復活すれば、困るのは向こうも一緒でしょう。それに少なくとも、あの連中は悪さはしていない。動かしてみる手はありますよ」

敵の敵――紫旗会《しきかい》という、十日会と対立する組織が警視庁の中にある。私たちが知る限り違法行為に係わっていたことはないが、十日会の息の根を完全に止めるためだったら、荒っぽい手に出るかもしれない。

「しかし俺たちは、あの連中のことを何も知らないんだぜ」

「そうなんですよね」今《こん》が大きな溜息をついた。「そこをどうするか、上手い対策が浮かばないなあ。しっかり考えないと」

だが満腹感が鋭い思考を邪魔した。全ては明日から。それぐらい自分を甘やかしてもいいだろうと思った。それにここにいる限り、大きな繭に包まれているような安心感を感じていたのも事実である。

3

人は何故人を殺すのか。

主な理由は三つしかない、とよく言われる。金と女——女性の場合は男——と名誉。私と今が数年前に係わった事件は、一番最後のもの、名誉に係わる一件だったと思う。

警察は様々な輪の集まりだ。派閥というほど大袈裟なものではないにしても、普通の集団より人間関係が濃いのは間違いない。どんな刑事も、必ず幾つもの輪に入っている。そういう集まりは、ほとんどが害のないものに過ぎないが、時には権力を求めて暴走することもある。派閥化して、自分たちの勢力を増強させるために、不法な手段に出ることすらあるのだ。数年前に私と今が係わってしまったのは、そういう邪悪な目的に捻じ曲がった集団が巻き起こした事件だった。

布団の中でそんなことを考えているうちに、朝になってしまった。明らかに睡眠不足だったが、それでも少しは寝たのだと自分に言い聞かせ、跳ね起きる。七時だった。味噌汁の香りが漂っていた。背広ではなくTシャツとジーンズに着替え、台所に入る。狭いスペースで忙しく立ち働いていた今が振り返り「お早うございます」とやけに爽やかな挨拶を寄越した。

「元気だな」

「そりゃまあ、朝は元気ですよ。一日の始まりに一番エネルギーがあるのは当然でしょう。おや、珍しい格好ですね」目の端に笑みを浮かべた。「背広以外の鳴沢さんを見たのは初めてかもしれないな」

「ダミーだ」古い民家の常で、朝はひんやりしている。粟だつ腕を、両手を交差させて撫でつけた。

「そういう格好の方が目立たない？」

「変装になるんじゃないかな」

「なるほど。ま、とりあえず飯にしましょうか。朝はがっちり食べておかないと、へば

ります よ」

「昨夜の飯がまだ胃に残ってる感じなんだけどな」

「そんなの、気のせいですよ。さあ、さっさと食べましょう」

「俺の幽門は正常なんだぜ」

「何言ってるんですか。どっちにしろ食べてからある程度時間が経つと、幽門は開くんですよ。そうしないと、いつまでも食べ物が胃に残ったままでしょう」

理屈は合っている。だが、それと実際に腹が減っているかどうかは別だ。

それでも、今《こん》が用意してくれた朝食を残らず食べた。具沢山の味噌汁に卵焼き、それに昨日のわずかな残り物を添えた食事は、すっかり忘れかけていた家庭の雰囲気を思い出させた。

食事を終え、熱い茶を飲みながら沈黙を共有する。今が忙しく頭を働かせているのは分かっていた。開け放した窓から緑の濃い香りが部屋に入りこんでくる。穏やかな春の空気は、何もなければ手放しで「素晴らしい」と褒められるものだが、今はそれを楽しむ余裕がなかった。何の前触れもなく、今が口を開く。

「今日はこれからどうしますか」

「とりあえず、岩隈が殺された件を調べ続ける。犯人が分かれば、誰が俺を嵌めようとしたのか、分かると思うんだ」

「山口さんの件もリンクしていると考えてるんですね」

「おそらくは。つなげる材料はまだ見つからないんだけど、つながっていないとしたらかえって不自然だよ」

「この一件は深いですよ。どこまで穿《ほじく》り返せるか……」顎に手をあて、天井を仰ぐ。視線を私に戻した時には、申し訳なさそうな表情が浮かんでいた。「お手伝いしたいところですけど、私では役に立てそうもありませんね。今は警視庁の中に伝《つて》もないし、動きも制限されてます」

「分かってるよ。寺の仕事は寺の仕事で忙しいよな」言いながら、彼の時間を無駄にさせてしまったことを後悔した。私は何を当てにしていたのだろう。彼が全てを投げ捨て、私と一緒に捜査にあたってくれるとでも？　あり得ない。人にはそれぞれの生活があり、それを崩す権利は誰にもない。私は自分の甘さを恥じた。

「自分に何ができるか、考えてみますよ」

「いや、一晩宿を提供してもらっただけで十分だ。お蔭で落ち着いて考える余裕ができたよ」

「何を水臭いことを言ってるんですか」かすかに憤然とした調子を滲ませて言い、今が太い腕を組んだ。「役に立てそうもないというのは、客観的な分析に過ぎません。役に立ちたいと思う主観とは別ですよ」

「君は民間人なんだぞ」

「民間人、というのとはちょっと違うんじゃないでしょうか。俗世とは距離を置いていますから、警察とは逆の意味で民間人ではない」口を顔の幅一杯に広げて笑う。「少なくとも、普通の人とはだいぶ違う生活をしてますからね……とにかくちょっと考えたり、電話を一、二本かけてみるぐらいは何でもないでしょう。止めようとしても無駄ですよ」

「そこまでしてもらう義理はない」

「何言ってるんですか」今の顔にかすかな怒りが浮かんだ。「相棒でしょう」

「昔の話だ」

「相棒はいつまで経っても相棒なんですよ……これも警察的な発想ですかね」そう言う今の顔には、わずかな照れと誇りが同居していた。

庭に面した縁側に立ち、携帯の電源を入れて留守番電話をチェックする。メッセージは一件も残っていなかった。私は既に容疑者のリストから外れたのかもしれない、と甘い考えを抱く。再び電源を切ろうとした瞬間、電話が鳴り出した。反射的に通話ボタンを押してしまった後で後悔する。話す必要のない人間だったらすぐに切れ、と自分に言い聞かせて電話を耳に押し当てた。

「おい、昨夜から何度も電話してたんだぞ」藤田の怒った声が耳に飛びこんできた。

「すまん。電源を切ってたんだ。俺はお尋ね者だからね」

「ふざけてる場合か。今、どこにいるんだ」

「東京を離れてる」

「どこにいるか、俺にも言えないってわけか」藤田の声に不満な調子が滲み出た。

「とにかく今日中には東京へ戻るつもりだ。そっちはどうなってる？」

「俺は徹夜明けだ」眠気を封じるために、わざと怒ったような口調で喋っていることは明らかだった。「クソ、張り込みのローテーションを滅茶苦茶にしやがったんだよ。俺は昨日、二十時間は働いてるぞ。車に座りっ放しでケツが痛い」

「本当にその張り込みは必要なのかな」

「ああ？」

「お前と俺を分離させておくための方便かもしれない。この前その話をした時、お前は否定したけど」

「当たり前だよ。俺たちはいつからそんな重要人物になったんだ？」

「重要人物じゃなくて、危険人物かもしれない」

「なるほど」しばし言葉を切って考えこんでいる様子だった。「だけど本当に危険なのは俺じゃなくてあんただろう。俺が狙われてるとしたら、あんたにブレーキをかけられる人間が俺しかいないからだ」

「そうかもしれない。要するに、俺を孤立させるためだ」

「どうして孤立させる必要がある？」

「一人の方が狙いやすいから」

「その辺の事情はいつになったら話してくれるんだ？　はっきりしないとどうしようもないぜ」

「電話では話しにくい。まだ想像してるだけだしな。会った時に話すよ」

「会えれば、だけどな」皮肉な口調で言って、藤田が欠伸を漏らした。「クソ、これで給料を貰ってるっていうのは、何だか嫌な気分だぜ。税金泥棒なんて呼ばれたくない」

「誰もそんなことは言わないよ」

「俺が思ってるんだ。警察の仕事を勘違いしてる奴がいるんじゃないか」

「それが問題なんだ」

「ああ？」

「会ったら話す」

「そうか……背中に気をつけろよ。俺はとりあえず、言われた仕事をこなしておく」

「お気遣いに感謝するよ」

電話を切ると、今《こん》が背後からすっと近づいてきた。

「ややこしい話ですか？」

「西八王子署の相棒と話した。今は引き離されてるけどね」昨夜、その辺りの事情を話さなかったのを思い出し、藤田があまり重要とも思えない仕事に追い回されていることを説明した。無言で聞いていた今は、私が話し終えると「その事件はダミーじゃないですかね」とぼそりと言った。

「そういう想像もしたけど、捜査は実際に動いてるんだぜ」

「とすると、さらに巧妙ですね。命じられた捜査をすっぽかすわけにはいかないし……あなたの相棒も、自分の身が可愛いわけじゃないと思いますよ」

「と言うと？」

「与えられた仕事を放り出したら、今度は自分も目をつけられる」

「俺もそう言ったよ。だから、余計なことはするなって」

「正しい判断です。ここで余計なことをしたら、ますますあなたを援護射撃するのが難しくなりますからね。もしかしたら、密《ひそ》かにチャンスを狙ってるかもしれないし」

「あいつは、そんなことは一言も言ってないぞ」

「世の中には照れ屋がいるものです」

「照れ屋ってタイプじゃないな」

「鳴沢さん、観察眼をもっと鍛えないとね。刑事にとって一番大事なのは、結局それじゃないですか？　人を見る目」

「修行は続けるよ」

「お分かりいただいているなら結構です」

荷物をまとめ、家を辞去することにした。今《こん》は私の車までついて来て、左前方の傷を改めて顔をしかめた。

「早く修理に出した方がいいですね」

「走るのに支障はないんだ」

「こういう傷は目立つっていう意味ですよ。車を手配する時に、車種やナンバー、色以外にも特徴がある方が簡単でしょう？　だいたい日本人は、車の傷をやたら気にするものですよ。傷がついて怒るのは、世界中で日本人とスウェーデン人だけだって聞いた記憶があります。だから日本では、壊れたままで走ってる車は滅多に見ない」

「直してる暇がないんだ」

「だったら私の車を使いますか？　とりあえず目くらましにはなりますよ」

「いや、大丈夫だ。何とかする」

「そうですか」

私たちの間を風が吹きぬけていく。どこかで雀が啼いていた。静岡は日本で一番気候に恵まれ、住む人ものんびりしていると聞いたことがある。警視庁での怒濤《どとう》の日々を終え、故郷に引っこんだ今は牙を抜かれてしまっているのではないだろうか。彼がどれだけ友情を強調してくれても、それに甘えるのは危険だ、という警告が聞こえた。

車に乗りこみ、エンジンをかける。昨日の事故にはまったく影響を受けていない。窓を開け、レガシィに寄り添うように立つ今を見上げる。

「一つ、提案があります」天を指すように、今が人差し指を上げた。

「何だ」

「一人でやるのは危険です。西八王子署の相棒も当てにならないようなら、別にバックアップが必要ですね」

「それは無理だ。頼める人間がいない」

「そうですか？　使える人間がいるはずですよ。使えるなんて言ったら殺されるかもしれないけど」拳を口に押し当て、笑いを噛み殺す。「当てにできる人間、ということにしておきましょうか。それが誰かは、言わなくても分かってるでしょう？」

すぐに分かった。だが、今《こん》が助っ人と期待する人間と私が微妙な冷戦状態にあるのだということを、彼にわざわざ説明する気にはなれなかった。

最初は慎重に車を走らせた。ハンドリングにはまったく影響がないと確信し、高速に入ってからは普通に運転してみる。特にふらつく様子もなく、異音も聞こえてこなかった。昨夜の追跡劇で頭から吹っ飛んでいた問題を、頭の中で再構築する。結局は岩隈が追いかけていたネタが問題なのではないか。ＡＢＣという三角関係。それが、徹底した飛行機嫌いを克服してまで、アメリカに飛ばなければならないと彼に決意させた材料なのか。金をかけてずっと東京に通っていたぐらいだから、かなり入れこんでいたのは想像できる。彼はその材料を、どう料理しようとしていたのだろう。自称ライターが本格的に記事を書くことを決意し、発表の場を探そうとしていたのか、あるいは単なる恐喝の材料に使おうとしていたのか。今までのあの男の行動パターンを考えると、後者ではないか、と思われた。調子に乗り過ぎて、恐喝しようとしていた相手を怒らせて殺される――そういう筋書きは悪くはない。しかし、そこにどうして私が絡んでくるのか。また、山口はどんな関係があるのか。

さらに、私を狙っている相手がもう一組いるという、かなり強い確信があった。やり方が明らかに違うのだから。殺人犯に仕立て上げて刑事としてのプライドと仕事を奪い、恥をかかせて社会的に抹殺しようとするのと、いきなり襲ってくるのとではレベルが違う。問題は、自宅近くで私を轢き殺そうとした人間と、昨夜尾行を試みた人間が同一人物かどうかだ。

複数の筋が入り混じり、判断を難しくしていた。いずれにせよ、これで終わりということはないだろう。次に動きがあった時が、私にとっては危機になると同時にチャンスにもなり得る――そう言い聞かせないと、気持ちが落ち着かなかった。

裾野、御殿場と通り過ぎ、神奈川県に入る。百キロを保ったまま慎重に運転を続けた。運転に使う以外の能力は全て思考に向ける。集中しているつもりでも想像は勝手に飛び回り、ともすればあらぬ方向に進んでしまうのだが。そのどれもが、リアリティがあるとは思えなかった。裏づける材料が少な過ぎる。

厚木を通り過ぎたところで携帯電話が鳴り出した。画面を確認すると、見慣れぬ電話番号が浮かんでいる。03から始まる都心部の番号だが、心当たりはない。そのまま無視して助手席に携帯電話を置いたが、何かが気になった。確認のため、海老名サービスエリアに車を乗り入れる。コーヒーを買うために売店に向かいながら、留守番電話をチェックすると、思いもよらない人間から電話が入っていた。

「鳴沢さんの携帯でしょうか。私、井村《いむら》と申します。覚えておいでですか？　ええと、お忙しいところ申し訳ないんですが、お電話いただけると幸いです」

思い出した。長瀬が『烈火』を書いた時の編集者である。去年、彼が絡んだ事件に関連して、一度だけ顔を合わせている。確かにその時名刺を交換し、携帯電話の番号も教えたのだが、いったい何の用事だろう。火傷《やけど》しそうに熱いコーヒーを飲みながら考えた。今も長瀬の担当なのだろうか。

私と井村との関係というと、長瀬を介したものしか考えられない。直接電話をかけ直してもよかったが、まず長瀬に探りを入れてみることにした。呼び出し音が十回鳴った後でようやく電話に出た彼は、愚図愚図と文句を言い始めた。徹夜続きなのだとか、寝たばかりだとか。

「寝たばかりって、今何時だと思ってるんだ。だいたい、いつ寝たんですか」

「二時間ほど前」

「そういうのは、人の生活として間違ってるな」

「はいはい、お説教なら元気な時にして下さい。こういう時に攻めてくるのは卑怯ですよ」不貞腐《ふてくさ》れたように長瀬が言った。

「元気じゃなくてもいいから、一つだけ教えてくれ」

「一つだけですよ」急に声が明るくなった。厄介ごとから逃れられると思ったのかもしれない。「それ以上は駄目です」

「井村という男がいるよな」

「ああ」声が沈みこむ。

「彼は今でも君の担当なのか？」

「いや」沈黙。言葉を選んでいる様子が窺えた。が、誤魔化しても意味がないと思ったのか、率直に事実を告げる。「喧嘩《けんか》別れしました。担当を替えてもらったんですよ」

「喧嘩？　何でまた」

「いろいろありましてね」

「じゃあ、『殺意』は彼と作った本じゃないんだ」

「あの本は、どういう方向でいくかでかなり揉めましてね。まあ、そういうことはこの世界では珍しくないんだけど……お互いに引けないところまでいっちゃいましたから、仕方ないんですよ。一応、ちゃんと別の人間に引き継ぐぐらいの理性は持ってたみたいだけど。本が出たのがその証拠でしょう？」

「だったら、特に遺恨はないわけだ」私の記憶にある限り、井村は長瀬を高く買っていた。彼に会ったのは、長瀬が長い沈黙を守っている時期だったが、「いつまでも待つつもりですよ」と言っていたのをはっきり覚えている。ようやく長瀬が腰を上げた時に喧嘩別れしてしまうというのは、いかにも皮肉な結果だが。

「ええ、今は何とも思ってません。こういうこと、この世界では珍しくないですからね。お互いにいい本を作りたいと思ってる気持ちは一緒だけど、それが原因でぶつかることもしょっちゅうです」

「で、彼はどうなったのかな？　会社を馘になった？」

「まさか」長瀬が私の言葉を笑い飛ばした。「そんなことで一々馘を切ってたんじゃ、社員が一人もいなくなっちゃうでしょう。別の部署に異動になりましたよ。彼も文芸が長かったから、ちょうど頃合だったんじゃないですかね」

「で、今はどこに？」

「あそこです。『２００１』。あの編集部にいますよ」

雑誌不況の時代と言われながらも、きちんと結果を出している総合週刊誌だ。内容は硬軟取り混ぜ様々、総合週刊誌の伝統を引き継いでいるが、事件や政治絡みの硬派な記事で、時に鋭いスクープを飛ばすのが受けているのだろう。内容が粗くて適当な場合もあるが、時には警察や検察を慌てさせることもあった。政府さえも。

「それはまた随分、毛色が違う仕事だな」

「編集者にも二通りいましてね。文芸一筋三十年なんて人もいるし、二、三年おきに全然違う部署を渡り歩く人もいる。概して出世するのは、社内でいろんな部署を経験している人ですけどね」

「そうか……分かった」

「彼がどうかしたんですか？」

「いや、ちょっと気になって」

「へえ」疑わしげな声だった。「ちょっと気になったぐらいで、こんな時間に電話してくるものですか？」

「こんな時間だなんて思ってるのは君ぐらいだよ。世間はもう、フル回転で動いてるんだぜ」

「俺はそういう枠に当てはまらない人間なんですよ……それより鳴沢さん、今度ゆっくり話ができませんかね」

「どうして」

「どうしてって」苦笑を嚙み殺す気配が伝わってきた。「まあ、いいじゃないですか。

いろいろ話も聞きたいし」

「今は忙しい。暇になったら連絡するよ」

「それを言い出したら、きりがないでしょう。鳴沢さんが暇になるわけないんだから。あなたは回遊魚なんだ。止まるのは死ぬ時ですよ」

回遊魚。電話を切った後も、その言葉が頭の中でぐるぐると回っていた。ベンチに腰かけ、柔らかい日差しを浴びながら、意味を考える。当たらずとも遠からず、という比喩だ。考えてみれば私は、休憩らしい休憩を取ったことがない。それが当たり前だとも思っていた。もしも自分の意思ではなく、誰かの手によって動きを止められたら——それこそ死ぬ時かもしれない。

馬鹿馬鹿しい。頭を振って、まだ熱いコーヒーを我慢して飲み干し、井村の電話番号を呼び出す。通話ボタンを押さないまま、彼が電話してきた狙いを想像した。週刊誌の編集者か……もしかしたら一連の事件に関連して、私を容疑者だと断定したのかもしれない。他のメディアが嗅ぎつけていない今なら、独占インタビューが取れるとでも考えたのか。いや、それにしては、留守番電話に残された声はさほど緊張したものではなかった。何か別件なのか、それともあののんびりした声は、私を油断させるための演技なのか。

仕方ない。何故か井村の存在が気になっている自分に気づく。それは勘としか言いようがなく、論理で説明できないことだった。

呼び出し音が三回鳴った後、井村は電話に出た。名乗ると敏感に反応する。

「鳴沢さんですか？」

「ええ。お電話いただきましたね」

「すいません。お仕事中でしたか」

「ええ、まあ」迂闊なことを言うな――自分の中で警戒警報が鳴った。「メッセージが残っていたんで電話したんですが」

「早々にありがとうございます。さっそくですが、会えないですかね？　仕事の邪魔でなければ」

「それは構いませんけど、ご用件は？」

「岩隈という男の件で。岩隈哲郎、ご存じですよね」

「どういった件でしょうか」内心の動揺を押し隠しながら、素っ気ない声で答える。まずい。この男はやはり、私と彼の関連で何か知っているのだ。

「殺されましたよね、彼」

「そうですね」どこまで話すべきなのか、判断がつかないまま、私は適当に相槌を打った。「それが何か？」

「鳴沢さんの知り合いですよね」

「あの、井村さん」

「はい？」

「申し訳ないけど、どういう用件なのか、さっさと喋ってもらえませんか？　私も忙しいんです。知ってますか、覚えてますか、なんていうゲームにつき合っている暇はない」

「失礼」彼の顔が赤くなる様が想像できた。怒らせてしまったかもしれないと思ったが、井村の声はまだ冷静だった。「実は俺も、彼とは知り合いだったんですよ」

「そうですか」何かがゆるりと動き出すのを感じた。内心の揺れを見透かされないよう、声のトーンを落とす。

「彼、気になる話をしてましてね。鳴沢さんはこの事件の捜査には直接関係ないかもしれないけど、お知らせしておいた方がいいんじゃないかと思って」

「それだけですか」

「はい？」

「あわよくばネタにもしたい。そういうことじゃないんですか」

井村が声を出して笑う。邪気の感じられない、明るい笑い声だった。

「もちろん、そういうスケベ心はありますよ。こっちも仕事ですからね。実はちょっと困っていて、鳴沢さんの知恵をお借りしたいんです」

「私を当てにされても困ります」

「それはどうかな」謎かけのような言い方に苛々させられたが、反論せずに彼が喋るに任せた。「とにかく、岩隈という男が殺されたのは事実でしょう。何か情報交換できるんじゃないですか。私は疑問が解けるかもしれないし、鳴沢さんも事件の手がかりが摑めるかもしれない」

「あの事件は私の担当じゃないですよ」

「それは分かってますけど、上手くネタを摑んで担当者にそれを流せば、あなたの評判も上がるんじゃないですか」

「私は評判を気にして仕事をしているわけじゃない」

「まあまあ、そう言わず……あの、急なんですけど、これから会えませんか？　私がどこかへ出向いてもいいですよ。まだ八王子にいるんですか？」

「ええ」

「じゃあ、駅前辺りで待ち合わせますか？　八王子はあまり知らないんだけど、どこかいい待ち合わせ場所がありますかね」

「いや」言葉を切った。八王子には戻りたくない。それを言えば青山や三鷹の付近にも。それに、どこかで待ち合わせをして待たされるのも嫌だった。動きが止まれば、ターゲットになりやすい。

回遊魚。動き回って、どこか一点で井村と接触する。それなら追っ手もやりにくいだろう。彼の会社の近くで落ち合うことにし、電話を切った。井村は何を知っているというのだろう。あわよくば記事に結びつけたいと考えているのは分かるが、それが本音かどうかも分からない。知り合いであっても、殺された途端に記事の材料としてしか見られなくなってしまうのだろうか。

コーヒーカップを握り潰し、近くのゴミ箱に投げ入れた。ストライク。しかしそんなことでは気が晴れなかった。

井村の会社は神田《かんだ》にあり、私は指定された喫茶店に約束の時間よりも五分早く到着した。戦後すぐ、いや、戦前から生き残っているような古い建物で、バブルの時代の地上げ攻勢にも耐え抜いてきたようだ。モルタルの壁には蔦が絡まり、都会の汚い空気にも負けずに葉を茂らせている。中に入ると奇妙な作りが目についた。さほど天井は高くないのに、フロアの奥側が、階段三段分ほど高い中二階のような構造になっている。そちらに座ったら天井に頭がつかえそうだったが、よりによって井村はそちらに席を取っていた。店に入って行くと、ドアにぶら下げられたベルが涼やかな音を立て、それに気づいて彼がこちらを向いたのだが、私だと気づくのに一瞬時間が必要だったようだ。軽く手を振り、頭を下げてみせる。

さっさと店を出て車の中で話そうと思ったのだが、彼の目の前に置かれたコーヒーはまだ減っておらず、熱い湯気を立てていた。仕方なく、座り心地の悪い硬い木の椅子に腰を下ろし、周囲の様子を気にしながら私もコーヒーを頼んだ。テーブルが小さいので、ともすれば額と額がくっつきそうになる。頭から天井までは、一メートルほどしか余裕がなかった。私は百八十センチあるが、身長があと五センチ高かったら、屈まなければこの席には着けなかっただろう。

井村と会うのは確か九か月ぶりだったが、その時とほとんど格好が同じだったので驚いた。濃紺のポロシャツにカーキ色のコットンパンツ、それにクリーム色のジャケットを合わせている。足元は濃い茶色の編み上げのブーツ。隣の椅子に置いたやけに重そうなトートバッグも、この前会った時に持っていたのと同じものだろう。午前十一時という時間に眼鏡の奥の目が充血しているのは、徹夜したまま昼間の仕事に突入してしまったか、昼と夜が逆転しているかのどちらかだ。耳を覆うほどに伸ばした髪のあちこちが突き出しているのを見た限り、寝たばかりのところを誰かに叩き起こされ、髪を整える暇もなく飛び出してきたという感じである。濃い疲労感が、波になって私の方に漂ってきた。

「どうも、ご無沙汰してます」

「異動になったそうですね。今は『２００１』の編集部にいらっしゃるとか」

「やだな」苦笑を浮かべて煙草に火を点けた。「俺のことなんか調べても仕方ないでしょう。警察はそれほど暇じゃないはずですよね」

「あなたの近況を調べるには、電話を一本かければ済むんですよ」

「刑事さんはこれだから油断できないですね……ああ、長瀬さんと話をしたんでしょう」

「情報源は明かせません」

にやりと笑い、井村が顔を背けて煙草の煙を壁に向かって吹きつけた。「スペシャルカレー　九百円」という張り紙がふわりと揺れる。

「ま、それはいいです。おっしゃる通りで、今は『２００１』の編集部にいます」

「事件の担当でもしてるんですか？　岩隈さんのことで電話してきたとなると……」

「うちの編集部は、全員が何でも屋ですよ。担当を置いて、何かに専念させるほどの余裕はありませんからね。その時その時で緊急の担当を作って、自転車操業でやってます。いやはや、疲れますよ、こういうのは」溜息を漏らして右手で左肩を揉む。

「今週が終わったと思ったらすぐ来週」

「それどころか、再来週の企画も走ってる。これじゃ、死人が出るのもおかしくないですね」

「そうなんですか？」

「実際、『２００１』がスタートしてから、一人自殺してますからね。その他に、いきなり心筋梗塞で倒れて死んだ人間が一人、脳梗塞で会社を辞めざるを得なかった人も一人」指折り数えながら暗い顔になる。いずれ自分以外の誰かが、彼の名前を犠牲者の名簿に書き加えるのではないかと恐れている様子だった。それにしても、あまりにも死亡率が高いのではないだろうか。三人の人生と引き換えに、『２００１』は何を手に入れたのだろう。

「それだけ大変でも続けていけるのは、スクープの快感のためですか」

「まあ、そういうのを一々説明するのは照れ臭いんで言いませんけどね……肝心の話をしましょうか。実は岩隈さんとは、ここ一か月ほどの間に、何回か会ってるんですよ」

「ほう」内心の興奮が声に現れないよう、私は声のトーンを抑えた。「彼はライターを名乗ってますよね。週刊誌の人と接触があるのは普通でしょう」

「ライターっていうか、要するゴロですよ」鼻で笑って、煙草を深く吸いこんだ。「私は、彼の原稿なんてものにはお目にかかったことがない。要するにネタだけ集めて、それを材料に人から金を引き出すのが商売なんです。悪く言えば恐喝です。業界でも嫌われてて、要注意人物になってるんですよね。でも、時々本当に使えるネタを持ちこんでくるから、切るに切れなかったりする。難しいところですね」

「使えるネタ?」それはまったく知らない話だった。岩隈が集めた情報は、全て関係者から金を引き出すために使われていると思っていたから。

「そうですよ。自分で原稿を書くわけじゃないんだけど、彼のネタがスクープにつながった例は少なくないんです。例えば清々会《せいせいかい》事件とか。ご存じですか?」

「もちろん知ってますよ。警察官としては知ってないとまずい事件でしょう」十年ほど前だろうか、被害者が日本全国に広がり、被害総額が百億円近くになったと言われたマルチ商法事件である。最終的に大阪府警が立件したが、そのきっかけが岩隈だったとは。彼の情けない顔は、私の中で少しだけ格上げされた。

「あの時は、テレビのスクープだったんですよ。ああいう事件でテレビがスクープするのは珍しいんですけど、その時に岩隈さんは百万円単位で情報料を受け取ったらしい。まったくテレビの連中は、金の感覚が我々と一桁《ひとけた》違いますからね。岩隈さんもそれで調子に乗っちゃって、それぐらい金を貰うのは当たり前だと思ってるわけですよ。もちろんどんなにいいネタでも、雑誌はそんなには払えないんですけどね」

「情報が金になるんですか」

「そりゃそうです」煙草を灰皿に押しつけ、コーヒーを一口飲んだ。声を潜めて顔を近づけると、額が私の額にぶつかりそうになった。「警察だって、捜査協力費の名目で払うとか、いろいろあるでしょう。情報提供者に金を渡すのは、珍しくないですね」

私が無言でいると、調子に乗って井村はぺらぺらと喋り続けた。

「情報はタダだ、なんて思ってる人がいるけど、とんでもない話です。でかい情報の後ろでは、でかい金が動くんですよ」

「で、今回はどういう情報だったんですか？　要するに岩隈さんは、あなたに情報を買ってもらおうとしたんでしょう」

「まあ、狙いはそういうことだったんでしょうけど、彼は何でも思わせぶりにやる悪い癖がありましてね」溜息をつきながら髪を掻き上げる。

「それは知ってますよ。私も痛い目に遭ったことがある」

「じゃあ我々は、岩隈被害者同盟の一員ということになりますね」にやりと笑い、新しい煙草に火を点ける。「今回もちらちら情報を小出しにしてねえ。とにかく、最初に金を貰う約束を取りつけたかったんでしょう」

「ところがあなたとしては、そういうわけにはいかない」

「そりゃあそうですよ。海のものとも山のものともつかない話に金を払えるわけがないでしょう。もっと具体的な話をしてくれって何度もせっついたんだけど、なかなか前へ進まなくてね。アメリカに行かせて欲しいとか、そんなことばかりで」

「アメリカ」糸がつながりつつあるのを感じて、私ははっきりと興奮を覚えた。それがつい、声に出てしまったのだろう。井村が怪訝そうな表情を浮かべる。

「アメリカがどうかしましたか?」

「いや、岩隈さんとアメリカというのは、何だか結びつかないですよね」

「ええ。船で行くとしたらどうなるだろう、なんて突拍子もない話をしてましたよ。彼、飛行機が大の苦手らしいですね。馬鹿馬鹿しいって笑ってやりました。飛行機より船の方がよほど高いし、時間だって滅茶苦茶かかるでしょう? それに見合う情報なのかって聞いたら、にやにや笑うだけでね。からかわれていただけかもしれません」

「それは分かりました。でも、そこでどうして私の名前が出てくるんですか」

「岩隈さんがあなたの名前を挙げたんです」

「なるほど」

あまりいい気分ではなかった——ああいう男が私の名前を第三者に告げ、それを保証書代わりにしようというのは。私が顔をしかめたのには気づかなかったのか、井村がぺらぺらと喋り続ける。

「彼とは初対面だったんですよ。『2001』の編集部の先輩で彼を知っている人がいて、要するに面倒な男を私に押しつけたんでしょうね。私としては、岩隈さんがどんな人間かも知らなかったわけで……そういう不信感は敏感に感じる人みたいですね。鳴沢さんの名前を出して、自分のことは聞いてもらえば分かるって言ったんです」

「悪口を言われることになるとは考えていなかったのかな」

井村が声を上げて笑った。コーヒーにミルクを加え、スプーンでゆっくりとかき回す。私は自分の分に口をつけていないことに気づいて、ブラックのまま一口飲んだ。丁寧に入れた香ばしい味は、どこか懐かしい感じがする。店の雰囲気と合わせ、こういう喫茶店は東京都が文化財として保護すべきかもしれない。

「私も鳴沢さんは知らないわけじゃないですけど、その時はあなたを知ってるということは言いませんでした。何だか岩隈さんは適当なことを言ってる感じでしたからね。でも彼があんなことになって、あなたの名前を思い出したというわけです。死んでしまうと、最後まで私に明かさなかった情報も気になりますしね。鳴沢さん、彼とは最近会ってたんですか」

「そこはノーコメントで」

「隠すようなことじゃないでしょう。彼はもう、死んでしまったんだから」

「でも、捜査は動いているんです」

「なるほどね」二の矢を探しあぐねているのか、井村が黙りこんだ。口を開きかけたのを制して続ける。

「他には何か言ってませんでしたか？　彼が持っている情報がどういうものだったか、ヒントだけでも」

「あなたも、彼がどういう人かは知ってるでしょう。物凄くこっちの気を引くようなことを言いながら、核心についてはまったく触れない。だからついつい、もう一度会わざるをえなくなる——そういうテクニックは大したもんですよね。プレゼン能力だけなら超一流だ」

「そうですか……何か思い出したら、また連絡してもらえますか」

「それは構いませんけど、こっちは記事になるネタだったのかどうか、それが知りたいんですよね」

「私だって、全部知りたいと思ってますよ」

「全部は知らないけど、少しは知ってるってことですか？」

「それもノーコメント」

「あなた、本当に話しにくい人ですね」

「今ごろ気づきましたか？」

憤然と腕組みをし、井村が天井を見上げた。そういうことを言われたのは今が初めてではない。進歩がないな、と我ながら苦笑せざるを得なかった。

4

アメリカか。

私にとっては何かと縁のある国だ。学生時代の一年間を留学生として暮らし、刑事になってからも研修で行っている。今も友が、恋人――と言えるかどうか微妙な関係にはなっているが――が住む国。

岩隈はあの国に何を見たのだろう。何を調べようとしていたのだろう。井村にネタを売りこもうとしていたのは間違いないが、このことを知っていた人間がどれほどいただろう。非常に薄い彼の人間関係、それに他人を信用しないやり方を考えると、具体的な事情を知っている人間は誰もいないような気がしていた。逆に言えば私は、ある程度は彼に信用されていたわけだ。嬉しい話ではないが。

次にどう動くか……昼飯でも、という井村の誘いを断ってしまったのが悔やまれた。たとえ無駄話であっても、もう少し続けていれば何かヒントが摑めたかもしれないのに。多くのヒントは、本人が重要だと考えていない部分にこそ含まれているものだ。車に戻り、都心の駐車料金の高さに悪態をつきながら九百円を払って本郷通りに出た途端に、電話が鳴る。藤田の番号だと確認してから通話ボタンを押し、車を路肩に寄せた。

「今、話せるか」

「ああ。そっちこそ大丈夫なのか」

「相方は昼飯を仕入れに行ってる。ちょっと気が緩んできたんじゃないかな。昨日なんか、わざわざ弁当を用意してきたのにさ」

「それでやっと一人になったわけか」

「そういうこと。ちょっと気になることがあったんだ。お前の家なんだけどな」

「家？」途端に緊張感で心臓が締めつけられた。「家がどうしたんだ」

「誰かに荒らされたかもしれんぞ」

「何だって？」

「はっきりとは分からない」藤田が慌てて言い添えた。「署へ来る前に、ちょっと寄って見てきたんだ。ガレージのシャッター、ちゃんと閉めたか？」

「もちろん……開いてたのか」

「五センチぐらい、な。でもあそこ、下まできちんと閉まるはずだよな」

「ああ」

「ということは、誰かがあそこから忍びこんだ可能性がある」

「そうかもしれない」鉄アレイを盗み出したのと同じ連中だろうか。

「連絡が遅れて悪かったな」

「いや、そんなことはいい」

「最初は気にならなかったんだけど、段々心配になってきたんだ。どうする？」

「これから確認してみる」

「一人で大丈夫か」

「当たり前だ。子どもじゃないんだから」言ってみたものの、言葉が上滑りしたのが自分でも分かった。もしも侵入者がずっと家に潜んで、私の帰りを待っていたら。罠に飛びこむようなものである。

「誰かにケツを守ってもらわなくていいのかよ」

「そんな人間がいたらとっくに頼んでるよ」

一人いる。今も示唆《こんしさ》してくれた。思い切って電話をかけてみるか、とも考えた。自分の家に入るだけでバックアップしてもらうのも恥ずかしい話だが、敵が何を考えているかが分からない以上、用心に越したことはない。一つだけ言えるのは、敵がひどく雑な方法をとっているということだ。本気でかかってくれば私一人を潰すぐらいは何でもないだろうが、どうも少しずつちょっかいを出して、こちらの出方を見ているだけという感じがする。それにしても、決して安全というわけではない。もしかしたら相手が最後の仕上げに乗り出した可能性もある。

「とにかく慎重にいけよ」藤田が忠告を飛ばした。

「すまん」

「こんなことで謝るな……おっと、監視要員が戻って来たみたいだ。じゃあな」

切れた電話を見詰め、本当に家に戻るべきかどうか考えた。このまま放っておくわけにはいかないだろう。盗られて困るものは置いていないが、何しろ借り物の家なのだ。

大家は鷹揚な人だが、何かあったらややこしいことになる。それに向こうが何を考えているかが気になる。何が起きたのか、どうしても確認しておかなくてはならない。

バックミラーとサイドミラーをフル活用して、周囲を確認する。この街には車も人も多過ぎ、怪しい人間がいるにしても、確認するのはほぼ不可能だった。

もしも本当に家が荒らされていたら。所轄の多摩署に被害届を出したらどんな顔をされるだろうと、私は想像した。笑いを呼ぶような結果は一つも浮かばない。


確かにガレージは五センチほど開いていた。わずかな隙間だが、どこまでも人を引きずりこみそうなブラックホールにも見える。中にレガシィを入れるのを諦め、少し離れた路肩に停めて玄関に立つ。鍵を取り出したところで、まず警備会社に電話して確認することを思いついた。しかし、誰かがガレージから侵入しても警報は鳴らないのだと思い出し、鍵穴にキーを挿しこむ。何の問題もなく開き、すぐに警報装置の解除を促すメロディが聞こえてきた。本当は慎重に、一センチずつ調べながら入るべきなのだが、このまま解除しなければ警備会社に通報が行ってしまう。リビングルームに飛びこみ、インタフォンのモニターに暗証番号を入力して耳障りなメロディを止めた。

改めてリビングルームの中を見回す。一見して、おかしな様子は何一つなかった。

跪《ひざまず》き、床と目線の高さを同じにして目を凝らす。靴のまま上がりこんだ人間がいれば、わずかであっても靴跡が残っているはずだ。だが侵入者は、靴を脱ぐ、あるいは現場を歩き回る鑑識の係官のようにオーバーシューズを履くだけの余裕は持っていたようだ。足跡は見当たらない。ソファもテーブルも、いじられた形跡はなかった。

納戸代わりにしている書斎に入ったが、クローゼットの引き出しは全部きちんと閉まっている。一つ一つ引き出して確認してみたが、何かがなくなっている様子はない。縦に細い窓の下に押しつけるように置いたデスクには、そもそも引き出しがなかった。仕事の資料を家に持ち帰ることはないが、パソコンが気になる。電源を入れ、メールをチェックしてみた。

クソ、やはり侵入者はいた。最近とみにスパムメールが多いのだが、最新のものは今朝の九時で、それ以前に受信したメールは全て既読になっている。開いた途端に既読になるよう設定しているので、このパソコンを立ち上げた人間がいたのは間違いない。しかし、詰めが甘い。再度「未開封」にしてしまえば、証拠は残らないのに。

キッチン、それに滅多に使わない二階の部屋を順番にチェックしていく。侵入者は二階にも形跡を残していた。優美と勇樹が日本にいた頃、二人が泊まる時に使っていた二つの部屋が荒らされている。どちらの部屋もクローゼットの扉が開いたままで、一つの部屋では保管しておいた私の冬服が床に落ちている。旅行用や、普段は使わないバッグもそのクローゼットに置いてあったのだが、微妙に位置が変わっていたり、蓋が開いたままになっているものもあり、侵入者が調べたのは間違いなかった。

　現場をそのままにして、半地下のガレージへ下りる。今度はすぐに異変に気づいた。ガレージと玄関をつなぐ階段のドアが開いていたのだ。あくまで細く、隙間は五センチほどだが、私はここを閉め忘れたことはない。

　ガレージに下りると、さらなる惨状が明らかになった。SRが倒され、タンクからガソリンが零れている。一刻も早く元に戻したかったが、この状況も証拠になると思って手をつけずにおいた。工具箱はひっくり返され、ウェイトトレーニング用の用具も散乱している。

「こんなところに何か隠すわけがないだろうが」思わず愚痴が口を突いて出た。

　漂うガソリンの臭いに吐き気がこみ上げてくる。かすかな頭痛も感じ始めていた。ガレージの扉を全開にして新鮮な空気を入れたかったが、そのままにしておくことにして階段を上がった。

　静かな水面に石を投げ入れてやることにする。果たしてそれがどれほどの波紋を呼ぶことか。あるいは跳ね返って私の方に戻ってくることになるかもしれないが、そろそろ反撃に転じてもいい頃だ。それはできるところから、そしてなるべく自分の手を汚さないところから始めるべきである。

多摩署の刑事、内川《うちかわ》が、リビングルームをぐるりと見回して目を細めた。四十歳ぐらい。くたびれてすっかりズボンの折り目が取れてしまった背広姿で、ネクタイはしていない。思春期には随分にきびに悩まされたようで、頬には滑らかな部分がほとんどなかった。髭を剃《そ》る時はさぞ大変だろう。若い、おそらくは交番勤務から刑事課に上がったばかりの刑事を一人、それに鑑識の係官を二人引き連れていたが、全員が内川の指示を待って手持ち無沙汰にしている。

「何でもないみたいだけど」

「ここは無事でした」

「じゃあ、現場を見せてくれ——現場があるなら、な」

二階に誘導すると、階段を上りながら溜息を漏らした。

「しかしあんた、いい家に住んでるね。独身の警察官にしては贅沢過ぎるんじゃないか」どこかで裏金でも貰っているんだろうと仄《ほの》めかすような口調だった。

「借家ですよ。知り合いが税金対策で貸してくれたんです」

「なるほど。俺もそういう知り合いが欲しいもんだね。紹介してくれないか？」

「家主は今、アメリカですよ」

「それにしたって、羨《うらや》ましい話だ。こっちは住宅ローンで首が回らないっていうのに」

愚痴を零しながらも、彼は刑事としての役目を放棄することはなかった。クローゼットを見た瞬間、仕事の口調に切り替わる。

「この部屋は使ってるか？」

「ほとんど入りませんね」

「鑑識さん、この辺、指紋を入念に。で、何かなくなっているものは？」

若い刑事が手帳を開き、ボールペンを構える。メモを取る彼のためにゆっくり喋ってやる必要はまったくなかった。何もない、と言うだけで済んだのだから。

「荒らされただけか。何か探してたんだろうな」内川がラテックス製の手袋をはめた。

「金目のものでも隠してる？」

「いや、この部屋には服しか置いてません」

「通帳なんかはどうなんだ？　印鑑とか、クレジットカードの類は」

「通帳と印鑑は無事でした。それは下の書斎にあります。カードはいつも財布に入れて持ち歩いてます」

「了解。じゃ、邪魔にならないように下へ行っててくれ」

「手伝わなくていいんですか」

「ふざけてる場合か？　あんた、被害者だろう。手を出すな」

　言われて肩をすくめ、階段を下りた。ベランダに続く窓を開け、ペットボトルの水を持って外へ出る。今日もいい天気だが、それが私の気持ちと合致しない。手すりに両《りょう》肘《ひじ》を預け、多摩センター駅を見下ろした。多摩署は小田急《おだきゅう》線と京王線の線路の向こう側にあり、私の家から直接は見えない。

　内川たちが何かを見つけ出すとは思えなかった。侵入者は素晴らしいプロとは言えないが、明確な証拠を残すほど素人臭いことはしていないだろう。ただ、何らかの形で、警察が一枚嚙んでいることを相手に知らせたかった。私の周辺に情報網を張り巡らせているのは間違いないのだから、多摩署の人間がここに入ったことも当然感知するだろう。私が一人ではない、そして警察が捜査していることが分かれば、一時的にせよ手を緩めるかもしれない。ただしそれは、内川が敵でないという前提での話だ。

　二十分後、内川たちが階段を下りてきたので、ガレージに案内する。まだ漂うガソリンの臭いに内川は顔をしかめたが、背広のポケットからすかさずマスクを取り出して対策を施した。何の用意もない若い刑事は、今にも吐きそうな顔をしている。私はリビングルームに戻り、包装されたままの新しいマスクを渡してやった。念のためにマスクは常備しているのだが、風邪を引くことなど滅多にないため、使った例しがない。若い刑事が素直に礼を言い、マスクで顔の下半分を隠した。

「マスクは現場で必須だぜ」

教えてやると、くぐもった声で「ありがとうございました」と丁寧に礼を言った。

「お説教はいいよ。それは俺の仕事だ」内川が私を見て鋭い声を飛ばす。目だけしか見えていないので、本気で言っているのかどうかは分からなかった。「で、ここでは何かなくなってるのか？」

「鉄アレイが」

「鉄アレイ？」

「そこに何本かあるでしょう。全部組になって二本ずつあるんだけど、五キロのやつが一本だけなくなっているようですね」

「鉄アレイねえ」疑わしげな声を上げながら、内川は鑑識の係官二人に、シャッターの鍵の辺りを調べるように指示を出した。煙草を取り出し、火をつけないまま口の端でぶらぶらさせながら、私に向き直る。「ここがジム代わりってわけかい？」

「ええ」

「ところで昨夜はどこにいたんだ?」

「ちょっと友人に会いに行ってましてね。そこに泊まりました」

「その友人っていうのは?」内川は一切メモを取ろうとせず、私の顔を凝視するだけだった。上下する煙草の動きが次第に速くなる。核心に迫る質問を持ち出そうとしているのは明らかだった。

「言わないとまずいですか」

「言えない事情でもあるのかね」

「直接は関係ないと思いますよ」

「ははあ、女かい?」煙草を取り、掌の上で転がす。短い言葉の中に、思い切り猥褻《わいせつ》な意味をこめていた。「何か、訳ありかね」

「残念ながら、男です」肩をすくめてやったが、内川は軽いノリにつき合うつもりはないようだった。

「あんたね、殺しをやったのか?」にわかに声が硬くなる。

「まさか」

「青山署。それと三鷹でも」

青山署の一件は、間違いなく警視庁内に広がっている。しかし三鷹の山口殺しの件は……彼にかけた私の電話が問題視されていることは分かっていたが、まだ容疑者ではないはずだ。しかし様々な噂は多摩署に伝わっているだろう。

「まさか」

「そうかね？」疑わしげに目を細める。

「容疑者だとしたら、どうして俺は引っ張られないんですか」

「さあ、分からんな。うちの事件じゃないから。とにかく、ちょっと署まで来てもらいましょうか」

「容疑者として？」

「そう突っかかるなって。あんた、被害者なんでしょう？　詳しく調書を巻かないとね。何か変かな？」

「いや」

この作戦は失敗だったかもしれない、と密かに悔いた。鉄アレイが盗まれたことをどうやって証明するか。自分の行動を詳しく説明することはできるが、私が話すとまずい立場に追いこまれる人間もいる。さあ、ここで頭を働かせろ。知恵を絞って光明を見出せ。

私はいつもそうしてきた。それが当然だとも思っていた。だが、自らの容疑を晴らすために脳みそを振り絞る日がくると考えたことは一度たりともない。

多摩署には嫌な思い出しかない。新潟県警から警視庁に移って最初に勤務した所轄署だが、そこで私はろくな仕事も与えられずに腐っていた。色眼鏡で見られていたのだが、それにはもっともな理由がある。

日本では、キャリア官僚でもない限り、一つの県警から別の県警に移るということはほとんどない。面倒な試験をクリアしなければいけないし、移る理由などないのが普通だから。警察は内輪には甘い組織で、滅多に警察官を馘にすることはないし、自ら進んで辞めることにもほとんどメリットがない。それ故、新潟県警から警視庁に転じた私の行動は、あらぬ臆測を呼んだのだ。その中で最も私を苛つかせたのは、警視庁に入るに際して、父が口添えしたのではないか、という噂である。確かに父は、新潟県警の中でノンキャリアとして最高のポスト、刑事部長にまで上り詰めたが、その影響力は県外にまで及ぶものではない。もちろん警視正まで出世すれば、他の県警や警察庁にも知り合いはたくさんできるが、一声かけて何とかなるものではないのだ。基本的にノンキャリアの警察官の採用は、都道府県内で完結しているのだから。

そういう陰口を叩かれながら資料を読みこむしかすることがなかった日々、ある事件で、私は私生活で多大な恩義を感じていた大事な先輩を殺さざるを得なくなった。その時負った耳の上の方の傷は、今でも時折痛むことがある。岩隈に出会ったのも、その事件を通してのことだった。

馴染みのある取調室に通されたが、そのまま一人で一時間近く放置された。これが心理作戦の一環だということは分かっている。明確に拘束されたわけでなくとも、警察署という特殊な環境の中で一人きりになれば、どうしてもあれこれ考えてしまうものだ。会話がなければ相手の動きも読めない。こうしているうちにも、自分の犯行を立証する材料を漁っているのではないか――私自身、よく使う手だった。頑強に否認していた容疑者が、一時間の放置の末に、ドアが開いた途端にあっさり罪を認めたことが何度かある。

もちろん私は、そういうやり口を読んでいた。ただ不快なだけであり、どうやってこの窮地を乗り越えるかと考えているうちに、その不快感は薄れていった。代わりに、あとは調布にある東多摩署の管内で事件があって容疑者扱いされれば完全試合達成だ、などと馬鹿なことを考えている自分に気づく。警視庁に来てからの私は、本庁に一度も上がらず、所轄を転々としてきた。最初が多摩署。それから青山署、東多摩署と渡り歩き、大失敗に終わったアメリカ研修を経て西八王子署に落ち着いている。青山署では殺人の嫌疑をかけられ、多摩署では一応被害者としての調書を取る名目で閉じこめられている。西八王子署では自宅待機の命令を受けた。残るは東多摩署だけである。

冗談じゃない、と考えているうちに取調室のドアが開いた。顔を見せたのは内川ではなく、三鷹の現場で私に質問を浴びせかけてきた刑事と、見知らぬ男だった。二人はそれぞれ、捜査一課の天利《あまり》、武蔵野中央署の本郷《ほんごう》と名乗った。天利はきちんと背広を着こなしたスマートな体型。対照的に本郷はネクタイも背広もなしで、灰褐色のブルゾンの袖を捲《まく》り上げた小太りの男だった。外見は似ても似つかないが、ひどく不満気な雰囲気を発しているという点では共通している。天利が私の正面に座り、本郷が横に位置を占めた。壁に押しつけられるように置かれた記録者用のデスクには、先ほど内川と行動を共にしていた若い刑事がつく。

「さて、と」天利が独り言《ひとりごと》のように言って上着を脱ぐ。さほど暑くないのだが、これから長時間の勝負になると宣言しているも同然だった。ほっそりした体型で、大き過ぎるワイシャツの襟は一センチほど重なっている。神経質そうな細い顎に秀でた額。眼鏡の奥の目を見ただけでは、何を考えているのか想像もできなかった。四十歳ぐらいだろう。取り調べのプロだ、と直感する。おそらく言葉を荒らげることなく、論理的に相手を落とすタイプだろう。そうでなければ、微妙に言葉を変えて質問を投げ続け、容疑者が口を滑らせるのをじっくりと待つ粘っこいタイプ。調べられる側からすれば、後者の方がやりづらい。言ってみれば試合時間を引き延ばしてひたすら相手を疲れさせ、自滅を待つやり方だからだ。体力的にも精神的にも疲れる。

「鳴沢了さん。西八王子署刑事課勤務、ね」役所の戸籍係が申請書類を確認するような事務的な口調だった。「泥棒に入られたって？　刑事の家に盗みに入るとは、随分間抜けな奴がいたもんだね」

「住所と生年月日の確認はいいんですか」あまりにも淡々とした口調に、少しばかり相手を刺激してやりたくなった。

「あんた、容疑者なんですか？」天利がしれっとした口調で言った。

「まさか」

「だったら余計なことを言うな！」いきなり激昂《げっこう》して、拳をデスクに叩きつける。私は腕組みしたまま椅子に体重を預け、天利との間の距離を少しだけ広げた。そのまま彼の顔が真っ赤になり、唇が震え出すのを眺める。予感は外れた。この男は、多少暴力的な言葉や態度を使うのを厭《いと》わないタイプだろう。後で問題にならないぎりぎりのところまで相手を追いこみ、恐怖心を植えつけて自供を引き出すやり方を得意にしているはずだ。

天利はしばらく無言で、荒い息を吐いていた。傍《かたわ》らに控えた本郷は、無言で私を見詰めながら圧力をかけている。だがそれは、一切圧力になっていなかった。彼の顔に「失敗した」と認める表情が過るのを、私ははっきりと見たから。彼は天利のやり方をよく知っているのかもしれない。私には通用しないことも見抜いただろう。捜査本部事件ではあくまで捜査一課が主導権を握るから、この場の取り調べを任せたのだろうが、自分がやるべきだったと後悔している様子がありありと窺えた。天利が私をねめつけながらゆっくりと口を開く。

「昨日の午前零時から三時頃、どこにいた」

「家ですよ。もちろん寝てました。自宅待機中なんで」

「それを証明できる人間は？」

「一人暮らしなんで、無理ですね」

「三鷹に行ってたんじゃないのか」

「いえ」

「被害者の山口さんと会う約束をしてただろう」

「すっぽかされました」

「何度も電話を入れたよな」

「ええ。約束の時間も場所も決まってなかったから、確認しようとしたんです。でも彼は、一度も電話に出なかった」

「お前が殺したんじゃないのか」

「どうして」

「凶器の鉄アレイにあんたの指紋がついてたんだよ。絶対的な証拠じゃないか」

天利の目に勝ち誇った色が浮かぶ。またもや私の予想は外れた。この男は決して、取り調べのエキスパートというわけではないようだ。相手に合わせて態度を変えることは必要だが、決してやってはいけないのは、己の力を自慢することである。上に立ったように、言葉で押さえつけるやり方はある。だが、「俺の勝ちだ」と露骨に表してはいけない。

自分の言葉が私の頭に沁みこむのを待つつもりなのか、天利は腕組みをしたまま、唇に薄笑いを浮かべて私を見詰めていた。相手がギブアップするのを待つヘビのような目つきである――ヘビは格闘技をしないが。

私は両手を広げてデスクに叩きつけ、その勢いで立ち上がった。一瞬、天利と本郷が私を見上げる。

「帰ります」

冷静に告げて椅子を後ろに蹴飛ばすと、天利が慌てて私の腕を摑んだ。体重に相当な差があるので振り払うことは容易だったが、そのままにしておく。

「まあまあ、ちょっと冷静になって」今度は一転して宥《なだ》めるような声を出した。この男は基本的に信用できない。これほど簡単に態度が変わる人間に、自分の一生がかかっているようなことは告白できない。

摑まれたままの腕をぐっと引いた。天利も意地になって引っ張り返そうとしたが、力比べで私に敵うはずもない。自分の身がデスクの上に乗り出す段になって、慌てて手を離した。浮いていた腰が椅子を打つ音が、間抜けに響く。私は立ったまま彼の顔を見据え、言った。

「俺はここに、窃盗事件の被害者として来てるんです。調書を取られるためにね。それを無視しておいて、いきなり別件で取り調べですか。これは問題になりますよ」

「ほう、そうかい」天利は早くも、ヘビの残忍さを取り戻したようだった。両手を組み合わせ、そこに顎を載せて、私をじっと睨みつける。「普通の容疑者ならそうかもしれないけど、あんたは刑事だからな」

「刑事の前に容疑者なんですか」

「容疑者でも参考人でも何でもいい」うんざりした口調で吐き捨てる。

「容疑者ではないはずですね。それだったら、もっと一生懸命俺を捜したはずでしょう。

ただの参考人ということだったら、私には証言を拒否する権利がある。そもそも、鉄アレイの指紋だって、不自然だと思ってるんじゃないですか。普通、指紋は決定的な証拠になりますよね？　それなのに、こういう甘い取り調べでお茶を濁しているのは、決め手にならないからだ。他にもっとやることがあるんじゃないですか」

「黙れ！」天利がまたデスクを叩いたが、先ほどよりも音に力はなかった。「よくもまあ、ぺらぺらと。お前は刑事だろうが。それがこんな容疑をかけられて、恥ずかしいとは思わないのか」

「手近なところで済ませようとして、真犯人を見逃しているあなたの方が恥ずかしい」

「ほう、そうかい」天利の頰が痙攣した。「だったら真犯人が誰なのか、教えてもらおうじゃないか」

「俺の家に侵入した人間に決まってるでしょう。そいつが、青山署の一件でも俺のことをタレこんだんだ。俺を陥れようとしてるんですよ」

「妄想だな。根拠は何もない」拳を固め、自分の額を一度叩いて見せた。

「あなたたちが描いてる絵の方が妄想じゃないんですか」

「口の減らん奴だな。よし、いいだろう。青山署の件は、俺は直接タッチしてない。三鷹の山口刑事の件に絞る」

「だからそれは、今回俺がここにいることとは関係ないでしょう」

「さっさと喋れば早く済むぞ。このまま容疑が晴れなくてもいいのか？　青山署もあんたを狙ってるんだ。さっさとここを出て、今度は向こうの容疑を晴らすことを考えた方がいいんじゃないか」

抗弁するのは容易だった。だが彼の言う通りで、まずは論理的に容疑を否定する方が重要である。そもそもこの男と面と向かっているのが苦痛になっていた。椅子を引き、腰を下ろす。私の尻が落ち着かないうちに、天利は質問をぶつけてきた。

「鉄アレイが盗まれたのはいつだ」

「分かりません」

「誤魔化す気か？」

「正確に言えば、盗まれたのに気づいたのは先ほどです。通報する直前」

「いつも使ってるんじゃないのか？　無駄に体を鍛えるために、な。今まで気づかなかったっていうのは不自然だな」

「順番に行きましょうか」

「順番だと？」

「そうです。あなたでも理解できるように、きちんと説明しますよ。君、ちゃんと記録してるな？」記録係をしている多摩署の若い刑事に声をかける。背中を見せていた彼は、一瞬振り返って真顔でうなずいた。天利と本郷に睨みつけられ、すぐに顔を赤くして壁の方を向いてしまったが。私は両手を組んでデスクに置き、一呼吸置いて続けた。「俺が最後にあの鉄アレイを使ってトレーニングしたのは、四日前です」

「毎日やってるんじゃないのか」

「筋力トレーニングは、一度やったら最低四十八時間は間を置かなければいけないんですよ。トレーニングすると、ある程度筋組織が破壊される。それが復活するのに、だいたい四十八時間かかるんです」

「だったら、岩隈に会った十一日にはやってないんだな。あんたの綿密なスケジュールによれば」

皮肉を無視して続けた。

「四日前、正確に言えば五月十日の夜に、署から戻ってあのガレージでトレーニングをしました。時間は午後七時から八時まで」

「それ以来触っていない？」

「ええ」

「ガレージには入っただろう。車は使ってたはずだよな」

「ガレージに入ったからっていって、一々鉄アレイの数は数えませんよ」

「十一日から十二日にかけてはどうなんだ」

「青山署の一件ですか？　あなたはそれには噛んでないんでしょう？　管轄外の事件に口は出さない方がいい」

「噛むことになるかもしれんよ。刑事による連続殺人として、な」

「まだそうなってないでしょう。今は三鷹の一件に集中して下さい」

「あんたにそんなことを言われる筋合いはない」天利の目が細くなった。銀縁の眼鏡を外し、丁寧にハンカチで拭う。間を置いたのは、自分の考えをまとめるためだろう。だがそれが、私にも息を整える余裕を与えてしまうことに気づいていない。

「最後にトレーニングをしたのは四日前。鉄アレイがなくなっていることに気づいたのは今日です。だから、この間に盗まれたことになる」繰り返し、強調した。

「トレーニングはしなくても、ガレージには毎日入るだろうが。車の出し入れをしなくちゃいけないからな」

「その話はさっきも出ましたよ」頭が悪いのでなければ、この男は、私が密かに「循環戦術」と名づけている方法を使っている。相手が忘れた頃に、微妙に言葉を変えて同じ質問をぶつけるやり方だ。相手の答えに違いがあれば、その矛盾を突いていくことができる。ただしこの男の場合、間隔が短過ぎた。

「ふざけるなよ、おい。自分のものがなくなってるかどうかぐらい、どうして分からないんだ」

「鉄アレイはそんなに大きなものじゃありません」私は顔の前に両手を掲げ、その間隔を三十センチほど広げた。「この程度の大きさだし、床に転がってる状態です。そもそも車に乗る時に、鉄アレイのことなんか一々確認しませんよ」

「だけど今日になって気づいた。それは変じゃないか。どうして今日なんだ？」

「家が荒らされているのに気づいて、ガレージも調べたんです。それで初めて、なくなってることに気づきました」

「あんたが自分で持ち出したのかもしれないよな」意地悪く言い、身を乗り出す。「山口さんを殺すために」

「どうしてそんなややこしいことをする必要があるんですか？」大袈裟に溜息をついてやった。「わざわざ鉄アレイを持っていって凶器にする？　それは考えられませんね。だいたい、山口さんはどんな状況で殺されてたんですか」

　答えないので、こちらから言ってやることにした。新聞やテレビのニュースで知ることができた範囲で。

「公園で、いきなり殴《なぐ》りかかられたんじゃないですか？　その凶器が鉄アレイというのは妙ですよね。五キロの鉄アレイはそれほど重くないけど、簡単に持ち運びできるものでもない。少なくとも、コートのポケットに入れておけば嫌でも目立つでしょう。そもそもこの季節にコートを着ていたら、それだけで怪しまれる。バッグに入れておいたら、取り出す時に絶対に気づかれますよね。公園で人を襲う凶器としては適していない」

「一人ならな」唇の端を歪めるように笑いながら天利が言った。

なるほど、そういうことか。彼らは、共犯者がいたと見ている。一人が話している隙を突いてもう一人が殴りかかったか、あるいは一人が体を押さえつけていたか。しかし、天利の取り調べはなっていない。こちらに情報を伝えてしまうとはどういうことだ。それを逆手に取ることにした。

「俺の共犯者は誰なんですか」

「さあ、それはあんたから教えてもらわないと分からない」

「俺がやったと考えるより、俺が誰かに嵌められたと考える方が自然でしょう」

「自然。自然ね」天利の口から、今にも笑い声が零れそうになった。「わざわざあんたを嵌めようとする人間がいるのか？　あんたはそんなに重要人物なのかね」

「俺はそう思わないけど、他人がどう思ってるかは分かりません」

「偉く気取《きど》ってるじゃないか、ええ？」

「話がずれてます。いずれにせよ、俺の方からはこれ以上話すことはありません」

「まあまあ、そう言わずに。これから本番なんだから」にやにや笑いながら天利が続けた。「時間はいくらでもあるんだぜ。ゆっくりやろう」

「無駄だと思いますよ」

「無駄かどうかはこっちが決める」

「あなたのテクニックでは無駄だと言ったんです」

　天利の頬がひきつった。しかし取り調べを続行しようという意思だけは強いようで、手を替え品を替え、質問をぶつけてくる。態度もころころ変わった。時に恫喝《どうかつ》し、時に持ち上げ、何とか穴を見つけようと沈黙を長引かせる。だが最初から穴がない以上、そんなものは見つけようがない。

　腿の上に置いた手を動かしてちらりと時計を見る。この部屋に入ってから既に二時間が経過しようとしていた。四時。昼食を抜いてしまったので、集中力が切れかけている。切れ味のいい蕎麦《そば》やレアのステーキ、炊き立てで光っている米よりも、レガシィのグラブボックスに常備してあるチョコレートバーが何故か頭に浮かんだ。昔の相棒、小野寺冴に倣《なら》ったものだ。そうだ、彼女に連絡しなければ。このまま天利の取り調べを耐え抜く自信はあったが、やはり今後はバックアップが必要だ。

ほどなく手詰まりになった天利が、むっつりと黙りこむ。本郷はほとんど口を開いていなかったが、喋ることもないようだった。彼の方が、状況の難しさを理解しているのかもしれない。確かに様々な矢印が私を指しているが、それはあまりにも露骨で不自然だ。

沈黙を破るように、若い刑事の目の前にある電話が鳴り出した。やけに大きく響くその呼び出し音に、びくりと背中が震えるのが見える。だが精一杯威厳を保とうとするように、わざとらしい低い声で「はい」とだけ答えた。次の瞬間には尻にピンを刺されたように飛び上がり、直立不動の姿勢になる。

「はい、はい、そうです。ええ。そうですけど……代わるんですか?」不満そうな口調が漏れたが、次の瞬間にはまた緊張した声色になった。「分かりました。はい、すぐに代わります」

振り向き、天利に向かって受話器を振ってみせる。天利は不審そうな目つきを彼に向け、「誰だよ」とぶっきらぼうに言ったが、電話の主の名前を聞いた瞬間、椅子を倒しながら立ち上がった。慌てて受話器に飛びつき、こちらも直立不動の姿勢を取る。

「はい、天利です。課長?……失礼しました、署長、ご無沙汰しております」

西新宿署長の水城《みずき》だ、ということはすぐに分かった。今年の二月まで捜査一課長を務めていた男で、天利にとってはかつての上司である。まだ課長という意識が残っているから、ついその呼称が口を突いて出てしまったのだろう。私の顔をちらちら見ながら、天利が相手の話に耳を傾け続けた。ほとんど相槌しか打たず、話の内容は分からない。途中で一度だけ「いや、しかし」と反論しかけたが、それはすぐに封じられてしまった。一方的に電話を聞く展開が一分ほども続いただろうか。天利が殺意に満ちた目つきで私を睨み、受話器を振って見せた。

「代われ」

「ご指名ですか」

「いいから代われ」

立ち上がり、一つ咳払いをしてから受話器を受け取る。水城とは何かと因縁があるのだが、この場で聞く彼の声は非常に心地良いものだった。

「お前、そんなところで何をやってるんだ」非難するようでもあり、からかっているような口調でもあった。「取り調べを受ける立場ってのはどんなもんだ？　俺は経験がないけど、変な感じだろうな」

「からかわないで下さい。不当な調べを受けてるんですよ、俺は」

「まあ、そう言うな」今度は声をひそめて宥めにかかった。「何かがおかしい。それは分かってるな？」

「ええ」

「お前はそこにいるべきじゃない。俺が直接手を出すのはまずいが、すぐに解放されるように手を回そう」

「署長の手を煩わせるようなことじゃありません」そもそも彼が介入してくること自体が不自然だ。私に関する噂が警視庁中に広まっているのは間違いないから、彼が知っていてもおかしくはないのだが、これはあまりにも危険である。

「いいから、人の好意は素直に受け取っておけ。いいか、お前は巻きこまれてるだけなんだぞ」

「署長はどういう事情なのか、ご存じなんですか」

「それは、俺の口からは言えん。だがお前をこんなことでむざむざ犠牲にするわけにはいかんのだ」

「何の犠牲なんですか」

「それは自分で考えるんだな。とにかく、お前をそこから出す。そこから先のことは自分で考えろ」

「それはありがたい話ですけど──」

「お前には味方もいるんだぞ。それを忘れるな」

「署長──」私の呼びかけを無視し、彼はいきなり電話を切った。怪訝そうな表情を浮かべている若い刑事に受話器を渡しながら「電話に出る時は丁寧に応対した方がいい。誰がかけてくるか分からないからな」と忠告した。彼の耳が赤くなる。

取調室に居心地の悪い沈黙が訪れた。私も勝利を味わうというより、得体の知れないものに出くわした不気味さを感じていた。

5

電話が切れてから三分後、再び電話が鳴った。今度は天利が直接受話器に飛びつき、一言二言話した後で、叩きつけるように戻す。たっぷり時間をかけて私をねめつけると「釈放だ」と短く言った。

「天利さん、言葉はきちんと使って下さい」余計なことだとは分かっていたが、突っこまずにはいられなかった。「逮捕されてないんだから、そもそも釈放という言葉は変ですよ」

「ああ、分かってるよ。ごもっともですな」皮肉にボールを打ち返してから、天利が取調室のドアを開ける。刑事課の濁った空気が吹きこんでくるだけだったが、それでも私は自由の意味を理解した。伸びをしてから彼の横をすり抜けようとすると、また皮肉をぶつけられる。

「あんた、随分偉いところにコネがあるんだな」

「俺はコネだとは思ってませんけどね」

「課長をたらしこんでるんじゃ、この先やりたい放題だな、ええ？」

「課長じゃなくて署長でしょう」

「どうでもいい。あの人はこれからもまだ偉くなるだろうしな……だけどいいか、俺はまだ諦めてないからな。これで終わったと思うなよ」

「そうですね。頑張って早く真犯人を見つけて下さい。そうしないと、俺の嫌疑はいつまで経っても晴れないから」

「そういう生意気なことを言っていられるのも今のうちだけだ」

このままずっと遣り合っていることもできたが、黙って頭を下げ、取調室を出た。書類仕事をしている刑事たちが鋭い視線を投げてくる。私の家を調べた内川だけが立ち上がり、こちらに向かって来た。一礼してそのまま立ち去ろうとしたが、彼は私にくっついて来て、階段のところで腕を摑んで引き止めた。振り返ってきつい視線を投げてやる。

「まだ何か用事があるんですか」

「あんたの家からは、潜在指紋以外のものは出なかったぜ」

「そういえば俺は、窃盗事件の被害者として呼ばれたんでしたね。すっかり忘れてましたよ」

「まあまあ、そう突っかかるなよ。俺だって、こんなことになるとは思ってなかったんだから」宥めるように笑みを浮かべたが、本人が期待していたはずの効果はなかった。

「あの連中と示し合わせてたんじゃないんですか」

「まあ、その……こっちだって逆らえないことはある。事件の重みが、な」咳払いを一つ。その顔に苦渋が滲み出すのを私は見逃さなかった。演技とは思えなかった。「とにかく、窃盗の件はそういうことだ。捜査は続けるけど」

「こんなややこしいことをする連中は、手がかりを残すようなミスはしないでしょう」

「ガレージのシャッターには、こじ開けたような跡があった」

思わず振り向き、まじまじと彼の顔を見る。何かが気に入らないという表情を浮かべていたが、私に対してではないようだった。

「うまくやってたんだな、途中までは。でも、最後の最後で失敗した。空巣狙いの手口で、同じようなのを見たことがあるよ。テクニックじゃなくて、力で開けようとする。だからあのシャッター、壊れたんだ」

「壊れた?」

「鍵が閉まらなくなってるよ。それで五センチばかり開いたままになってたんだ」

「なるほど」

「防犯システムをいじった形跡もある。やり方は乱暴だが、プロの泥棒が係わってるのは間違いないぜ。で、本当に鉄アレイ以外に盗まれたものはないのか?」

「今のところは。他に盗まれた可能性があるとすれば、パソコンのデータですね。まだ全部チェックしてないし、大したものは入ってませんけど」

「何か分かったら教えてくれ」内川が私の肩を乱暴に叩いてから、声を低くした。「俺は別に、あんたに対して特別な感情は持ってないぜ。客観的に考えて、何かがおかしいと思う。今回のいろいろなこと、誰かが仕組んだのは間違いないだろう。もしもあんたの自作自演だとしても、ここまで仕込んだらかえって嘘がはっきりするからな。わざとらしくミスしたり、証拠を残したりすれば、プロの目にはすぐにばれるんだよ」

「当たり前じゃないですか」

「この件は、あくまで通常の窃盗事件として調べる」内川の顔に一瞬暗い影が宿った。

「あんたの敵は大物だと思うね」

「内川さん、何か知ってるんですか」

「知らんよ」慌てて首を振る。「単なる予感だ」

「だけど刑事の勘はよく当たる」

「残念だが、そういうことは多いな。今回は外れるといいんだが」言葉を切り、さらに私に励ましの言葉をかけようかと逡巡《しゅんじゅん》している様子だった。だが、それ以上は余計だと思ったのか、「じゃあな」とだけ言って踵を返してしまう。彼の背中を見送りながら、私は細いロープを危なっかしく綱渡りしているのだということを改めて意識した。


署の裏にある駐車場に向かい、車に手をかけた。まさかここに置いてある間に、勝手に中を調べられてはいないだろうが——入念に周囲と内部をチェックしたが、さすがに誰かが手をつけた様子はなかった。午後も遅くなり、Tシャツ一枚ではさすがに肌寒い。後部座席に置きっ放しにしてあったバッグからフライトジャケットを取り出し、袖を通した。寒さを遮断したところで車に乗りこんでエンジンをかけたが、すぐに走り出す気にはなれず、携帯電話を取り出して着信を確認する。一件もなし。宇田川か大西からの連絡を期待していたのだが、それは少しばかり甘かったようだ。

水城。思いも寄らない助け舟だった。しかし事件に関係のない西新宿署長がわざわざ介入してきたということは、私に見えない部分で何か大きな動きがあったことを意味しないだろうか。それを知ることはできないか？　まず無理だろう。しかし、いずれ水城には接触しなくてはならない。彼は明らかに何か隠している。思わせぶりな台詞は、かえって私の疑念を加速させた。今夜にでも、彼と会う手立てを考えよう。

しかし、電話で連絡を取るのは難しい。携帯電話の番号が分からないのだ。唯一の手は昼間、彼が署長室にいるタイミングを狙って警察電話で直接かけることである。だが、どうやって？　西八王子署に行くのは問題外だ。自宅待機を命じられている人間が顔を出したら、何を言われるか分からない。だが早くしないと勤務時間が終わり、水城は官舎に引っこんでしまうだろう。そうすると、摑まえるのはもっと難しくなる。西新宿署は数年前に新築されたばかりで、官舎は庁舎の上にあるはずだ。そこの直通番号を知る術は今の私にはないから——警電簿にも載っていない番号だ——署の受付を通じて回してもらうしかないが、それは不可能だ。

車を出した。否定してみたものの、やはり西八王子署に忍びこんで電話を使う方法しか思いつかない。だがその前に一つ、試してみるべきことがあった。多摩署から西八王子署に向かうには遠回りになるが、管内の交番を幾つか覗いてみよう。パトロールで無人になっていることも多いから、上手くいけばそこの警察電話を使って連絡が取れるのではないか。

が、目論見はあっさり外れた。全ての交番に人がいるか、不在にしてもしっかり鍵がかかっていた。仕方なく西八王子署に向かい、署の駐車場を避けて、近くのコイン式駐車場にレガシィを停める。駐車場側にある裏口には立ち番の制服警官がいないことは分かっていたから、そちらから署内に入り、エレベーターを使わずに階段で二階に上がった。

廊下の左側手前に刑事課の部屋があり、その奥に取調室が三つ、並んでいる。向かい側も同じ作りだが、そちらは生活安全課の領分だ。取調室のドアは、使用中でない時は常に開け放たれている。素早く廊下を走り、刑事課側の取調室三つが全て空いていることを確認して、一番奥の部屋に飛びこみ、音を立てないようにドアを閉める。記録用のデスクに置いてある警察電話に飛びつき、電話番号簿を開いた。西新宿署署長室の番号を探し当て、番号をプッシュする。呼び出し音が鳴る間に、腕時計を確認した。五時五分。間もなく泊まり勤務の交代時間だ。

「水城」短い声で返事があった。

「鳴沢です」

「出られたようだな」

「おかげさまで」

「俺は何もしてないぞ」

「じゃあ、どうして俺は出られたんですか」

「お前が何もしてないからに決まってるだろう……今、電話してて大丈夫なのか？」

「西八王子署の取調室に不法侵入してます」

「どうしてそう、突っこまれるようなことをするんだ」

彼の非難を無視して続ける。

「助けてもらった上にこんなことを言うのは申し訳ないんですが、お会いできませんか」

「どうして」

「何か知ってらっしゃいますよね」

「どうかな」

「何も知らなければ、わざわざこんなことをしてくれるわけがないでしょう。違いますか？」

「今夜九時でどうだ」私の質問には答えず、彼はいきなり面会の時間を持ち出した。

「結構です」

「うちの署の近くだとありがたい」

「分かりました。場所は？」

「ホテルにするか」彼は巨大チェーンホテルの名前を挙げた。西新宿署を一言で言えば、副都心の高層ビル街を守る署であり、近くにはホテルが林立している。「そこの一階に『アゼリア』というコーヒーショップがある。この辺りは、話がしやすい喫茶店が少なくてな。ホテルの方が目立たないだろう」

「目立つとまずいんですか？　俺と会っているところを誰かに見られると、都合が悪いとでも？」

「そういうことだ」

「それはどういう――」

「九時だ。飯を奢るつもりはないから、勝手に済ませてきてくれ」

なおも情報にすがろうとする私を無視して、彼は一方的に電話を切ってしまった。しばらく受話器を見詰めていたが、そんなことをしても何にもならないことは分かっている。頭の中で約束の時間と場所を繰り返し、取調室を出ると、間の悪いことに、刑事課から出てきた熊谷と出くわしてしまった。泡を食ったように口を開け、私を指差す。人差し指の先はぷるぷると震えていた。

「お、お前……」声が情けなく千切れる。喉仏を上下させて唾を呑みこむと、ようやくまともな言葉を吐き出した。「何やってるんだ、こんなところで。自宅待機中だろうが」

「仕事中毒なんです」

「ふざけるな……多摩署に呼ばれたそうじゃないか。今度は何をしでかしたんだ」

「逆です。被害者ですよ」

「何だと？」

「誰かがうちに盗みに入ったんです。調書を取られました」実際には被害者としての調書は取られていないのだが。

「ちょろちょろしてるからそんなことになるんだよ」

「非論理的です。単なるいいがかりだ」

「黙れ……そこで何をしてた？」目線を取調室に向けながら訊ねる。

「ちょっと電話を借りただけですよ」

「電話？　どこへ？」

「それは言えません」

「いい加減にしろ」私の方に一歩踏み出しかけたが、足はそこで止まってしまった。誰かに聞かれるのを恐れるように、急に声のボリュームを絞る。「とにかくさっさと帰れ。こんなところでいつまでもうろうろしてるんじゃない。署長に見つかったら、責められるのは俺だ」

「帰ります。どうもお騒がせしました——もっとも、騒いでるのは課長一人だと思いますけど」

「何だと？」

「失礼します」いきなりダッシュした。おい、という鋭い呼びかけを無視し、階段を駆け下りる。危ないところだった。署を出るまで全力疾走を続け、車を停めた駐車場が見えてきたところでようやくスピードを緩める。

水城は喋るだろうか。何か情報を握っているのは間違いないのだが、それを明かせば彼の立場そのものが危うくなるかもしれない。ノンキャリアの警察官としてはほとんど頂点に上り詰めつつあり、定年まではもう少し間がある。この後さらに上に行くためには、どんな小さなことであっても、ミスを犯す気など毛頭ないだろう。だが私に電話をかけ、おそらくは裏で誰かに手を回したことで、かなり危険な橋を渡ってしまったことになる。私は決して彼に飼われているわけではない。温かい言葉をかけてもらったことはあるが、私のようなトラブルメーカーを庇うほどの義理も気持ちも彼にはないはずだ。

あの行動は私の理解を超えている。

九時まではまだだいぶ間がある。夕食を取って――そしてバックアップを頼む時間もある。

会いたい、と言うと、冴は案外あっさり了解してくれた。それで心配が一つ消える。数か月前、ある事件を巡って私たちの立場の違いが明らかになり、彼女は二度と会わないようなことを言っていたのだが。私の携帯電話の番号は着信拒否になっていなかったようだし、口調もごく自然だった。外回りをしているというので、六時半に吉祥寺で落ち合うことにする。

冴は、私が多摩署に勤務していた時の相棒だ。相棒というより、余り者同士が無理矢理くっつけられたと言うべきか。その時に担当した傷害事件が思いも寄らぬ規模にまで膨らみ、私たちは二人とも傷ついた。その結果彼女は警察を辞め、今は私立探偵をしている。その仕事にプライドも持っているのだが、数か月前のある事件では、彼女のプライドが私たちの間に横たわる溝《みぞ》を浮き彫りにした。立場や見解の相違――では済まされない、刑事と探偵の立場の違い。彼女からの柔らかい告別の言葉は、互いに傷つかないための方便なのだ、と私は考えるようにしていた。いずれ関係は修復でき、また軽口を

な人間にとっては大きなダメージになる。
叩き合うことができるようになる、とも思っていた。数少ない友を失うのは、私のよう

　ＪＲ吉祥寺駅に近づくに連れ、道路は混み始めたが、何とか定刻通りに待ち合わせた店に辿り着いた。彼女が指定してきたのは、駅の南口に程近い蕎麦屋で、いわゆる手打ちを謳ってはいるが、蕎麦だけを食べさせるわけではなく、様々な日本酒とつまみが充実しているようだった。店に入った途端、まずいと直感する。私は酒を呑まないでも済ませられるが、冴は呑む。しかも酒癖が悪い。酔うと果てしなく絡み始めるのだ。

　席に着いて五分後、冴が店に飛びこんで来た瞬間に、私は初夏の風が店内に流れるのをはっきりと感じた。胸元のボタンを二つ開けた白いブラウスに裾が短めの黒いジャケット、グレイのパンツという格好で、長く伸ばした髪を後ろで緩く束ねている。私を認めると、穏やかな笑みを浮かべた。数か月前の険悪なやり取りなど、すっかり忘れてしまったように。

　席は店の一番奥、四人がけのテーブルを使わせてもらった。客は少なく、静かなジャズのＢＧＭが店内の空気を満たしている。

「こういう店だとまずかったかしら」

「蕎麦は好きだよ」

「お酒が邪魔じゃない？」冴は私の懸念を読んでいる。

「人が呑んでるのを見るだけなら、問題ないさ」

「そう？　でも私も、今日はビールだけにしておくわ。まだ仕事中だから」

「まだ仕事？　忙しいんだ」

「それなりに、ね」

冴が店員を呼び、エビスのビールとつまみをあれこれ注文した。行きつけの店のようで、店員と気さくに会話を交わす。私は冷たいウーロン茶を頼んだ。

形だけの乾杯をかわし——グラスは合わせなかった——互いに最初の一口を飲んでから、私は一番重い事実を打ち明けた。

「山口が死んだ」

「知ってる」さらりと言って、冴がビールのグラスを傾ける。形の良い喉が露になった。

「ニュースはいつもチェックしてるから」

「じゃあ、分かってるわけだ」

「何だか訳が分からないということだけは分かってるわよ」

「そうか」

「あなた、疑われてるの？」ずばりと切りこんできた。彼女は絶対に回りくどい言い方をしない。「あれもそうでしょう……岩隈が殺された件」

「そう」

「あの事件に関係していた人間が二人とも殺されたのよね。どういうこと？」あの事件――彼女が警察を辞めるきっかけになった事件だ。

「まったく分からない。一つだけはっきりしてるのは、今のところ容疑者は俺一人しかいないっていうことだ」

「それで、あなたがやったの？」

「まさか」

沈黙。冴が私を疑っているのか、何か別のことを考えているのか、判然としなかった。

「あの件は、完全に片がついたはずよね」

「もちろん」

「じゃあ、何なの？」

「さっぱり分からない」推理はできていたが、まだ彼女に話す段階ではない、とも思った。もしもこの推理が当たっていれば、彼女にも知る権利があるのだが。一度は彼女も絡んだ事件なのだから。

「誰かがあなたを嵌めようとしている？」

「たぶん」

「心当たりは?」

「ないわけでもない。今、調べてる」

「だったら、このまま突き進めばいいじゃない。攻撃は最大の防御って言うでしょう。何を迷ってるの? 鳴沢らしくもないな」

どこか突き放したような言い方だったが、反論する前に次々と料理が運ばれてきて、私たちの会話は中断させられた。昼飯を抜いてしまったのでエネルギーが切れかけていたが、食欲はあまりない。カロリーを補給することだけを意識しながら、無理に箸を動かし続けた。

「美味《おい》しくない?」

「いや、そんなことはないけど」

「義務で食べてるみたいよ」

「そんなこともないけどね……こういうところで飯を食ってると、酒をやめたのが惜しくなるな」

「そんなに意地にならないで、呑んでもいいんじゃない?」

「まだ仕事なんだ——仕事じゃないか。自分の身の安全を守るために動いてるだけだから」

「そう」視線を下に落としたまま、冴が揚げ出し豆腐を口に運ぶ。

「昨夜、今《こん》の家に泊まったんだ」

「あのクソ坊主のところに？」冴の口調が一変した。この二人はまったく気が合わない。天敵同士と言っていい。

「ちゃんとやってたよ」

「またぶくぶく太ってたんじゃない？」

「それは否定できない。静岡は食べ物が美味《うま》いしね」

「あいつの場合、本当は味なんか分からないんじゃないかしら。口に入るものなら何でも食べちゃうんだから」

「本人は美食家のつもりらしいけどね」

「大食家の間違いでしょう」

今の噂話を媒介にして、少しだけ場の雰囲気が柔らかくなった。それを逃さず、今夜の本題を口にする。

「バックアップが必要――」

「無理」私の言葉が終わらないうちに、彼女が否定した。

「返事が早過ぎるんじゃないか？　まだ説明が終わってないよ」

「前にも言ったはずよね。私はやっぱり、あなたと同じ道を歩けない」

「歩いてくれってお願いしてるわけじゃない。今回に限って、バックアップを頼んでるだけだ」

「別の人を当たって」喧嘩腰ではなく、淡々と事実を告げる口調だった。

「信頼できる人間は君しかいない」

「そんなこと、ないでしょう」

「ちょっと待ってくれ」声を低くする。「この一件には、間違いなく警察内部のトラブルが絡んでる。ということは、中の人間を頼るわけにはいかないんだよ。誰が敵か、分からないんだから」

「警察内部の話だったら、それこそ私は力になれないわ。今はただの部外者なんだから。そうでしょう？」

「それはそうだけど……」

「私が今も警察にいれば、力になれたかもしれない。でも外にいたら、警察の中のことに手を突っこむなんて無理よ。警察っていうのは、あらゆる組織の中で一番殻が固いんだから。私は確かにＯＢだけど、一度外に出てしまったら、もう絶対に中には入れない」

「背中を守ってくれるだけでいいんだ」

「無理だと思う」

「立場が違うから？」

「……そういうこと。私たちは、やっぱり別のレールを走ってるから。それにあなたには、警察の中にも味方がいるはずよ。その筋を読み違えなければ、自分を助けることができる。でも私が首を突っこんでトラブルになっても、助けてくれる人はいない」

「勝手にしろってことか」

「そうは言ってないでしょう」

「同じようなものじゃないか」

「残念だけど……ねえ、私は、自分があなたに似てると思ってた」驚いて顔を上げると、彼女が真っ直ぐ私を見詰めていた。「二人とも警察の中では難しい立場にいて、何も言わなくても痛みが分かち合えると思ってた。だから、ああいうことになったのかもしれないし」言ってしまってから、冴が顔の前でさっと手を振った。私たちが一度だけ寝たこと――それを嫌な記憶として消し去ろうとでもいうように。「でも、環境が変われば立場も変わるわよね。もしかしたら私たちは、全然似ていないのかもしれない。私が勘違いしていただけかもしれない。あなたが嫌いだとか、どうなってもいいとか、そういうことを言ってるわけじゃないけど」

「分かってる」

「たぶん私たちは、微妙にずれてるんだと思う。二人ともすぐ暴走するし、周りに迷惑ばかりかけてるしね。でも、同じ列車に乗ってるかと思って横を見たら、実は隣のレールを走ってた。そんな感じかな。並行してるけど、あくまで別の列車に乗ってる」

「あまりよく分からないな」

「実は私も分かってない、かな」冴が寂しそうな笑みを漏らした。「感覚的な問題だから。普段雑な世界に生きてるから、きちんと言葉で説明するのは苦手なのよ」

「そうか」

「私がいなくても、鳴沢なら何とかするわよ。今までもそうしてきたでしょう？　今《こん》だって手伝ってくれるんじゃないの」

「彼の方が、君よりもずっと民間人の立場に近いよ……というか、民間人ですらない。俗世とは縁遠いところに住んでるんだから」

「だったらせめて、菜食主義者になるとか、それぐらいはしてもいいのにね」

「彼の場合、野菜だけ食べても太るんだ」

「そうね」唇の端から笑みが零れたが、力はなかった。「私は心配してないわよ。あなたはこんなことでは死なない」

「俺は心配だよ。当事者だからな」

「でもあなたは、今まで生き残ってきた。だから今回も大丈夫」

「根拠が薄い励ましだな」

「鳴沢みたいな刑事が、一人ぐらい生き残っていてもいいでしょう」

「人を天然記念物みたいに言わないで欲しいな」

「そうね……今夜もまだやることがあるんでしょう？　お蕎麦を食べましょうか。ここ、おろし蕎麦が美味しいわよ」

冴がメニューを取り上げた。そうすることで、私から顔を背けようとしている。甘かった。自分の読み違いを、私は厳しく戒《いまし》めていた。

店を出て近くの駐車場へ歩き出したのだが、彼女は何を言うでもなく横に並んでついて来た。

「こっちでいいのか？」

「この後、近くで用があるから……それより、敵が誰かは分かってるのよね」

「たぶん。これからそれを確認する」

「あなたの想像通りだとしたら、今回の敵は相当悪質ね」

「ああ」

「そういう連中と戦って勝つには、方法は一つしかないわよ。分かる？」

「さあ」

「尻尾《しっぽ》を狙っても仕方ないの。他のことを無視しても、真っ先に頭を潰すことよ。そうすれば、相手は行き先が分からなくなって自滅する」

「その頭がどこにあるかが問題なんだ。この前、完全に潰したつもりだったんだけど」

「あれは、頭じゃなかったのかもしれないわね」

「どういうことだ？」

「頭はどこかに隠れてたのかもしれない。組織で一番大事なのは頭だから、いざという時には隠す工夫もするだろうし――影武者がいたのかもしれないわね。それにああいう連中はしぶといから。もしかしたら死んだふりをしてただけで、また起き上がってきたのかもしれない」

「その時、俺が邪魔になる」

「そういうこと」

冴が立ち止まったのに気づいたので、私も足を止めて振り返る。

「あなたは一度は、あの連中の息の根を止めかけた。あの連中にすれば、あなたは目の上のたんこぶみたいな存在じゃないかな。復讐の意味もあるかもしれないし」

「だけど、それだけじゃ計算が合わないところもある。あの連中のやり口とは思えないところもあるし」ようやく、話したかった方向に会話が向かった。ここぞとばかりに畳みかける。「あいつらなら、もう少し緻密にやると思うんだ。それに、暴力的過ぎる」

「別の敵がいるかもしれないってこと？」

「その可能性は捨て切れない」

「それが誰かは分からない？」

「残念ながら」

「推理だけでも？」

「今のところ、その引き出しは空っぽだ」

「鳴沢」冴が手を伸ばし、私の肘にそっと触れた。「死んじゃ駄目よ。あなたが死ぬと悲しむ人がいるんでしょう？」

　そうだ、とは言い切れなかった。言えないのが悲しかった。ここで私が倒れた時、優美は泣いてくれるだろうか。彼女は遥か一万キロ以上も離れた街にいて、私たちのすれ違いは次第に日常になりつつある。勇樹を介在にしようと思っても、彼に会うことすらできないかもしれない。会えば敵に好機を与える可能性もある。

昼間とは打って変わってひどく寒く、足下を吹き抜ける風が身を切る冷たさを運んでくる。それだけに、冴の手の温もりが、いつまでも肘の辺りに残っているようだった。


水城との約束まではまだ間があった。焦るな、と自分に言い聞かせて、一般道でも高速道路でも制限速度を守って車を走らせる。それでも新宿で首都高を下りた時には、十五分の余裕があった。指定されたホテルではなく、その向かいにある超高層ビルの駐車場に車を預ける。地上に出て歩きながら、あちこちに電話をかけた。藤田——留守電に切り替わる。今《こん》の携帯は圏外だし、自宅の電話には誰も出なかった。宇田川の携帯も反応がない。あの男は真面目に仕事をしているのだろうか。もしも、こちらからの入金を確認してからでないと動かないつもりだったら、どうしよう。明日の朝もう一度電話して、急《せ》かすことにした。彼の重い尻を蹴飛ばす言葉を考えていると、電話が鳴った。まだ十分余裕がある。ガードレールに腰かけ、周囲に目を配りながら電話に出た。あまり話したくない相手だった。聡子。

「あんたの家に泥棒が入ったらしいわね」

「ええ。まったく、ひどい目に遭いました」

「それに気づいたのはいつ？」声は冷たく、まさに取り調べ用の喋り方だった。「今日だって？」

「そうです」

「鉄アレイが盗まれてるのに気づいたのも同じ。私に言ったのとは違うじゃない」

「それは――」

「どういうこと」聡子の口調は厳しかった。

「俺は容疑者ですか」

「ええ？」

「取り調べみたいな喋り方をするから」

「あんた、何を隠してるの？　私に隠し事をしなくちゃいけない事情でもあるわけ？」

「俺だって、何でもかんでもぺらぺら喋るわけじゃありませんよ」

「私に対しても？」

「誰に対しても、です」短い沈黙は、彼女が怒りを鎮めるために必要なものなのだろう。

私も無言でつき合った。

「気づいたのは今日、本当にそれでいいのね？　それを公式見解にするつもりね」

「ええ」

「どうして」

彼女がリハーサルのつもりで質問しているのは明らかだった。それに合わせて言い訳を続ける。

「忙しかったんですよ。昨日はあちこち走り回ってて、家に戻ったのが今日ですから」

「分かった。その言い訳を最後まで続けなさいよ」

「どういうことですか」

そんなことも分からないのか、と言いたげに聡子が溜息をついた。

「私は昨日の昼の段階で、あんたから鉄アレイの話を聞いている。それにあんたの指紋が鉄アレイについていたことは、鑑識の調べでも確認された」

「ええ……」顔が蒼褪《あおざ》めるのを意識する。彼女の立場が悪くなっているのだ。

「こんなことはわざわざ言いたくないけど、私はあなたを庇ったのよ。本当は報告すべき事実を、自分の胸の内にしまいこんだんだから」すいません、と短く謝ったが、彼女の怒りは一向に衰えない。「こんなことはすべきじゃなかったかもしれない。私があんたを信じていても、捜査は別なんだから」

「黙っていたことがばれると、あなたの立場も悪くなる」

「そういうこと。何で最初からきちんと話してくれなかったの？　何を隠してるのよ」

「言えないこともあります」

「一人で何でもできるつもり？」

「それは正確じゃないな。つもりも何も、今は一人で何でもやらざるを得ないんです。できる、できないは関係ありません」

「結局あんたは、他人の助けを受けるつもりはないわけね」

聡子がいきなり電話を切った。冴と聡子。信頼できる人間二人にいきなり拒絶されたショックは大きかったが、それを噛み締める間もなくまた電話がかかってきた。マイケル・キャロスの番号が浮かんでいる。彼の声は雑音に消されそうになっていた。

「ハイ、ミスタ・ナルサワ」

「ミスタ・キャロス。今どこですか」

「間もなく品川です」

「京都はどうでした」

「こういう場合、『これぞ日本の伝統』とか言うべきですかね。海外からの観光客が京都に来たがるのは分かりますよ。アメリカで言えばニューイングランドみたいな感じでしょうか」

「それより千年ほど京都の方が歴史が古い。そういう話ならあなたに勝ち目はないけど、続けますか」

「いや、そういうことで電話したんじゃない。単なる定時連絡ですよ」

「何か変わったことは？」

「特にありません。関西での仕事は無事に終わりました。東京へ戻ったら、ホテルへ直行します」

「ユウキに監視はついてるんでしょうね」

「緩く、ね。そんな露骨にはできませんよ。ユウキだって、そういうことには敏感になってるんです。縛りつけられてるみたいに感じて欲しくない」

「きつくてもいいんです」私は思わず言葉を荒らげた。「あなたは、それで一度失敗してるでしょう。絶対に目を離さないで下さい」

「その言い方はきついですね、ミスタ・ナルサワ」キャロスの声が沈みこんだ。ニューヨークでの失敗。勇樹の希望を受け入れてちょっと自由にさせたばかりに、事件に巻きこまれたこと。あの時キャロスは、一生分以上の罵声《ばせい》を浴びた。

「……申し訳ない。そういうつもりじゃなかったんだ」

「いいんです。確かにあれは私のミスでしたから。でも、ユウキにはもっと自由に、子どもらしく遊ぶ権利があるでしょう。私はそれをなるべく大事にしてあげたい」

「それは分かります」

「ユウキがあなたと話をしたがってますよ。代わりますか」キャロスがあっさり立ち直ったので、私は胸を撫で下ろした。ほっそりした体型の神経質そうな男だが、見かけよりも中身はずっと図太いのだろう。そうでなければ、芸能界で長年仕事を続けられるわけがない。それに私は、基本的に彼に好意を持っている。勇樹のことでは一生懸命やってくれているのだ。

「お願いします」

一瞬間が空いた後、勇樹が電話に出た。珍しく、どこか拗《す》ねたような口調だった。

「元気?」

「まあな」体も車も少しだけ傷を負っていることを除いては。「京都は楽しかったか?」

「お寺ばかりで、何だかね」確かに、子どもにはつまらない街だろう。

「でも、食事は美味かっただろう」

「まあね。でも、何だか味が薄いんだ」

「それは、アメリカの食事の悪いところに慣れてるせいだよ」

「そうかなあ」

「さては、そろそろアメリカが恋しくなってきたか？」

「そうじゃないけど」珍しく、言葉を濁すような言い方だった。

「どうした？　何か気になることでもあるのか」

「うん」

「何だよ、はっきり言えよ」

「会った時に話したいんだ。ねえ、了の家に行けるよね？　ゆっくり話せるよね」

「ああ、それは――」

「無理？　駄目かな」私の言葉に被せるように言った。ほとんど懇願するような口調になっている。これも珍しい。自分の希望をはっきり押し通して人を煩わせることなど、ほとんどないのに。

「いや、無理じゃないけど」

「どうしても会いたいんだ。電話じゃ駄目なんだよ」

「何だ、年寄りみたいなことを言うんだな」

「本当に大事なことは、電話じゃなくて直接会って話した方がいいんでしょう？」

「まあ、そうだけど」

「大丈夫だよね？」すがるような口調だった。「駄目かな」

「気になるなあ」わざとおどけた声を出してやった。「そんなに引っ張られると、気になって夜も眠れなくなるよ」

「でも、会って言うから。それが僕の役目なんだ。いいよね？」

「頑張るよ」

「家に行けなくても仕方ないけど、本当に会いたいんだ」

「この前会った時に言えばよかったじゃないか」

「あの時は、家に行けると思ってたから」

「そうか」

会話は手詰まりになった。何とか二言三言会話を交わしてから電話を切る。とうとう「大丈夫だ」とは言えなかった。私が何の保証もしなかったことで、勇樹は傷つくかもしれない。約束して、それを果たせないのはいけないことだ。だが、果たせる自信がないから約束すらしないというのは、もっと卑怯なことではないだろうか。

結論は、私には分からなかった。というより、結論を避けていたのだろう。世の中には難しい問題が山ほどあるが、家族の問題ほど難しいことはない。いつの間にか私は、そういう問題に直面せずにすり抜ける術を覚えている。自分がとてつもなく卑怯な人間であることを意識した。

闇に包まれた街を見回す。副都心は基本的に昼間の街だが、ホテルが多いせいもあって夜も人出は少なくない。行き交う車のヘッドライトが細い線を作り、新宿の夜景に縞模様を作った。

6

思わぬ電話二本で、余裕があったはずの時間はマイナスになった。「アゼリア」に駆けこんだ時には、約束の時間を五分ほど過ぎていた。

水城は広いコーヒーショップの一番奥の席に陣取り、新聞を広げていた。ネクタイをしていない彼を見るのは初めてだったかもしれない。濃紺のジャケットにグレイのパンツ姿だが、上着を着替えてネクタイを外しただけだろう。シャツはきちんと糊の効いた白いレギュラーカラーだし、足元も磨きこまれた黒いオクスフォードだった。

「遅れました」

「俺も今来たところだ」あながち嘘ではないだろう、と思った。テーブルの上には水の入ったコップがあるだけで、まだ注文を済ませていない様子である。読んでいた日経新聞を丁寧に折り畳み、隣の椅子の上に置いた。私はその様子を少しだけ長く見過ぎたかもしれない。彼は「俺が日経を読んでたらおかしいか」と訊ねてきた。

「そんなこともありませんけど」

「座れよ」気楽な調子で言って、椅子を勧める。「もう勤務時間外なんだ。それに俺とお前は上司と部下の関係でもない」

「じゃあ、何なんですか」腰を下ろしながら訊ねる。ウェイターが水を持ってきたので、水城は私の質問を無視してコーヒーを二つ頼んだ。注文してから「それでいいな？」と確認する。私はうなずくしかなかった。この時間にはもう、コーヒーは飲みたくないのだが。

　広いコーヒーショップにはほとんど客はおらず、寒々とした空気が流れていた。私たちの座る席の背後、天井まであるガラス窓の外側は人工の滝になっており、常に水が窓を洗い流している。寒く感じるのはそのせいもあるようだった。

「何なんですか、という質問には答えにくいな」水城が太い眉をかすかに動かした。「俺たちは何度か一緒に仕事をしたけど、そもそも直接上司と部下の関係だったことは一度もない。その割に、お前にはいつも冷や冷やさせられたけどな」

「分かってます。その件については謝罪します」

「たまげたな、お前も謝るのか。それにしても、今さらお前に謝られたって、俺には一文の得もないよ」水城が苦笑いを浮かべた。「上司の仕事なんてのは、所詮《しょせん》部下のフォローをすることだけなんだから。どのビジネス誌を読んでもそう書いてあるぞ」

「ビジネス誌なんか読むんですか?」

「刑事の技術は一子相伝で伝えるべきだが、管理職のノウハウはそういうものじゃない。マニュアルが必要なんだよ。大体俺は、もともと現場の人間だからな。管理職になって、どうしたらいいものか悩んで、ビジネス関係の本を読みまくった」水城は機動捜査隊、鑑識、捜査三課と刑事部の主要な部署を渡り歩いて出世の階段を駆け上り、その後一課長として二年、三百六十人の猛者《もさ》を率いてきた。今いる西新宿署は警視庁の中でも十指に入るマンモス警察署で、それなりに気苦労は多いはずだが、一課長時代の緊張感に比べれば天国だろう。

「で、俺は部下としてはどうなんですか」

「お前は部下じゃないだろうが……まあ、ビジネス誌に書いてあるノウハウは通用しない男だな」

「そうですか?」

「ある雑誌の今月号に『危険な部下の見分け方』という特集があった」水城がシャツの胸ポケットから煙草を取り出し、火を点ける。この男が煙草を吸うとは知らなかった。

考えてみれば、会うのは常に捜査本部の置かれた会議室などであり、そういう場所は禁煙になっているのが常なのだ。「最近、いきなり切れる若い奴らが多いそうだな。警察では少ないと思うが」

「ええ」話の先行きが見えなかった。

「いきなり切れるように見えても、必ず兆候があるそうだ。上司はそういうところに目を配りましょう、という話だった。特集のタイトルは『切れる部下の見分け方』だったかな……最近のビジネス誌はそんな特集ばかりだよ。部下の精神的ケアとかな。そんなに気を遣ってやらなくちゃいかんのかと思うと、ちょっとばかりうんざりするが、それが時代の趨勢《すうせい》ということなんだろう……しかしお前は、そういう若い連中とはまったく別だ。危険な、という意味から言えば、お前が首を突っこんだところは必ず炎上する。誰かが痛い目に遭う。そういう危なさと、いきなり切れるような危なさと、上司からすればどっちが厄介なのか分からん」

「別にわざとそうしているわけじゃありません」

「無意識にそういうことをやられるから困るんだよ、上の立場としては」

「いろいろとご面倒をおかけしました……でも、それで誰かが責任を取って辞めたということはないでしょう」

「それは程度問題だ」コーヒーが運ばれてきたので、水城が口をつぐんだ。煙草をくゆらせながら、ウェイターが視界から去るのを待つ。身を乗り出し、灰皿の縁で煙草を二度叩いてから口を開いた。「功罪相半ばということだろうな。お前がやることには一々混乱させられるが、その結果、隠れていた悪事が明るみに出たのも一度や二度じゃない」

「だから今回、俺を助けてくれたんですか」

「お前はまた、渦の中に巻きこまれてるんだぞ」

「どういうことですか」渦。その言葉が意味するものはすぐに分かった。水城も私と同じ結論に達しているのだ。しかしはっきりと彼の口からその結論を聞きたい。

「間違った捜査を進められたら困る。一課のOBが口を出すのは筋違いだが、今回の件はあまりにもおかしい……敵を作り過ぎたんだよ、お前は」水城がコーヒーカップを口元に運んだ。「チャンスがあればお前を潰そうとしている人間はいるんだ」

「そうかもしれませんけど、そのために人を殺したりするのは、絶対に許されませんよ」

「それは正論だな。青山の事件の被害者がどんな人間だったか、俺は知らんが、仮にクズみたいな人間であっても、殺される理由にはならない」

「その通りです」

「山口の件は見当がつかん。あれは、何か別の話かもしれないな」

「公安の事件絡みでしょうか」私は声を低くした。どうせ大したことはない――公安の事件は大抵羊頭狗肉なのだ――はずだが、どうしてもこの件を口にする時はそうなる。

「それは公安の方に聞いてもらわないとな。俺はあくまで刑事部の人間だ」

「課長――署長、何か心当たりがあるんですか」回りくどい会話を寸断して、私は正面から斬りこんだ。水城が音を立ててコーヒーを啜り、灰皿に置いた煙草を取り上げる。立ち上る煙をすかすように私を見た。二人とも同じ答えを持っているはずだ、とでも言いたそうだった。

「お前はどう思う」

「十日会ではないかと思います」水城の前でその名前を口にする時、痺れるような緊張感が背中に走った。

「いい線だ」

「あの事件で痛い目に遭った人間はたくさんいるはずです。署長も被害者みたいなものでしょう」

十日会の事件。それは警察内部の派閥抗争が暴走した結果、生まれたものだった。水城が一課長に就任したのは、その混乱を収拾するためだったとも言われている。私が知る限り、彼は派閥に関係なく、非常にニュートラルな立場にいる人間なのだ。しかし、ゴミ掃除を命じられて喜ぶ人間はいない。どれだけ美味しい餌を提示されたとしても。

「被害も何も、俺の場合は単に仕事をこなしただけだ。余計な連中を蹴り出して、あの連中の影響力を排除するというな。そして課長でなくなっても、まだ責任はあると思う……つまり、処理が中途半端で終わってしまったのかもしれない。完全に潰し切れなかったから、あの連中はまた動き出したんだ。それでお前が渦に巻き込まれたんだ。これは、管理職として俺がやり残した仕事だ。立場が違っても、やり遂げないといけない」

「それで俺を助けてくれたんですか」

「結果的にそうなった、ということだ。十日会の動きを牽制するためには、お前を多摩署から引っ張り出さなくてはいけなかった」

「あの事件で、十日会の人間が全て排除されたわけじゃないでしょう。直接事件に係わっていない人間もいたわけですから」

「いい線だな」うなずいて繰り返す。

「そういう連中が、また起き上がろうとしているんじゃないですか」

「大きな枝は切っても、下の方にはまだ新しい枝が残ってたんだろう」煙草を灰皿に押しつける。怒っているのはその仕草からも十分に分かった。力を入れ過ぎたのか煙草が半分に折れ、ガラス製の灰皿の片側が浮き上がってがたりと音を立てる。

「そうなんですか?」

「十日会のメンバーが何人いるか……濃淡はあれ、百人規模だと思う。それを全員、影響力の少ない部署に移すには、二年や三年では無理なんだよ。外に出るとまずい話もある。隠密裏に済ませないといかんのだ」

結局あの事件は、捜査も処分も穴だらけだったのではないか。きっかけを作ったのは私だが、最終的に処理したのは監察である。そして所詮、監察が徹底的に警官を調べることはないのだ。いかに外部の圧力が高まろうが、必ず一線を引いて、トカゲの尻尾切りで事を済ませようとする。組織全てが腐っていたわけではない、一部の馬鹿者がやったことだ、とアピールするために。

「つまり、生き残りはいるわけですね」

「全員の馘を切ることは不可能だろう」忌々しそうに言って、水城が新しい煙草に火を点ける。「そんなことをすれば大事《おおごと》だからな。警視庁そのものが大揺れする。結局長い時間をかけて、自然消滅するのを待つしかないんだ。要所から外すとか、定年になるのを待つとか。圧力をかけていけば、定年になる前に自分から辞めざるを得なくなることもある」

「だけど連中は、また動き出した」

「そういうことらしい」

「署長は、具体的な動きはご存じなんですか」

「俺の耳に入っているのは、あくまで抽象的な話だけだ」首を振り、顔をしかめる。

「しかしどうも、今回はやり方が稚拙だと思う」

「それは俺も感じてました」

「以前の連中なら、もう少し上手くやってただろう。トップが潰されたから、知恵を出す人間がいなくなったのかもしれん。先輩たちがやっていたことを下手に真似してるだけなんじゃないか」

「劣化コピー」

「それだな」煙草の火先を私に突きつける。「同じようなやり口を真似してるんだろうが、どうしてもレベルは低くなる。そういうことだろう」

「そうだとしても、俺にはまだ出口が見えません」

「何とかなるだろう。今までも、お前は何とかしてきたんだからな」

「そう言うだけなら気楽ですね……署長はまずい立場になりませんか」

「さあ、どうだろう」他人事のような口調だった。「俺は定年までそれほど時間があるわけじゃない。別に失うものはないからな」

「しかし……」

「人の心配をする前に、自分の心配をしろ。何度も助けてやれるわけじゃないんだぞ。今回のことも、正式には何もしてないんだからな。何人かに話をして、結果的にそれが圧力になっただけだ。向こうがもっと精密な方法で攻めてきたら、太刀打ちできないだろう」

「そうですね」

「とにかく、大人しくしてろ」今夜初めての具体的なアドバイスだった。「二件の殺しは、どこかでつながってるかもしれない。お前は自分で何とかしたいと思ってるかもしれないが、それは危険だ。相手の術中にはまるだけだぞ」

「そういうわけにはいきません」

「年長者の忠告は聞くもんだ」

「……分かりました」言い合いを続けても埒《らち》が明かないと判断し、ここは一度引くことにする。彼が納得するかどうかは別問題だ。

「ま、俺はさほど心配してないがな」かなり無理して笑って煙草を揉み消し、伝票を摑んで立ち上がる。「後から出て来い。一緒にいるところを誰かに見られると、面倒なことになる」

「分かりました」

「暇なら新聞を置いていってやるぞ」

「俺は日経は読みません」

「それじゃあ、今後二課に行くチャンスはないな。株価や社会の動きぐらいチェックしておいて損はないぞ」

「そういうのは性に合いませんし、二課の仕事に興味はありません」

「そうか。とにかく気をつけろよ」

「ありがとうございます」

うなずき、水城がレジの方に去って行った。その後ろ姿を見送りながら、私は何か皮肉な言葉を捻り出そうと考えていた。何と物好きな人間か、とか。しかし頭に浮かぶのは、彼に対する感謝の言葉ばかりだった。

もう少しきちんと礼を言っておけば良かった。そういう思いは、気づいた時には大抵手遅れになっている。

車を停めた高層ビルは、ホテルと道路一本隔てただけなのだが、そこに辿り着くまでには随分時間がかかってしまった。広い道路を横切る横断歩道の信号待ちが異様に長かったうえに、駐車場へ降りるエレベーターがなかなか来なかったのだ。

駐車場の空気は淀み、オイルとゴムの臭いがかすかに流れている。どこかで回っている空調装置の音がやけに煩《うるさ》く、私の注意力を削いだ。レガシィに辿り着いてロックを解除した瞬間、脇腹に硬いものが当たる。

「動くな」

訛《なま》りの強い英語だった。

「両手は上げた方がいいのか」

「必要ない」相手の声には余裕が感じられた。「車に手をつけ」

逆らうことはできたが、この場は相手の言う通りにすることにした。レガシィのルーフに両手を置き、相手がボディチェックをするに任せた。

「武器は持ってない」

私の言葉を無視して相手がボディチェックを続ける。最後はジーンズの裾をまくり上げた。その間も、体のすぐ近くに刃先の存在を感じていた。

「日本の刑事は銃を持ち歩かないいぜ」

「黙ってろ」

ようやく満足がいったようだった。ナイフの感触が脇腹に戻る。

「ブツはどこだ？」

「何だ、それは」

「ブツだ。お前が持ってるブツだ」

「何のことか分からないな」

「惚けるなよ」

「惚けてない。あんたが欲しいものが何なのか、それが分からなければ答えようがないじゃないか」

「ブツを寄越せ」

相手もその「ブツ」が何なのか分かっていないのではないか、と思った。ただ私が何かを持っているものと疑っている。思い当たる節はまったくなかった。

「何も持ってないぞ」

「ふざけるな。嘘をついてもすぐ分かるぞ」刃先がフライトジャケットの生地を鋭く突き抜けるのを感じた。背骨のすぐ右側に、尖った冷たさが走る。徹底した背筋運動で盛り上げた筋肉も、刃物までは防いでくれないだろう。

「嘘じゃない。あんたが何を言っているのか、まったく分からない」

「おいおい、頼むよ」相手がこの状況を楽しんでいることは明らかだった。訛りから正体を推測しようとする。確信はもてなかったが、アジア系の人間ではないか、と思った。元々母国語を持っていて、その後アメリカで育った人間。ふいに頭に矢印が浮かび、それがある可能性を指し始める。

「おふざけはここまでだ。さっさとブツを出してもらおうか。拒否するならあんたを殺して、それからゆっくり調べてもいいんだぜ」

「無理だな。ここは車の出入りが多い。あんたの育った国ではどうだか知らないけど、この街は二十四時間眠らないんだぜ？　こんなことをしていたら、絶対に誰かに見られる」

　私の言葉が引き金になったように、駐車場にヘッドライトの光が満ちる。タイヤが床を鳴らす音が耳に突き刺さった。ナイフの感触が消え、一瞬、相手の体が離れる気配がする。私はその隙を見逃さず、一歩前に踏み出して体を反転させた。小柄な男だ。私と同じようなフライトジャケットにジーンズ、顔はマスクとサングラスでほぼ完全に隠れている。視界の端でナイフが煌《きら》めいた。顔を庇って上げた腕を、鋭い刃先が襲う。ナイフはフライトジャケットの生地を切り裂き、左肘の辺りを鋭く切りつけた。痛みをこらえながら、相手が手を引いたところを狙い、右足で手首を蹴りつける。ナイフが宙を飛び、男の背後に転がった。慌てて振り向き、ナイフを拾おうとするところを、一歩踏み出して腰を蹴りつける。男が前のめりになり、一、二歩よろめいてナイフを取り損ねた。そのまま襲いかかり、背中に拳を叩きつける。私の腕から流れ落ちた血が、男の背中を汚した。腕を摑まえて振り回し、レガシィのバンパーに思い切り叩きつける。一瞬怯んだものの、男はさほどダメージを受けなかったようで、ナイフを無視したまま逃げ出した。私はすぐに追いかけ始めたが、一台の車のヘッドライトが目の前で爆発して、立ち止まらざるを得なくなった。私たちを轢き殺そうかという勢いで走ってきて急停止した車のドアを引きちぎるように開けると、男が頭から後部座席に飛びこむ。ドアは開きっ放し、男の足が外に突き出したままの状態で車が急発進する。私は背後に飛びのき、駐車してあった車に背中をぶつけながら避《よ》けた。通路に転がり出し、寝転がったままナンバーを確認しようとしたが、既に肉眼で見えない距離にまで遠ざかっていた。リアタイヤをスライドさせて通路の角を直角に曲がり、消えて行く。

追いかけようとレガシィに体を滑りこませた瞬間、眩暈が襲う。腕の痛みは耐え難く、手を置いたシフトレバーが赤く染まる。

「クソ」つぶやく自分の声は疲れ切り、私は命が少しずつ流れ出しているのを意識した。

「あんた、血の気が多いと言われたことは？」

　私を治療してくれた医者は、髭の中に顔があった。前腕部を七針縫い終えたところで、何故か上機嫌だった。

「どうしてですか」

「かなり出血したはずだよ。それは自分でも分かってただろう。普通、救急車を呼ぶよな」

「大した怪我でもないのに救急車を呼ぶ人間が多いことが、問題になってるじゃないですか。東京消防庁がどれぐらい忙しいかぐらい、分かってますよ」実際私は、自分で救急指定の病院を調べて駆けこんだのだ。オートマチック車でよかったとつくづく思う。左腕の痛みは痺れに変わりつつあり、マニュアル車だったらシフト操作に難儀しただろう。

「いい心がけだね」立ち上がり、私の肩を思い切り上から叩いた。先ほど切りつけられた時よりもよほど強烈な衝撃が、体中を駆け巡る。デスクにつき、診断書をさらさらと書き飛ばしながら訊ねた。

「で、その傷はどうしたんですか」

「襲われたんです」

「警察には届けた？」

「俺が警察官ですから」

「おやおや」こちらを向いた。目が大きく見開かれているところを見ると、驚いているのだろう。その時私は名札を見て、彼の名前が荒尾《あらお》であることを知った。荒尾。極端に珍しくもないが、日本人に多い苗字ベストテンに入ることもないだろう。

「先生、失礼ですがご兄弟は？」

「何だい、いきなり」荒尾が目を細める。この男は目だけで十分感情を表現できる、ということが分かった。

「いや、八王子の病院に荒尾先生という知り合いがいるんです」

「八王子？」それまではよく通る低い声で話していたのだが、いきなり脳天から突き抜ける甲高さになった。「ああ、そりゃあ俺の弟だね」

「やっぱり」

「似てますか？」

「いや、全然。でも苗字で分かりました」

「なるほどね……鳴沢さん？」

「はい」

「思い出したよ」ボールペンの先を私に向ける。私は薄い照明の下で煌めいたナイフの光を思い出した。「そう、弟があんたのことを話してた」

「あまり楽しい話じゃないでしょう」

「実際、あんたが絡んでくると、いつも大事《おおごと》になるそうじゃないですか」

「それはたまたまです。弟さんは何か誤解しておられるようですから、よく言っておいてくれませんか」

「そうでもないんじゃないかな。うちの弟は大袈裟なことは言わないタイプだ」椅子を九十度回転させて、荒尾がデスクに向き直った。「いきなり襲われて……しかも警察に届ける気はないって言うんでしょう？　これがややこしい事件じゃなくて何だっていうんだ」

「だから、俺が警察官ですから」

「それは理屈になってないよ」

「どうせ自分で調べるんです」

「調べるも何も、あんたは八王子の刑事でしょうが。新宿くんだりで何をしてるのか知らないけど、ここではただの被害者でしょう？　説得力がないなあ」

「医者を説得するのは労力の無駄ですから。黙って逃げ出すしかないんです」

「まったく、弟が言ってた通りだな。そういう風にむきになってると、いつか命取りになるよ。今回だって危なかったんだ」

「そうですか？　大したことはないと思いますけど――」

「相手は相当の使い手だぞ」書類に視線を落としたまま、低い声で忠告した。「よほど刃物が鋭いか、腕が立たないと、そういう傷にはならない」

「さすが、怪我のことはよくご存じですね」

「馬鹿にしたもんじゃないよ」反論ではなく、私の無知をたしなめる口調だった。「新宿なんかで医者をやってると、刃傷沙汰で運びこまれてくる患者を何百人と診《み》ることになるんだから。繁華街だから当然でしょう？　それに最近は、荒っぽい外国人も多い。まあそれはともかく、あんたを狙った人間は素人じゃないだろうな。綺麗に切れてるから治りは早いと思うけど、場所が場所だったら危なかったぞ」

「気をつけますよ」立ち上がり、上着に腕を通そうとして顔をしかめた。フライトジャケットは、左肘の下、手首に近い方が切り裂かれている。元々モスグリーンだった生地は血に染まって、その周辺が黒くなっていた。着られないことはないが、どうにも気分が悪い。普段はそんなことを考えもしないが、縁起も悪い。まさか、この格好で背広の上着を着るわけにもいかないから、何か着る物を手に入れなければならない。

「これ、捨てていってもいいですか」彼の前にフライトジャケットを掲げてみせる。

「駄目」書類にボールペンを走らせながら、荒尾があっさり拒絶した。「ここはゴミ捨て場じゃないから。ちゃんと自分で処分して下さい。新宿区では衣類は可燃ゴミだからね、分別はきちんと守って」

「痛み止めか何か、いただけないんですか」痺れのような痛みは引いていたが、今は鋭く小さな痛みが鼓動に合わせて私を痛めつけていた。致命的ではないが、集中力を削ぐのは間違いない。

「その辺の薬局で、市販の痛み止めでも買いなさいよ。アスピリンで十分だ。どうせこっちが出す薬と成分は同じなんだから。ただし、一回二錠と書いてあったら四錠呑むこと」

「何だか自殺を勧めてるように聞こえますけど」

「まさか。薬局で売ってる薬に含まれてる有効成分は、医者で処方する薬の半分ぐらいなんだ。説明書に書いてある量の二倍ぐらい呑んでちょうどいい」

「分かりました。どうもお世話になりました」

　処置室を出て行こうとすると、荒尾が背中から声をかけてきた。

「あのさ」振り向くと、顔の前で神経質そうにボールペンを細かく揺らしている。「誰かに泣きついた方がいいと思うけどな。あんたが何の仕事をしてるのか知らないけど、一匹狼を気取っていても、何の得もないんじゃないか」

「一匹狼を気取ってるわけじゃないんです」

「じゃあ、何なんだ？　自分一人でやろうとしてるんじゃないんですか」

「誰も相手にしてくれないだけです。自分の意思で一匹狼になるのとは、全然違うでしょう」

「なるほど」髭の一部が引き攣った。笑おうとして失敗したのだ、ということはすぐに分かった。「弟があんたを苦手にしてる理由が分かったよ」

「そうですか？　私は好きですけどね」

「苦手にしてるって言ったんだよ。あんたのことが嫌いだって言ったわけじゃない。弟はあんたのことを気に入ってるんだぜ？　それなのにいつも忠告を無視するから、やきもきするんだろう」

「そうですか」喉の奥に熱いものがこみ上げてくるようだった。荒尾とは何度か、病院に担ぎこまれた被害者の扱いを巡って、丁々発止のやり取りをしたことがある。大抵、私が強引に要求を押し通した時だった。荒尾が毎回うんざりしていたのは間違いなく、彼が私に対してそんな感情を抱いているとは思ってもいなかった。

「あまり突っ張ってないで、さ。こんな話を聞いたら、弟はまた心配するぜ」

「弟さんに伝えてもらえませんか？」

「何を」

「そんなに心配なら、今度弟さんの病院で人間ドックに入ります。安くするようにお願いしておいて下さい」

「鳴沢さんよ」荒尾が深い溜息をついた。

「はい？」

「残念ながら、俺はあんたのファンになれそうもない」


あの地下駐車場のセキュリティはなっていない。痛みと引き換えに私が手に入れた結論はそれだけだった。地下二階部分全てを占める駐車場は四つのブロックに分けられ——柱が色分けされていた——合計で百二十台が停められるようになっている。そのうち、月極《つきぎめ》の契約が十台分。そこは全て埋まっていたが、残る時間貸し用のスペースは三分の二が空だった。

私は駐車場をぐるりと見て回った。自分の血が零れ、オイルのように黒い染みを作っている場所に出た時は嫌な気持ちがしたものだが、出血量に比して怪我は浅かったのだ、と自分を納得させる。七針縫うぐらいの傷は怪我の内に入らない。学生時代にラグビーをやっていた頃は、頭をスパイクで蹴られて十五針縫ったことがある。その傷は、今も髪の下に隠れているはずだ。もっとも、過去の記憶と現状を対比させても、それで痛みが消えるわけではなかった。

防犯カメラがあるはずだと、周囲を見回す。奇妙な感じがした。こういう場所はありとあらゆる人間が出入りするから、犯罪の温床になる可能性もある。何かの時のために、防犯カメラを設置するのは当然ではないか。それも、これだけのスペースがあれば複数台を。そう考えたが、このビル自体の完成は三十年も前のことだったのだ、と思い出した。その頃はあまり防犯に気を遣う風潮はなかったはずだし、改めて工事をするのは、コストパフォーマンスの面で問題があったのかもしれない。もっとも、そういう金を惜しんだが故に、金では買えないものを失うことはままあるのだが。

出入り口が巨大な換気口になっているせいか、常にかすかな風が流れている。ひんやりとした空気に首筋を撫でられ、Tシャツ一枚の私は思わず身震いした。後で何か、上に羽織るものを仕入れないと。確かこの近くの甲州街道沿いに、二十四時間営業のジーンズショップがあったはずだ。ここを離れたら、あそこに寄ることにしよう——今日も家に帰れる保証はないのだから。やはり今《こん》のパジェロを借りてくるべきだった、と後悔する。あの車は、私一人ぐらいなら楽に寝泊まりできるスペースがあるのだ。

　駐車場の出口に向かう。入り口には自動の駐車券発券装置があるだけだが、出口には小さなブースがあり、中には青い制服姿の男が一人、詰めていた。制帽の裾から髪がはみ出し、制服の着こなしもどことなくだらしない。年の頃六十歳ぐらいだろうか。すっかり疲れ切って、背中を一押しすれば夢の中に一直線という感じだった。

　ブースの横に「夜間十一時~朝七時まで係員不在」のプレートがかかっている。ということは、彼の勤務時間が終わるまで、あと五分しかない。ブースの横のドアに手をかけたが、内側から鍵がかかっている。拳を叩きつけてノックすると、大袈裟ではなく椅子から飛び上がった。帽子が落ちそうになり、慌てて両手で押さえてから私の方を見る。このブースのドアをノックする人間などほとんどいないだろうから、この驚きようも当然ではある。傷ついて白く濁ったプラスティックの窓越しに名刺を示してやると、慌てて眼鏡をかけて名刺を凝視した。この仕事は普段、眼鏡なしでできるとでもいうのだろうか。今までどれほどの事件がこの駐車場で発生したことか。認知さえされなかったものもあるに違いない。

　溜息を押し潰していると、ブースのドアが開いた。何かに似ていると思っていたのだが、このブース全体がゴンドラそっくりなのだ、と気づく。もしかしたらどこかのスキー場から、お役ごめんになったものを運んできたのかもしれない。

「はい、何でしょう」初老の男の声は甲高く、緊張で震えていた。私は制服の胸についた名札を素早く読み取った。

「岡島《おかじま》さん」

「はっ」喉が詰まったような喋り方だった。

「警視庁西八王子署の鳴沢といいます」

「はい、ご苦労様です」

「今日は、何時から勤務についているんですか」

「午後三時です」打てば響くという感じで答えが返ってくる。だが、ややこしい質問に対してもきっぱり正確に答えてくれるだろうという希望は、まったく持てなかった。

「昼夜二交代ですか？　早番と遅番」

「はい、そうです」相変わらず声は威勢が良かったが、私が手帳も開いていないせいか、その顔には徐々に不信感が募ってきた。「あの、何か……」

「一時間ほど前、ここで事件がありましたよね」

「いや、まさか」いきなり顔が赤くなる。そのまま卒倒するのではないかと心配になったが、口調がもつれることもなく、いきなり言い訳を並べ立て始める。「私、ずっとここにおりました。しっかり見ていましたから、そんな、ええ、何か事件があれば見逃すはずがありません」

「ちょっと出てもらえますか」

「はい」直立不動の姿勢を取る。

「外へ出て、こちらから見て下さい」

渋々といった様子で、岡島がブースの外に出る。私の指差す方向に、彼の視線が動いた。その目に何が映っているかは、私には分かっている。柱だ。駐車スペースの境界線にもなっている巨大な柱が、視界を塞いでいる。私が襲われた現場はその向こうにあった。あの時間は、今よりも停まっている車が多かったから、さらに視界は狭まっていたはずである。しかもブースに入ってしまえば、背中側になる。

「何が見えますか」

「柱、ですが」

「私の車はあの柱の向こう側、Ｂ22のところに停まっていたんです。ここからだと死角になりますよね」

「ええ、まあ、そうですね」いかにも不満そうに言い、小柄な体を伸ばすように私を見上げる。「あの、事件というのは」

「襲われました」怪我した左手を掲げてみせる。岡島の顔が今度は蒼褪め、唇の脇がひくひくと痙攣した。緊張感を解してやるために、軽い口調で続ける。「おかげでこのざまですよ。犯人は逃走中です」

「それは、報告しないと……」

「その必要はありません」ブースに戻ろうとする岡島の腕を摑んだ。急停車するように体が後ろに引っ張られ、バランスを崩して倒れそうになる。慌てて体を支えてやった。

「私が調べていますから、ご心配なく。それより、出入り口のところに監視カメラはありますか？」

「ええ」

「映像はどれぐらい保管していますか」

「一週間です」

「結構です。それを確認させて下さい」

「しかし……」

「あなたの勤務時間がもうすぐ終わるのは分かってます。でも、すぐに済みますよ。犯行時刻は分かってるんですから」

「記録を勝手に見せるのは……」

「正式の書類を持ってくることもできます。でもそれでは、明日になってしまうかもしれない。下手をすると明後日。何度も同じことを繰り返すのは、面倒臭くないですか。時間の無駄でしょう」

「上に相談していいですか」岡島の喉仏が上下する。少し脅し過ぎてしまったかもしれない。

「どうぞ。私が直接話してもいいですよ」

「いや……お待ち下さい」

岡島がブースに引っこみ、受話器を取り上げた。私の顔を一瞬見ると、ドアを閉める。鍵をかけはしなかったが、声は聞こえなくなった。無理にこじ開けることもないだろうと思い、電話が終わるのを待つ。このブースに来てから、出て行く車が一台もなかったことをふと思い出した。

岡島は三分ほど電話で話していた——口を閉ざしていた時間が長かったところを見ると、たらい回しにされていたようだ——が、ようやくドアを開けた時には、少しばかりほっとした表情が浮かんでいた。

「上司の許可が取れました」

「助かります」狭いブースに体を押しこめる。岡島はノートパソコンの載ったデスクの前に座ることになるので、私は彼の背後に立たざるを得ない。ブースの中にはオイルと汗の臭いがかすかに流れていた。

「ええと、時間はいつ頃ですか」岡島がパソコンのモニターを睨みながら言った。節くれだった指はキーボードに載っている。私は腕時計を見て、九時半、と指定した。

「その時間からしばらく見せて下さい」

「早送りでいいですか」

「結構です」

岡島がデスクトップにあるアイコンの一つをクリックすると動画再生ソフトが立ち上がり、表情に乏しい白黒の映像が流れ出した。再生速度を変えたが、一見して変化はない。出庫は平均して五分に一台というところだろうか。車が映る度にスピードを落としてもらった。カメラはブースの天井に据えつけられているようで、斜め上から車の前部を捉えるアングルになる。少なくともナンバープレート、それに前部座席に座っている人間の顔は識別することができた。

五台目。ペースを摑んだのか、岡島が再生速度をすかさず遅くする。これだ、とすぐに分かった。ナンバープレートのところに金属製らしい板を張りつけ、隠している。運転席に男が一人。やはりサングラスとマスクをしている。現場では顔を隠す役にたっただろうが、今は逆に目印になってしまっていた。もう一人いるはずだが、そいつは後部座席で横になっているのだろう。画面の中では捉えられなかった。

「ストップして下さい」

画面が止まった時には、車は画面から消えていた。戻すように指示し、料金を払うために車が停止したところでもう一度映像を止めてもらった。

「この映像をもらうことは？」

「どうでしょう。上にも、そこまでは話してませんから」仮に許可が出ても無理かもしれない。動画ファイルを持ち運ぶには、それなりに大容量のメディアが必要だ。私はそれを持っていないし、よく見るとパソコンのＵＳＢ端子は全て塞がれている。データの管理はしっかりしているようだ。

「分かりました」少なくとも自分の目に焼きつけておこうと、岡島の肩越しに画面を凝視する。白黒なのではっきりしないが、色は白か淡い灰色。先代のメルセデスのＥシリーズ――ヘッドライトが丸目四灯に変更された代――のものだということは分かった。しかしそれは何の手がかりにもならない。同じ型のメルセデスは、東京中にまだ数千台単位で走っているのではないだろうか。運転している人間にはまったく心当たりがない。

あの英語——私にナイフを突きつけた男の、訛りのある英語だけが手がかりだが、そこから男の身元を特定することは不可能だろう。

手がかりはなく、敵の数だけが増えていく。自分が巻きこまれた事態が、とてつもなく複雑だということだけははっきりしていた。

7

車に季節はずれの暖房を効かせ、車内が暖まってから駐車場を出た。甲州街道沿いにあるジーンズショップに入り、新しいTシャツと綿のジャケットを手に入れる。やけにポケットの多いジャケットで、武器を持ち歩くにはいいかもしれない。何か武器があればだが。店のトイレを借りて新しい服に着替え、ようやく人心地ついた。

家に戻るわけにはいかなかったが、他に行く場所もない。藤田のところに泊まるか？　朝から張り込みをしているのだから、さすがに夜は解放されているだろう。しかし私と一緒にいるところを誰かに見られたら、彼の立場がまずくなる。それに今や、敵は二方向から来ているし、片方は非常に荒っぽい。やはり藤田を巻きこむわけにはいかない、と断念した。となると、ホテルしかない。西新宿にはいくらでもホテルがあるが、先ほどの現場からは出来るだけ離れていたかった。襲われた恐怖感はまだ胸に居座っている。そう考えると、規定の速度を守って走る周囲の車が全て怪しく思えてきた。車など、いくらでも乗り換えることができるだろう。

首都高の高架に差しかかる手前で車を停め、携帯電話の着信をチェックする。私の人気は急落しているようで、ここ数時間、まったく着信がなかった。青山署も捜査一課も、私を容疑者のリストから外したのだろうか。少なくとも逮捕状は出ていないはずだ、と判断する。逮捕を強行しようと思えば、あらゆる手を使って私を捕捉しようとするだろう。もちろん、既に連中は尾行を始めていて、逮捕するタイミングを窺っているだけかもしれないが。

念のため、藤田に電話を入れてみた。日付が変わるまでにはまだ少し時間がある。彼は普段から宵っ張りだから、まだ起きていてもおかしくない時刻だ。しかし、携帯電話には反応がない。家にかけてみようかとも思ったが、変則的な勤務でへばっているかもしれないと考え、電話は控えることにした。助けを求める相手は、誰一人考えつかない。今夜の私は、灯台なしで彷徨《さまよ》う船のようなものだ。海の荒れは一時的に収まっているが、どこへ辿り着くかはまったく分からない。

携帯電話のインターネットで近くのホテルを調べる。新宿を避け、渋谷駅の周辺で探すと、ＪＲの駅のすぐ近くに一件のシティホテルが見つかった。電話をかけると空き部屋があったので予約を入れてから、料金を確認する。一泊一万円を超えていた。一晩、身の安全を守るために一万円。安いのか高いのか、にわかには判断できなかった。一つだけメリットがあるとすれば、岩隈が殺された現場に近いことである。明日は朝から、また周囲を回ってみよう。何か出てくるまで百回でも二百回でもドアをノックし続ける。今のところ、私にできるのはそれぐらいだ。それは刑事としての基本であるし、岩隈殺しの犯人を捕まえるというはっきりした目的はあったが、それが副次的なものでしかないと強く意識していることに気づいて愕然《がくぜん》とする。犯人を捕まえるのは、正義のためというより、自身の安全のためなのだ。

本末転倒だ。こんなことは刑事の仕事ではない。

ホテルの部屋に落ち着いたのは午前零時過ぎ。まだクレジットカードの限度額を心配するような事態にはなっていないが、こんな生活がいつまでも続けば、いずれ金の問題が浮上するだろう。金が自由に使えなくなる日。それを考えると身震いした。金さえあれば、逃亡生活を続けながら自分なりの捜査を続けられるだろう。しかしそれが、いつまでもつか。

上半身裸になって、怪我を確認する。腕の包帯が痛々しい。車にはねられかけて負った肩と膝の怪我は、大きな痣《あざ》になっていた。最初ゆっくりと小さく、やがて大きく肩を回してみて、打撲の痛み以外に異常がないことを確認する。続いて膝の屈伸。まだ痛みは残っていたが、引きずるようなことにはならないだろうと自分に言い聞かせた。包帯があるので風呂は難しいが、体を洗わないと疲れも汚れも取れない。何とか包帯の部分を避けてシャワーを浴びようと、狭い風呂場でお湯を流し始めた瞬間、携帯電話が鳴った。慌ててお湯を止め、画面を確認する。藤田だった。久しぶりに安堵感を覚える。

「電話したか？」前置き抜きで藤田が話し始める。ひどく忙しない口調だった。

「ああ。今、俺の長い話を聞ける余裕があるか？」

「何とかね」欠伸を嚙み殺しながら藤田が言った。私は今日一日の出来事を要約して圧縮し、報告した。藤田はほとんど相槌もうたずに私の話に耳を傾けていた。

「怪我は大したことないんだな？」

「動くのに困るほどじゃない」

「ブツねえ……お前、何を持ってるんだ」

「持ってないよ」

「襲った連中が何か勘違いしてるということか？」

「そうだと思う」

「ふむ」一瞬黙りこんだ後、藤田がマシンガンのように喋り始めた。「それはつまりあれだ、キーポイントになるのは結局岩隈ってことなんだろうな。お前が岩隈と接触したことを連中が知っていて、何かを受け取ったと勘違いしてる。あるいは山口、かもしれない。今のところどっちかは分からないけど、結局その二人のところに話は戻ってくるだろう。お前、本当に何も心当たりはないのか？」

「岩隈からは何も受け取ってないし、山口さんには会ってもいないんだぜ」

「そうか、じゃあ、山口じゃないな。とすると、やっぱり岩隈か」

「だけど、何も受け取ってない」

「向こうがそう思ってるとは限らないだろう。もしかしたらお前、岩隈と会ってるところを誰かに見られたんじゃないか」

「その可能性はある」

「刑事とかな。刑事なら、張り込みはお手の物だ。気配を消してお前を観察するぐらいのことはできるだろう。あるいは岩隈は、誰かに追われてたのかもしれん。しかも追ってたのが山口という線は考えられないか？」

「それでもあの二人がどうして殺されたのか、つながらない」

「こいつは単なる想像だな。推理するにも材料が少な過ぎる」藤田が舌打ちした。「仕方ない。相変わらず一人で動いてるのか？」

「バックアップしてくれる人間がいないからな……一人だけ、水城さんを除いては」

「しかしあのオッサン、随分大胆な手に出たもんだな」心底驚いた口調で藤田が言った。彼は西八王子署に来る前に捜査一課にいたから、直接水城の下で働いていた時期がある。

「何もしないのが取り得みたいなものだったんだけど」

「それじゃ能無しじゃないか」

「そんなこと、ない。絶対に失点しないタイプの人間は、能無しとは言えないんだぜ。ミスをしないのも才能のうちなんだから。そういう人が、いろんなところを頭越ししてお前を助けたのが意外なんだよ。余程腹に据えかねたのかね。だけど、あのオッサンを味方につけたとすれば、これはでかいぜ」

「それにしても、一緒に現場を回ってくれるわけじゃない。ボディガードも頼めないしな」

「そこまで贅沢言うなよ。とにかくお前は、まだ自由なんだ。好きなように動ける。今のうちにできるだけ前に進んでおけよ」

「今のうちっていうのは嫌な言葉だな。これから自由がなくなるみたいだ」

「ああ、すまん。言葉の綾だ」今度は遠慮せずに大欠伸を爆発させる。「で、これからどうするつもりだ？」

「明日……いや、今日か、また岩隈のことを調べてみる。現場を動き回ってみるつもりだ」

「ケツを守ってやれなくて申し訳ないんだが……」

「それはいいんだ。それより、山口はどうしてる？」

「美鈴ちゃんか？　当然、仕事は休んでるよ。お袋さんが倒れちまったらしい。当たり前だよな、いきなり殺されて……署の方からも、何人か手伝いに行ってる。俺も行ってやりたいところだけど、この状況じゃちょっと無理だな」

「こんな時につけ入るなよ」

「冗談じゃない。俺はそこまで下衆《げす》野郎じゃないぜ」

「彼女のことに関しては、そうとも言えないんじゃないか」

「まあ、強く否定はしないけどな」ニヤリと笑う彼の顔が頭に浮かぶ。

「お前、彼女と話したか？」

「一度、な」

「俺のことを何か言ってなかったか？　つまり――」

「心配するな」私の問いかけを途中で遮り、藤田がわざとらしい明るい声で続けた。「彼女は分かってるよ。お前は誰かに嵌められたんだ。いろんな人間がいろんなことを吹きこむかもしれないけど、心配いらないだろう。美鈴ちゃんも仲間じゃないか」

「でも、どこかにわだかまりがあるんじゃないかと思うんだ。一度話しておきたいんだけど……」

「今はやめたほうがいい」藤田がぴしゃりと言った。「まだ葬式なんかで忙しいし、とてもお前の話を聞いてる余裕はないだろうからな。それにお前、『俺はやってない』って言う以外に、彼女にかけてやる言葉があるのか？　どうせなら、犯人の目星をつけてから連絡しろよ。その方が弔いになるし、彼女だって喜ぶだろう」

「そうだな」二件の殺し、それをどちらも自分の手で解決する——まったく手がかりがない状態で、負担だけは二倍になるわけか。普段の私なら、この状況をむしろ喜んでいたかもしれないが、今は違う。

悟った。

少なくとも犯人は私の気持ちをかき乱し、正常な精神状態とは程遠い状況に追いこんでいる。その一点だけを取り上げて見れば、奴らの狙いは成功していると言えるだろう。乱れた気持ちに支配されると、人の能力は本来の何分の一にも落ちるものだから。

疲れ切っているのに、眠りはなかなか訪れなかった。腕の痛みは激しくはないが、心臓が一つ鼓動を打つ度に、その存在を私に意識させる。仕方なしにベッドを抜け出し、バッグを探って普段持ち歩いている痛み止めを見つけた。四錠しかない。確か、一回分は二錠だ。二倍呑め、と荒尾が言っていたのを思い出したが、そうしたら次の痛みに備えられなくなる。普段はほとんど薬を呑まないから効きはいいはずだと自分に言い聞かせ、二錠をペットボトルの水で流しこむ。

再びベッドに潜りこんだが、痛みが劇的に薄れるわけではなかった。かえって意識が冴えてしまい、まんじりともせずに闇の中に身を埋めるしかなかった。岩隈が持っていたもの——藤田の言葉が頭の中でぐるぐる回り続ける。あの男は例によって、回りくどい言い方で核心の周囲をぐるぐると回り続けた。しかもかなり大きな軌道を取って。何が言いたかったのか、私は結局知ることはなかったし、今でもまったく見当がつかない。ABCという三者の関係。それに後にはアメリカというキーワードが出てきたが、それではあまりにも範囲が広過ぎて、何も絞りこめなかった。あるいはABCの「A」はアメリカのことなのだろうか。仮にそうだとしたら、BとCは何なのか。

ベッドサイドの時計をちらりと見て、二時だと確認したのまでは覚えている。幸いなことにそこから先の記憶はなくなったが、睡眠は長くは続かなかった。

鳴り続ける携帯電話の音で、眠りから引きずり出される。反射的にはね起き、ベッドサイドのテーブルに置いた携帯電話を手に取った。途端に、左腕に走る鋭い痛みで完全に目が覚める。時計に目をやると、四時。二時間という非常に中途半端な睡眠のせいで、頭が混乱していた。携帯電話の液晶表示を見ると、「山口」と浮かんでいる。美鈴？どうしてこんな時間に？　家族の面倒を見るので精一杯だと、藤田も言っていた。今頃は疲れ切り、不安定な浅い眠りを貪っているはずではないか。

「もしもし？」誰に迷惑をかけるわけではないのに、声を潜めてしまった。何と声をかけるべきか、分からない。藤田には「一度話しておきたい」と言ったものの、実際に話す段になると言葉に詰まってしまう。俺はやっていない、と言うのはいかにも場違いな気がした。

「鳴沢さんかい」男の声だった。聞き覚えがない。一瞬頭が混乱し、状況が読めなくなった。

「誰だ」

「誰でもいい。これが誰の携帯かは分かってるな」

「どういうことだ」

「鈍い男だな」嘲笑《あざわら》うように男が言った。男——そう、男なのは間違いない。中年の落ち着いた声で繰り返した。「これが誰の携帯かは分かってるだろう」

「どういうことだ」

「鈍い振りをする必要はない」相手の声には余裕があった。怒らせて本音を引き出そうという作戦は通用しそうもない。

「どうしてあんたが山口の携帯を持ってるんだ」

「それぐらい、分かれよ。あの女が今、こっちの手元にいるからだ」

「誘拐は重罪だぞ。営利目的なら一年以上十年以下の懲役だし、身代金目的なら無期または三年以上の懲役だ」言ってしまってから、相手を挑発する結果になるかもしれない、と悔いた。

「さすが刑事さん、よくご存じだ。で、こっちの目的は何だと思う」

「……何が欲しい」

「それはそっちがご存じなんじゃないか」

しっかりした日本語だったが、先ほど私を襲った人間と同じ側にいる者ではないか、と思った。とすると、様々な国籍の人間が絡んでいる可能性がある。

「抽象的な話はやめてくれ。何が欲しいのか、具体的に指示してもらわないと困る」

「惚けないで欲しいね」

向こうも具体的な要求を出せないのだ、と気づいた。私が何か持っていると確信しているのだろうが、それが何か見当もつかない。

「本当に山口を拉致してるのか」

「信じる信じないはそっちの自由だ。ただし、あまり時間はないぞ」

「俺に何をさせたいんだ」

「こっちに来てもらおうか。話し合う必要があるようだな。あんたは事態を深刻に考えていない」

「話すことはない」

「女の姿を見たらそんなことは言えないと思うがね。子持ち女にしてはいい体してるじゃないか」

頭の芯がかっと熱くなった。これはヤクザの手口ではないか。私の頭に状況が染みこむのを待って、相手が再び口を開く。

「二十分やろう」

「場所は」

「新宿だ。あんたはさっきまでそこにいたよな」

「まさか、同じビルの駐車場に来いっていうんじゃないだろうな。それじゃあまりにも芸がない」

男が別のビルの名前を挙げた。新宿はそれほど詳しくないし、手元に地図もない。車に乗ってカーナビで確認するしかないだろう。男は、数時間前に私が襲われたビルのすぐ隣だ、と場所を告げた。

「そこの地下駐車場は二十四時間開いてる。地下三階のF区画に来い。もちろん、一人でな。電話をかけて誰かに応援を頼めば、すぐに分かる。正確に二十分しか待たない。一分でもオーバーしたら、女の命はないと思え、さあ、さっさと走れ。もう時計は動いてるぞ」

電話が切れた。大慌てで、先ほど脱いだTシャツとジーンズに着替える。靴下を穿かないままスニーカーに足を突っこみ、部屋を飛び出した。携帯電話で時刻を確認する。着信から既に一分が過ぎており、私に残された時間は十九分しかなかった。

午前四時過ぎ。東京が一瞬だけ静かになる時間帯だ。新宿へ向かう山手通りを行き交う車はほとんどがタクシーで、「空車」の赤いマークだけが毒々しく光っていた。間もなく夜が明ける。黒にオレンジ色が混じって空を薄く染めていた。眠気は完全に吹き飛んでいたが、気合を入れ直すために運転席側の窓を全開にした。わずかに湿り気を含んだ埃っぽい冷気が車内を満たす。スピードメーターの針は百キロを指していたが、それでもまったく安心できなかった。渋谷から新宿までは、直線距離にして三キロか四キロほどだろう。しかしその距離が、無限の長さに感じられた。電話すべきだ、と冷静な自分は告げていた。美鈴に、あるいは藤田に。藤田なら、彼女の自宅の電話番号も知っているかもしれない。だがその時間さえ惜しかった。そもそも、一般道を百キロのスピードで走りながら携帯電話で話すのは自殺行為である。

指定時刻の三分前に、西新宿四丁目の交差点に到達する。そこで右折して、高層ビル街に向かった。カーナビで問題のビルの場所は確認済みである。信号に捕まらなければ、一分でたどり着けるだろう。そう思った瞬間、区民センター前の交差点で信号が黄色から赤に変わる。待てない。躊躇せずにアクセルを踏みこみ、交差点に突っ込んだ。横から入ってきたタクシーが急ブレーキを踏み、タイヤが甲高い鳴き声をあげる。続いてクラクション。こんな時間なのに案外車の量は多く、私は交通の流れを完全に乱していた。一つ分かったのは、レガシィの四輪駆動システムが、私の想像以上の安定性を持っていたことである。タイヤは鳴き声も上げず、横滑りもせずに広い交差点をほぼ直角に曲がった。背中から激しくクラクションをぶつけられたが、無視してさらにアクセルを深く踏む。

目的のビルが近づいた。悪いことに、進行方向右側である。どこかでUターンしている暇はなさそうだ。思い切りハンドルを切り、中央分離帯の切れ目にレガシィを乗り入れる。わずかに盛り上がったところで、ボディの下側が擦れて嫌な金属音をたてた。無視して、黒い穴が開いたような駐車場の入り口に突っ込む。歩道を横切る際に、わずかな段差で車体がバウンドした。地下へ降りる坂は予想よりも急で、しかもすぐ先で右へ大きくカーブしている。床を踏み抜く勢いでブレーキをかけると、アンチロックシステムが作動して、車ががくがくと前後に揺れた。何とか壁に張りつかずにカーブを曲がり切る。駐車券の発券機は反応が鈍く、苛々させられたが、それでも指定された時刻の一分前に、地下三階のF区画に到着した。

静かだった。空調もかなり高度なシステムのようで、車を降りても音がほとんどしない。レガシィの脇に立ったまま、気配を探ろうとしたが、私のセンサーには何の反応もなかった。

「そこを動くなよ」反響した声が私に指示を与える。後ろ——ここへ下ってくる通路の方からだ。振り向いて確認しようとした瞬間、「動くな」と再度制止された。

「彼女はどうした」思い切り叫ぶ。反応はなかった。

「ここにいる」

本当に？　そのとき初めて、私は確信した。美鈴はここにはいない。どういう手段を使ったのか分からないが、相手は彼女の携帯を入手し、誘拐を装って私に連絡してきたのだ。実際に大人の女一人を拉致するよりも、携帯を盗む方がはるかに簡単である。

「ブツは持ってきたか」

「ブツって何なんだ。いい加減にはっきり言ったらどうだ」

「お前の方がよく知ってるだろう。惚けるのもいい加減にしろよ」相手の声は、先ほど電話で話したのと同じようだった。響き具合から考えて、距離は十メートルかそれぐらいではないだろうか。

「ふざけてない。あんたが何を欲しがってるのか、俺にはさっぱり分からない」

「時間はないぞ。女はトランクの中だ。いつまで空気が持つかな」

「トランクは完全気密じゃない。詰めが甘いな」

「いつまでも屁理屈をこねてるようなら、あんたの目の前で女を撃ち殺してもいいんだぞ。その後であんたも殺す。手に拳銃を握らせておけば、あんたが女を殺したということで一件落着になるだろう」

「俺を殺せば、ブツの場所が分からなくなるんじゃないか」

「ふざけるな！」怒鳴り声の語尾に、銃声が重なった。私の前で、巨大なランドクルーザーのヘッドライトが弾けて飛び散る。それを狙うだけの腕があるのか偶然なのかは分からなかった。十メートルの距離から数十センチほどの標的――ランドクルーザーのヘッドライトはクジラ並みの車格に見合った大きさだが――を正確に撃ち抜くには、かなりの技術が必要だ。射撃というのは、傍目で見るほど簡単ではない。しかもこの駐車場は薄暗く、条件は決して良くないのだ。

「分かったか？　こっちは遊びでやってるんじゃないんだ」確かに。一発撃っても声の冷静さは変わっていない。どう考えても初めての射撃ではなさそうだ。しかし日本では、日常的に銃を撃てる人間は多くない。ヤクザでも、好き勝手に射撃練習ができるわけではないのだ。ということは、流暢な日本語を喋っていても、この男は日本人ではないのかもしれない。「これからそっちへ行く。動くなよ」

「分かってる」

「こっちも、無駄な血を流すつもりはないんだ。そういうのは趣味じゃないんでね……必要なものだけいただけば、あんたも女も解放してやる」

かすかな足音が聞こえた。靴は多分、ゴムのソール。それが駐車場の床を擦って小さな摩擦音をたてる。足音は確実に大きくなり、いずれ男の息づかいが私の首筋に触れることは明らかだった。血を流すつもりはない——もちろん嘘だろう。いずれこの男は私を殺す。それは間違いない。

ふいに足音が止まった。低く鋭い声で、男が「誰だ！」と叫ぶ。私も神経を研ぎ澄ませて、第三の人物の存在を感知しようとした。間違いない。確かに誰かいる。どこかに隠れて、私たちの様子を見守っているようだ。この状況を利用しない手はない。状況は一気に私に有利に傾いた。第三者は、おそらくこの状況と関係のない人間だろうが、私に銃を向けている男も、一度に何人も相手にするつもりはないだろう。確実に全員を殺せる保証はないし、それができなければ自分の身に深刻な危機が迫る。

「出てこい！」

男が叫ぶのと同時に、私はランドクルーザーのボンネットに身を投げた。普通の車よりも高い位置にあるので、手をかけないと無理だったが、それでも何とかボンネットの上で一回転し、向こう側に身を隠すことができた。男の焦りが波のように伝わってくる。銃声が二発、立て続けに鳴り響いた。一瞬も躊躇せずにレガシィのドアを開け、シートに身を滑りこませる。すぐにエンジンをかけて車を発進させ、自分の右側にいた男目がけて突進させた。銃を構えた男が一瞬仁王立ちになり、銃口が真っ直ぐ私の顔を捉える。が、構わずアクセルを踏み続けると、男は横に飛んで車と車の隙間に身を投げた。壁にぶつかる直前でブレーキを踏みこみ、狭い空間を使って何とかUターンしたが、その時には男は既にメルセデスに乗りこんでおり、上り通路に向かう角を曲がったところだった。おそらくこのメルセデスは、数時間前に私を襲うのに使われたのと同じものだろう。だとすれば敵の数はそれほど多くないし、手も抜いている。本当なら、襲う度に車も替えるべきなのだ。

私もメルセデスの後を追った。急な登り坂の入り口で、メルセデスのテールランプが急速に小さくなっている。料金支払所のバーを強引に突破し、そのまま坂道を上って歩道に飛び出して行った。一瞬、急ブレーキと衝突音が響く。私はレガシィの窓を開け、音だけで状況を把握しようとしたが、何も分からなかった。床に転がったバーを踏み越え、歩道に出た瞬間、メルセデスの男が犯した悪事のリストに項目が増えたことが分かった。

轢き逃げ。黒っぽい服にジーンズ姿の若い男が歩道の真ん中で倒れていた。私は辛うじて彼の直前で車を停め、サイドブレーキを引いて外へ飛び出した。朝日の最初の光が街を柔らかく照らし始めていたが、その場の光景はとても心和むものとは言えなかった。

轢き逃げされた男は、一人ではなかった。仲間らしき若者が三人、周囲で大騒ぎしている。どうやら夜っぴいて遊んだ帰りらしい。はねられた男は体の右側を下にして横たわっていたが、首の角度がおかしかった。右腕が体の下になっており、左脚は奇妙な方向に折れ曲がっている。頭から流れ出した血が、見る見る巨大な水たまりを作った。粘つくオイルのような濃い血。まずい。

連れの若者たちが、酔いの勢いも手伝ってか、被害者の前に屈みこんで大声で騒いでいる。一人はビルの壁に向かって吐いていた。

「動かすな！」助け起こそうとした若者がいたので、思わず声をかける。

「何だよ、あんた」猛り立った声だったが、私は一言で彼を黙らせた。

「警察だ。一一九番に通報してくれ」

私が言うと、三人が同時に携帯電話を取り出した。先ほどまで吐いていた男さえも。一人でいいんだ、とつけ加えると、私に突っかかってきた男が代表で電話をかけ始めた。よく見ると足元がふらついている。番号を押し間違えないでくれよ、と祈りながら車に取って返し、トランクから使い古しの毛布を取り出して体にかける。オイル臭が染みついていたが、被害者はそれに対して文句を言うような余裕はないだろう。

通報は難渋していた。酔っぱらっているのに加えて混乱しているせいもあり、話を聞いている消防庁の担当者が切れる寸前になっているのは想像できる。私は彼の携帯電話を取り上げ、短く事実を告げた。

「現場は都庁前です。被害者一名。頭を強打しています。轢き逃げです」

「失礼、そちらは？」

「西八王子署の鳴沢です」

「呼吸はどうですか」私が警察官だと名乗った瞬間、向こうは冷静な声になった。私は被害者にちらりと目をやり、胸が上下するのを確認した。数をカウントした限り、呼吸は落ち着いている。それを告げると、間もなく救急車が行きますという言葉と同時に、感謝の台詞が伝わってきた。人から感謝されるなど、いつ以来だろう。一一〇番への通報を頼んでから電話を切る。先ほど電話を取り上げた男に返すと、不満そうに唇をねじ曲げた。

「そんなことぐらい、俺だって言えた」

「よく言うな。酔っぱらってるじゃないか」

「そりゃ、飲んでるけど……」若者が、血の中に伏す仲間に目をやった。出血は止まったようだが、油断はできない。出るべき血が全て出切ってしまったのかもしれないのだ。

「側についててやってくれないか」

素直に従ったので安心し、残る二人に事情聴取を試みる。轢き逃げの瞬間に居合わせたのは間違いないが、酔っていること、それに興奮と恐怖が相まって、記憶が定かではない。轢き逃げをしたのが、薄い青のメルセデスだということだけしか分からなかった。ナンバーは見ていない――いや、プレートがなかった――分からない。これでは私と大差ないではないか。

五分後、救急車が到着した。東京の平均よりは一分ほど早いはずだが、この時刻だったらもう少し早く来ても良かったはずだ。しかし、忙しく立ち働く救急隊員たちに遠慮して、文句は胸の中にしまっておくことにする。救急車のドアが閉まると同時に、パトカーが二台到着し、制服姿の交通課の警察官が四人、降りて来た。私は、三人組の一人に救急車に同乗するように勧め、残る二人には警察の事情聴取に協力するように依頼する。もちろん、私が知った以上の情報が出てくるとは思えなかったが。それとなく耳を傾けていたのだが、予想通りだった。歩いていたら、いきなり駐車場から車が飛び出してきた。四人のうち一番後ろを歩いていたあいつがはねられた。車はブレーキもかけずに、首都高の方に走り去った。

事情聴取の様子を聞きながら、私は駐車場の出入り口にも気を配っていた。駐車場の中には少なくとももう一人――あるいはもっと多くの人数がいたはずだ。そいつらはどうしたのだろう。出て来る気配はない。出入り口に向かって歩き出し、坂の途中でエンジンをかけたまま停めていたレガシィのキーを引き抜く。そのまま歩いてスロープを下り、地下三階のスペースをぐるりと見て回った。そもそもあまり車が停まっていなかったが、あの時から台数に変化はない。エレベーターは止まっていたが、非常階段があるのを見つけ、重いドアを開ける。階段を二段飛ばしで一階まで上がったが、目の前に立ちはだかったのはシャッターだった。どうやらロビーに通じているらしい。しかし、その横にあった非常ドアの鍵は開いている。開けると、ビルの横手に出た。激しいビル風が吹き渡り、私の髪を乱す。そのまま、駐車場の出入り口の方に歩いて行った。

「ああ、ちょっと」交通課の制服警官に呼び止められる。巡査部長だった。「通報者の方ですか」

「そうです」

名乗り、状況を説明したが、先に事情聴取を受けた若者たちを上回る情報を与えることはできなかった。

「ということは、あなたはその車の後から出てきた」

「そういうことです」

ボールペンの先をクリップボードに叩きつける。納得していないのだ。私は自分の説明に何か穴があったのだろうかと、密かに恐れた。

「どうでもいいけど、こんな時間にこんなところで何をしてたんですか」わざとらしく腕を突き出し、時計を確認した。街は茜《あかね》色に染まりつつある。ひんやりとした空気のせいだけでなく、私は身震いした。

「いろいろありまして」

「いろいろって？」

「この件には直接関係ないと思いますけど」

「聴いてるのはこっちなんだ」

「分かってます」

「轢き逃げした車は、あんたに追われて慌てて飛び出してきたんじゃないか？　だとすると、あんたにも責任がないとは言えないよ」

「問題の車はメルセデスです。一世代前のEクラス」自分が追及されないように話題を変えた。

「目撃証言によるとそうだね」巡査部長が、寒そうに身を寄せ合って立っている若者たちに目をやった。「あの連中、車のことはよく知らんようだが……最近の若い連中は皆そうかもしれんがね。ヘッドライトの特徴から言って間違いないだろう」

「ええ。とにかく、事情は話します」

「もちろん、話してもらわないと困る」音を立ててボールペンをクリップボードに叩きつける。今夜は、交通課は忙しかったのかもしれない。当直の時、一番眠れないのは大抵交通課なのだ。

「ただし、あなたにというわけにはいきません」

「あんたね」クリップボードを持つ手に力が入った。「ふざけてる場合じゃないよ。私はこの轢き逃げ事件を、責任持って捜査しなくちゃいけないの。あんた、警察官なんでしょう？　だったら、そういうことは当然分かるよね」

「もちろんですよ」

「だったら、真面目に協力してくれ。それとも、あんたもこの轢き逃げ事件に絡んでるのか？　下の駐車場で何があったのか、署の方でじっくり話を聴いてもいいんだよ。こっちにはいくらでも時間があるんだから」予想していた以上の痛烈な攻撃に、私は一歩引かざるを得なかった。口で言うより、実際にその目で見てもらった方がいいだろう。この時間だ、現場が荒らされる恐れはないだろうが、早く封鎖した方がいいに決まっている。そのためにも、証拠を見せたかった。

「ちょっと下へつき合ってもらえませんか」

「そりゃあ、行きますよ。今そう言おうと思ったんだ」巡査部長が憤然として言った。

「下からきっちり調べないとね。あんたは、メルセデスが停まってた場所まで証言してくれるのか」

「もちろんです。それ以上のことも」

「じゃあ、行こう。そっちで話を聴きますよ」

私たちは無言で駐車場へのスロープを下った。途中、巡査部長が立ち止まり、床を黒く塗ったタイヤの跡をまじまじと見詰める。屈みこんで懐中電灯の光を当て「まだ新しいな」と呟いた。料金所を通り過ぎる時は、下に転がったバーに触れないよう、壁に背中をあてがうようにして横這いになる。途中で何度も立ち止まり、床を確認していた。傾斜路のカーブのところの壁には、何十回と擦った黒い跡がある。古い作りのこの駐車場は、通路もやや狭いのだ。車幅がどんどん広くなっている最近の車が、目測を誤ってバンパーをぶつけることも多いのだろう。

地下三階に下りると、巡査部長が腰に手を当ててぐるりと周囲を見回した。何も見つけられなかったようで、私にぼんやりと目を向けて「で？」と短く訊ねる。私は彼を、ランドクルーザーのところまで案内した。

「このドライバーは運転が下手なんだね」鼻を鳴らして感想を述べる。「こんな高い車に乗ってるのに、こんな風にぶつけちゃ台無しだよ」

「運転手が下手なわけじゃないと思いますよ」

「何だと？」

「ずっと交通畑ですか、部長？」彼は私と同い年ぐらいだろう。あまりハードな仕事をしていないのは明らかで、制服の腹回りは、二サイズほど小さいものを無理に着ているように膨れ上がっていた。

「あんた、人をからかうのもいい加減にしてくれよな」制帽から突き出た耳がたちまち真っ赤になる。「俺を素人扱いするつもりか？」

「そうじゃなくて、発砲事件の現場に出たことはあまりないでしょう」

「当たり前だ」今は顔も赤くなっている。「俺は交通一筋だから。交通は大事な仕事なんだぞ――発砲事件だ？」

「そうです」私はランドクルーザーの前にしゃがみこみ、粉々になったヘッドライトを指差した。巡査部長がそこを懐中電灯で照らし出す。「これは、ぶつけたんじゃありません。俺の目の前で撃たれたんです」

「どういうことだ」

彼の質問には答えず、私は車の周囲をぐるりと調べた。発砲は合計三回。残り二発がどこかに当たっているはずだ。一発は分からなかったが、もう一発はランドクルーザーの前の床を抉《えぐ》り、跳弾してコンクリートの柱に食いこんでいた。

「こういうことです」懐中電灯の光に照らされた黒い穴を指差しながら、私は言った。

「誰かがここで俺を撃ったんですよ」

「あんたを狙ったのか？」

「そうですね。だから、あなたの仕事は増えました。署に電話して刑事課の当直を叩き起こして下さい。鑑識の連中も」ついでに署長に連絡してくれ、と言うべきだろうか。まさか。発砲事件は、日本では日常茶飯事というわけではない。たとえ怪我人が出なくても、緊急度から言ったらＡクラスの事件になる。署に連絡が行くと同時に、庁舎の上階にある官舎で寝ている水城は叩き起こされるだろう。

「こんなところで発砲かよ」巡査部長が首を振りながら、無線を手にした。「物騒な世の中になったもんだ」

「まったくですね」

上辺だけの同意の台詞を吐きながら、私は物騒というだけでは片づけられない恐怖感を何とか押し潰そうとしていた。


（下巻へ続く）

この作品はフィクションで、実在する個人、団体等とは一切関係ありません。

本書は『久遠　上　刑事・鳴沢了』（二〇〇八年六月刊、中公文庫）を新装・改版したものです。

中公文庫

新装版《しんそうばん》
久遠《くおん》（上《じょう》）
——刑事《けいじ》・鳴沢了《なるさわりょう》

2008年6月25日　初版発行
2020年10月25日　改版発行

著　者　堂《どう》場《ば》瞬一《しゅんいち》

発行者　松田陽三

発行所　中央公論新社
〒100-8152　東京都千代田区大手町1-7-1
電話　販売 03-5299-1730　編集 03-5299-1890
URL http://www.chuko.co.jp/

DTP　ハンズ・ミケ
印　刷　三晃印刷
製　本　小泉製本

Published by CHUOKORON-SHINSHA, INC.
Printed in Japan　ISBN978-4-12-206977-0 C1193

中公文庫既刊より

各書目の下段の数字はISBNコードです。978-4-12が省略してあります。

と-25-15
蝕罪　警視庁失踪課・高城賢吾　堂場瞬一
警視庁に新設された失踪事案を専門に取り扱う部署・失踪課。実態はお荷物署員を集めた窓際部署だった。そこにアル中の刑事が配属される。〈解説〉香山二三郎
205116-4

と-25-16
相剋　警視庁失踪課・高城賢吾　堂場瞬一
「友人が消えた」と中学生から捜索願が出される。親族以外からの訴えは受理できない。その真剣な様子にただならぬものを感じた高城は、捜査に乗り出す。
205138-6

と-25-17
邂逅　警視庁失踪課・高城賢吾　堂場瞬一
大学職員の失踪事件が起きる。心臓に爆弾を抱えながら鬼気迫る働きを見せる法月。その身を案じつつも捜査を続ける高城たちだった。シリーズ第三弾。
205188-1

と-25-19
漂泊　警視庁失踪課・高城賢吾　堂場瞬一
ビル火災に巻き込まれ負傷した明神。鎮火後の現場からは身元不明の二遺体が出た。傷ついた仲間のため、高城は被害者の身元を洗う決意をする。第四弾。
205278-9

と-25-20
裂壊　警視庁失踪課・高城賢吾　堂場瞬一
課長査察直前に姿を消した阿比留室長。荒らされた部屋を残して消えた女子大生。時間がない中、二つの失踪事件を追う高城たちは事件の意外な接点を知る。
205325-0

と-25-22
波紋　警視庁失踪課・高城賢吾　堂場瞬一
異動した法月に託されたのは、五年前に事故現場から失踪した男の事件だった。調べ始めた直後、男の勤めていた会社で爆発物を用いた業務妨害が起こる。
205435-6

と-25-24
遮断　警視庁失踪課・高城賢吾　堂場瞬一
六条舞の父親が失踪。事件性はないと思われたが、身代金要求により誘拐と判明、高城達は仲間の危機に立ち上がる。外国人技術者の案件も持ちこまれ……。
205543-8

と-25-28
牽制 警視庁失踪課・高城賢吾
堂場瞬一

娘・綾奈を捜し出すと決意した高城とサポートする仲間たち。そこに若手警察官の失踪と入寮を控えた高校球児の失踪が立て続けに起こる。

205729-6

と-25-29
闇《あん》夜《や》 警視庁失踪課・高城賢吾
堂場瞬一

葬儀の後、酒浸りの生活に戻った高城は、幼い少女の失踪事件の現場に引き戻される。被害者の両親をかつての自分に重ねあわせ、事件と向き合おうとするが……。

205766-1

と-25-30
献心 警視庁失踪課・高城賢吾
堂場瞬一

娘の死の真相を知る――決意した高城に、長野が新たな目撃証言をもたらす。しかし聴取後、目撃者が高城たちに抗議してきて……。人気シリーズついに完結。

205801-9

と-25-14
神の領域 検事・城戸南
堂場瞬一

横浜地検の本部係検事・城戸南は、ある殺人事件の真相を追ううちに、陸上競技界全体を蔽う巨大な闇に直面する。あの「鳴沢了」も一目置いた検事の事件簿。

205057-0

と-25-36
ラスト・コード
堂場瞬一

父親を惨殺された十四歳の美咲は、刑事の筒井と移動中、何者かに襲撃される。犯人の目的は何か？　熱血刑事と天才少女の逃避行が始まった！〈解説〉杉江松恋

206188-0

と-25-43
バビロンの秘文字（上）
堂場瞬一

カメラマン・鷹見の眼前で恋人の勤務先が爆破。彼女が持ち出した古代文書を狙う、CIA、ロシア、謎の過激派組織――。世界を駆けるエンタメ超大作。

206679-3

と-25-44
バビロンの秘文字（下）
堂場瞬一

激化するバビロン文書争奪戦。鷹見は襲撃者の手をかいくぐり文書解読に奔走する。四五〇〇年前に記された、世界を揺るがす真実とは？〈解説〉竹内海南江

206680-9

ほ-17-1
ジウⅠ 警視庁特殊犯捜査係
誉田哲也

都内で人質籠城事件が発生、警視庁の捜査一課特殊犯捜査係〈SIT〉も出動するが、それは巨大な事件の序章に過ぎなかった！　警察小説に新たなる二人のヒロイン誕生!!

205082-2

各書目の下段の数字はISBNコードです。978－4－12が省略してあります。

ほ-17-2
ジウⅡ 警視庁特殊急襲部隊 誉田 哲也
誘拐事件は解決したかに見えたが、依然として黒幕・ジウの正体は摑めない。捜査本部で事件を追う美咲。一方、特進をはたした基子の前には謎の男が！ シリーズ第二弾。
205106-5

ほ-17-3
ジウⅢ 新世界秩序 誉田 哲也
〈新世界秩序〉を唱えるミヤジと象徴の如く佇むジウ。彼らの狙いは何なのか？ ジウを追う美咲と東は、想像を絶する基子の姿を目撃し……⁉ シリーズ完結篇。
205118-8

ほ-17-4
国境事変 誉田 哲也
在日朝鮮人殺人事件の捜査で対立する公安部と捜査一課の男たち。警察官の矜持と信念を胸に、銃声轟く国境の島・対馬へ向かう。〈解説〉香山二三郎
205326-7

ほ-17-5
ハング 誉田 哲也
捜査一課「堀田班」は殺人事件の再捜査で容疑者を逮捕。だが公判で自白強要の証言があり、班員が首を吊った姿で見つかる。そしてさらに死の連鎖が……誉田史上、最もハードな警察小説。
205693-0

ほ-17-7
歌舞伎町セブン 誉田 哲也
『ジウ』の歌舞伎町封鎖事件から六年。再び迫る脅威から街を守るため、密かに立ち上がる者たちがいた。戦慄のダークヒーロー小説！〈解説〉安東能明
205838-5

ほ-17-11
歌舞伎町ダムド 誉田 哲也
今夜も新宿のどこかで、伝説的犯罪者〈ジウ〉の後継者が血まみれのダンスを踊る。殺戮のカリスマvs.新宿署刑事vs.殺し屋集団、三つ巴の死闘が始まる！
206357-0

ほ-17-12
ノワール 硝子の太陽 誉田 哲也
沖縄の活動家死亡事故を機に反米軍基地デモが全国で激化。その最中、この国を深い闇へと誘う動きを、東警部補は察知する……。〈解説〉友清 哲
206676-2

ほ-17-6
月 光 誉田 哲也
同級生の運転するバイクに轢かれ、姉が死んだ。殺人を疑う妹の結花は同じ高校に入学し調査を始めるが、やがて残酷な真実に直面する。衝撃のR18ミステリー。
205778-4

ほ-1-, 主よ、永遠の休息を 誉田哲也

この慟哭が聞こえますか？ 心をえぐられた少女と若き事件記者の出会いが、やがておぞましい過去を掘り起こす……驚愕のミステリー。〈解説〉中江有里

206233-7

と-26-9 SRO Ⅰ 警視庁広域捜査専任特別調査室 富樫倫太郎

七名の小所帯に、警視長以下キャリアが五名。管轄を越えた花形部署のはずが――。警察組織の盲点を衝く、連続殺人犯を追え！ 新時代警察小説の登場。

205393-9

と-26-10 SRO Ⅱ 死の天使 富樫倫太郎

死を願ったのち亡くなる患者たち、解雇された看護師、病院内でささやかれる『死の天使』の噂。SRO対連続殺人犯の行方は。待望のシリーズ第二弾！ 書き下ろし長篇。

205427-1

と-26-11 SRO Ⅲ キラークィーン 富樫倫太郎

SRO対〝最凶の連続殺人犯〟、因縁の対決再び!! 東京地検へ向かう道中、近藤房子を乗せた護送車は裏道へ誘導され――。大好評シリーズ第三弾、書き下ろし長篇。

205453-0

と-26-12 SRO Ⅳ 黒い羊 富樫倫太郎

SROに初めての協力要請が届く。自らの家族四人を殺害して医療少年院に収容され、六年後に退院した少年が行方不明になったというのだが――書き下ろし長篇。

205573-5

と-26-19 SRO Ⅴ ボディーファーム 富樫倫太郎

最凶の連続殺人犯が再び覚醒。残虐な殺人を繰り返し、日本中を恐怖に陥れる。焦った警視庁上層部は、SROの副室長を囮に逮捕を目指すのだが――。書き下ろし長篇。

205767-8

と-26-35 SRO Ⅵ 四重人格 富樫倫太郎

不可解な連続殺人事件が発生。傷を負ったメンバーが再結集し、常識を覆す新たなシリアルキラーに立ち向かう。人気警察小説、待望のシリーズ第六弾！

206165-1

と-26-37 SRO Ⅶ ブラックナイト 富樫倫太郎

東京拘置所特別病棟に入院中の近藤房子が動き出す。担当看護師を殺人鬼へと調教し、ある指令を出すのだが――。累計60万部突破の大人気シリーズ最新刊！

206425-6

各書目の下段の数字はISBNコードです。978－4－12が省略してあります。

と-26-39
SRO Ⅷ 名前のない馬たち
富樫倫太郎
相次ぐ乗馬クラブオーナーの死。事件性なしとされるも、どの現場でも人間と同時に必ず馬が一頭逝っている事実に、SRO室長・山根新九郎は不審を抱く。
206755-4

と-26-36
SRO episode0 房子という女
富樫倫太郎
残虐な殺人を繰り返し、SROを翻弄し続けるシリアルキラー・近藤房子。その生い立ちとこれまでが、ついに明かされる。その過去は、あまりにも衝撃的！
206221-4

さ-65-5
クランⅠ 警視庁捜査一課・晴山旭の密命
沢村鐵
渋谷で警察関係者の遺体を発見。虚偽の検死をする美人検視官を探るために晴山警部補は内偵を行うが、そこには巨大な警察の闇が――！ 文庫書き下ろし。
206151-4

さ-65-6
クランⅡ 警視庁渋谷南署・岩沢誠次郎の激昂
沢村鐵
同時発生した警視庁内拳銃自殺と、渋谷での交番巡査銃撃事件。警察を襲う異常事態に、密盟チーム「クラン」がついに動き出す！ 書き下ろしシリーズ第二弾。
206200-9

さ-65-7
クランⅢ 警視庁公安部・区界浩の深謀
沢村鐵
渋谷駅を襲った謎のテロ事件。クランのメンバーは「神」と呼ばれる主犯を追うが、そこに再び異常事件が――書き下ろしシリーズ第三弾。
206253-5

さ-65-8
クランⅣ 警視庁機動分析課・上郷奈津実の執心
沢村鐵
包囲された劇場から姿を消した「神」。その正体を暴く鍵は意外な人物が握っていた。警察に潜む悪との戦いは佳境へ！ 書き下ろしシリーズ第四弾。
206326-6

さ-65-9
クランⅤ 警視庁渋谷南署巡査・足ヶ瀬直助の覚醒
沢村鐵
警察閥の大量検挙に成功した「クラン」。だが「神」の魔手は密盟のトップ・千徳に襲いかかり――。迫り来るクライマックス、書き下ろしシリーズ第五弾。
206426-3

クランⅥ 警視庁内密命組織・最後の任務
沢村鐵
非常事態宣言発令より、警察の指揮権は首相へと移った。「神」と「クラン」。最後の決戦の行方は――。シリーズ最終巻、かつてないクライマックス！
206511-6